罗扇

梁晴——著

图书在版编目（CIP）数据

罗扇 / 梁晴著 . —北京 : 中国书籍出版社 , 2018.1
ISBN 978-7-5068-6673-6

Ⅰ .①罗… Ⅱ .①梁… Ⅲ .①中篇小说—小说集—中国—当代
②短篇小说—小说集—中国—当代 Ⅳ .① I247.7

中国版本图书馆 CIP 数据核字（2018）第 024188 号

罗扇

梁晴 著

图书策划	牛　超　崔付建
责任编辑	武　斌
责任印制	孙马飞　马　芝
出版发行	中国书籍出版社
地　　址	北京市丰台区三路居路 97 号（邮编：100073）
电　　话	（010）52257143（总编室）　（010）52257140（发行部）
电子邮箱	eo@chinabp.com.cn
经　　销	全国新华书店
印　　刷	三河市华东印刷有限公司
开　　本	650 毫米 ×940 毫米　1/16
字　　数	316 千字
印　　张	19.75
版　　次	2018 年 4 月第 1 版　2018 年 4 月第 1 次印刷
书　　号	ISBN 978-7-5068-6673-6
定　　价	62.00 元

版权所有　翻印必究

目录

罗　扇　/ 001
索　坦　/ 050
无　猜　/ 099
花　雕　/ 146
陪　床　/ 189
情　节　/ 226
远　乡　/ 260
钻石般的　/ 275
徘　徊　/ 293

罗　扇

京剧院的门房老罗,年轻的时候是个很不错的板鼓佬,有一次开道具箱的时候,一失手压坏了大拇指,就只好转业干了后勤。

当了门房以后,他把妻子从老家接出来,两个人不知不觉一口气生了十一个孩子。孩子生得太密,就像是花生藤上拉拉扯扯的果子,越往后也就越是瘪瘪拉拉的小不点儿了。这些孩子的相貌也都像是一个模子里出来的,青邦子头、蚕豆型的脸,额头上好像一生下来就给勒了一道看不见的箍。

十一个孩子里面,只有一个是女孩,她就是罗扇。

罗扇排行第八。终于把她创造出来,爹妈真是欣喜若狂。以后,剧院里的人就总是拿罗扇开玩笑,一见到她,就双手作抚弄琴键状,用共鸣腔很帅气地唱:"1234567——$\dot{1}$……"

"$\dot{1}$"就是罗扇,唱起来异峰突起,十分令人振奋。

罗扇的后面,紧接着又来了三个光葫芦头,不要说老罗老两口子，就连旁边观望的人也都厌倦得不能再厌倦了。

罗扇在家里众星拱月，在外面，谁敢欺负她？她有七个哥哥、三个弟弟！

老罗家给孩子取名十分马虎，罗强、罗勇胡乱给安上一个。只有唯一的这颗掌上明珠，做父亲的专门买了两盒小苏州的月饼，去求剧院的许院长给取名。

许院长很看重门房给他的这份荣誉，接连翻拣了几夜的诗书词典，意气飞扬地给他们送来了一张纸片——精美的"十竹斋"雪花笺，用小楷抄了一首唐诗，旁边用朱笔圈着眉批一般的两个大字，就是"罗扇"。

老罗老两口横看竖看，老罗的妻子偷瞄了一下插在蜂窝煤夹缝里扇炉子用的破芭蕉扇。许院长哈哈一笑，说："这可不是一般的扇子，轻罗小扇儿，美极了，高贵极了。"

几乎所有有学问的人都夸赞这个名字，比如医院里的大夫，小学校的校长，还有来剧院审查节目的首长。老罗老两口始松下一口气，高兴得什么似的，不断地捧了那张雪花笺给人看。管家里的小小子们，他俩图省事，一律按排行顺序"小七""小九"地吆喝，而对唯一的女儿，他俩正经八百地称呼她的全名"罗扇"。

罗扇偏也不长她兄弟们的蚕豆脸，十岁以后，一张小脸就银盆似地丰润起来。她的肤色也很好，人说这种肤色是名副其实的凝脂敛粉。听人一夸罗扇姣好，老罗两口子就赶紧笑道："全随了许院长给取的好名字了。"

罗扇夏天穿粉色的小纱裙，头上顶一朵铺天盖地的粉色大蝴蝶结。秋风刚起，她的大图案、大色块的真丝围巾就飘扬在红领巾下面了。冬天，罗扇的小棉袄罩衫就没断过花样。罗扇穿起黑丝绒盘

罗　扇

扣的中式罩衫，人们说是"美人无肩"；罗扇穿起镶了一圈兔毛的红平绒小斗篷，人们说是"昭君出塞"。罗扇的织锦缎小袄下摆，用亮片缀了一圈极好看的边，脖子上围了一条豆青色的兔毛小围巾，整张小脸粉嘟嘟的。

剧院里的女演员，争着打扮罗扇。外出巡回演出，一去两三个月，家里的钥匙就都交给了老罗。多亏了他们老两口给按时通风扫尘、晒被子浇花，每月的计划煤，整整齐齐地给他们码在了门外的走廊里。

女演员们都喜欢揽过罗扇去，说："给我们家做儿媳妇儿吧。"罗扇嗅着漂亮阿姨身上的香味，脸就红了。大概是古装戏看得多了，她小小年纪就半通不通地满脑瓜子才子佳人。

"文革"一开始，事情就变得有些颠倒了。许院长一家自然是最狼狈的，那些漂亮的阿姨们也都给搞得蓬头垢面。水电工和炊事员的儿子成天在剧院里乱窜，好好的一幅绛色丝绒的幕布，被他们剪下几块来，拿回去做窗帘。道具库里帝王将相帽冠上的大珠子，被他们拆散了扔了满地，当鱼泡儿踩了玩儿。他们腰里明里暗里掖的都是剧院里的细软，出大门时个个堂而皇之，一脸的英雄气概。倒是那些往常也梳小分头，夏天也穿白袜子的名演员的儿子们，一个个变得神态委琐，走路溜着墙角，有的还得趁菜场快关门的时候，做贼一样地进去买论堆儿的瘪塌菜。

罗扇的爸爸还是门房。无论什么年代，门房总是不能不要。罗扇也就依然是那么一个不谙宠辱、无忧无虑的小姑娘。

门房的后面，有一个报废了的汽车间，以前用来堆放灯笼。想不到灯笼放到地上有这么大，四个灯笼就把这个汽车间占满了。逢到过年过节，老罗把灯笼取出来，掸去浮尘，挂上流苏，悬在剧院大门的门框下面。

现在灯笼也当作"四旧"被砸烂了，汽车间改成了"牛棚"，给一个唱旦角的老爷子住。这位老爷子多亏了海内外很响的那点儿名气，好歹受了些保护，少遭了不少罪。

据老罗说，这位旦角儿以前腰身很好，就是眼睛有点儿近视。换了别人，也许表演的时候一块手绢儿抛上去，就再也接不到手里，这一位可从来没闹过这样的笑话。技艺实在是太娴熟了，简直闭着眼睛也可以满台飞，要不以前怎么管他叫"著名的表演艺术家"呢？

现在这位唱旦角的老爷子戴着黑框儿的眼镜，不分白天黑夜齁齁地喘气，下巴底下重叠的皮肉一抽一抽的。老爷子虚泡泡的一个短身子，松松的肚子朝皮带下面耷拉着，再往下勉勉强强支撑着两条不相称的细腿。

这副模样的老爷子，谁能相信他以前专演好身材的古装美人？

小小的一个汽车间，好像伸手便可以够得着顶棚。灰黑色的墙皮龟裂得如同八卦图，有几块将要脱落了，在那里空悬着，摇摇欲坠。汽车间没有窗子，一进去一片黑暗，扑来满鼻子的怪味，那是樟脑丸味、陈家什味、烟味、尿盆味、剩饭菜味混合在一起的气味，给人的印象非常奇特。

暗无天日的汽车间里，箱箱笼笼塞得满满登登。三张单人床挤挤挨挨地搭在平排的箱子上面。这种比一般人家高出一截的床铺，年轻人可以一蹿而上，老爷子则必须在脚下垫张小凳。

老爷子快六十了，但是他的一儿一女的年龄不过与罗扇相仿。人家说这两个孩子是他小老婆给生的，小老婆却已经离了婚。老爷子的大老婆和大孩子们解放前就已经去了美国。

罗 扇

那女孩的小名叫"小兔儿",果真像只兔子那样喜欢撒欢蹦跳;那儿子名唤"小牛儿",敦敦实实的一个家伙,五官却长得十分清秀。剧院里的孩子,无论是不是"白袜子阶层",都和小牛儿玩得来,因为他的性情很是随和。小牛儿显然很庆幸他有小兔儿这样一个"能不够"的妹妹,所以,他用不着去向造反派递送父亲的病假条和交代材料,也用不着天不亮就去菜场,用破砖头在这里排一个队、在那里占一个位。

小兔儿使他在落魄的公子哥儿中间,维持了很多的体面。

小兔儿长着她爸爸的大脸盘,欢眉大眼,一笑左腮上就旋起一只小酒窝儿。她喜欢天不亮蓬着头发去菜场,嘴里叼着钢丝发卡,边走边用橡皮筋绑扎小辫儿,她很着迷这种平民生涯的新鲜。

住到汽车间来的小兔儿,似乎并没有品味到多少屈辱感。

罗扇比起小兔儿,反而更娇气一些。

罗扇有一天坐在汽车间的门口帮小兔儿择菜,青青的蚕豆米,一颗一颗地落到了米黄色的搪瓷盆里。罗扇穿一件红格子的花呢外套,袖口上镶着用黑毛线织的宽边。小兔儿则只是一件染成藏青色的旧卡其布两用衫,袖口上一圈明晃晃的粥垢油垢。

罗扇忽然对自己干净的衣服和娇嫩的双手感到了空前的不适应。

罗扇决定跟小兔儿一块儿去买菜。

头一天的晚上,她把家里那只硕大无朋的菜篮子搁在门房外面的长石条上,便于拿起来便可以出门。枕头底下,掖着她妈那只用黑棉线钩织的钱包,里面装了零零碎碎用起来很方便的硬币和角票。第二天,剧院的大铁门还严严实实关着呢,小兔儿就动身去菜场了。她必须穿过门房从另一侧的小门出去。小兔儿一推门房那扇背后钉了截旧轮胎、可以自动闭合的小木门，就看见罗扇喜盈盈地从桌边站起来，小辫儿已经梳得光溜溜的了。

罗扇和小兔儿，从此成了形影不离的朋友。

老罗两口子很心疼他们的女儿，罗扇买菜的时候，一会儿打发小九儿来、一会儿打发小十子来，要换她排队，要帮她提菜篮子，罗扇不胜其烦。罗扇有一个小小的特权，每天可以背着兄弟们独享一只大麻团。菜场门口的大麻团炸得非常好，远近都有点名气。罗扇用小纸片垫着滚烫的大麻团，一撕成了两半，糖馅儿汩汩地流出来，赶紧将它们平托着，像两只美丽的小碗。小兔儿和她分吃这只麻团，吃完了，各自舔干净手指头上的糖汁儿和芝麻。

湿漉漉的点着灯的菜场，人们个个拖着没睡醒的影子，嗡嗡地说着干巴巴的、梦呓般的话。水泥柜台空空的，可是小兔儿早就弄清了，一会儿这里会有便宜带鱼、那里会有破壳鸡蛋。她们每人都带了一只搪瓷盆子，专门用来盛放破壳鸡蛋，鸡蛋破了壳，反而不用担心里面新鲜不新鲜。

她们耐心地排着队，不住地打哈欠。泪眼蒙眬里，看肉案子上悬垂的吊灯和灯下用冻得红肿的手操刀的小师傅，觉得他那张生了虫斑的、苍白而腼腆的脸，十分恍惚而刺激。

小兔儿每次都选这张肉案子排队，就是因为，那细高挑的小师傅一见到她俩，就一张脸慢慢地红到了耳朵根。

她俩选定哪块肉，一般情况下他都言听计从。

有一天，两条排豆腐的队伍发生了骚乱，原因是队中各有一名男子因各自"观点"的不同，展开了势均力敌的辩论。旁观的人渐渐地介入进去，双方阵容迅速扩大，以至于大家捡起排队用的破砖头，随时准备进入武斗。全菜场的人都被惊动了，有拉架的，有

罗　扇

演讲"要文斗不要武斗"的，看热闹的更是不计其数。混乱的秩序下，菜场门口炸麻团的摊子不知了去向，好不容易买齐一篮子菜回家的罗扇和小兔子，饿得像篮子里晒蔫的青菜。

回到家一看，小兔儿的爸爸早已上造反派那里听训去了，小牛儿在汽车间的门上用剩饭粒粘了张字条，上面用仿狂草豪放不羁地写道："小兔儿，要是在老地方。"

小兔儿让罗扇帮她提着菜篮子，折身到搁炉子的小夹当里去了，一会儿，提回一串沾满炉灰的钥匙，麻利地开了汽车间的门。

罗扇跑回家去，笑倒在枕头上。她妈唤她喝粥，她嘴里含着一口粥，突然间全喷出来。

这一天见了小牛儿，她真想调侃他几句，或者干脆管他叫"要是"，可是她不敢。她和小兔儿在汽车间里忙着包荠菜饺子，小牛儿一进来，她忽然间觉得气短，磕磕绊绊地连话都说不全了。

小牛儿却不管，硬挤在她和小兔儿中间，学她们包饺子。那一天的饺子统统煮破了皮，揭开锅一看，这不是荠菜面片汤吧？

小牛儿的床和他妹妹的床之间，连摆了三只大樟木箱子，尽管这样，也挡不了他俩没完没了地拌嘴。他们的父亲在另一张铺上咳着喘着，吸着烟，很少说话。

罗扇到汽车间去，有时候佯装无意地坐在小牛儿的床上，床上一股臭袜子味。汽车间里猛一看，几乎全给三张床占满了，唯一的一张八仙桌，桌子底下塞满了藤篮、木桶和米缸。

罗扇的家里虽然也很挤，但没有那么多的杂物和箱笼，哥哥们有一大半分配到了外地，或者住在了工厂宿舍里，家里的地板被她妈洗得干干净净。

很多年以后，罗扇在纺织厂下夜班，就近在街口的小早点铺里喝豆浆。早点铺也有现炸的麻团，却是用炼沸过多次的陈油炸出来的，黑乎乎的，又小又硬。罗扇买了一个托在手里，诧异它怎么再也撕不成两弯金色的小船。对面一个抱着摩托头盔的男人对她大扬起手来，叫道："喂，天阶夜色！"罗扇定睛一看，是长大了的小牛儿。她的脸立刻红了，鼻尖上、耳朵后面，唰唰地冒出汗来。

罗扇插队回来，小兔儿家已经搬走了。他们家本来有一幢自己的花园洋房，现在全部归还了他们。罗扇只能偶尔见到小兔儿的爸爸，出入剧院都是小车接送，看上去非常像一位教授。

小牛儿隔着污渍斑斑的白木条桌，凑过脸来看她，神态和少年时一样，百无禁忌。

罗扇用手背擦鼻尖上的汗，不防备把袖口上的一朵飞花黏在了刘海儿上。小牛儿伸手给她拿掉了，拿得那么理所当然。在豆浆升腾的雾气里，罗扇像傻了似的，没有了挪开脸的力气。

小牛儿的大名叫"牧烟"，名字相当的不俗。他编的一出戏，居然在全国戏剧汇演中得了个创作奖。罗扇感到很奇怪，问他："你这么有水平，当年怎么连'钥匙'两个字都写了白字呢？"

牧烟的脸红都不红，大大咧咧道："我那会儿急着上茅房，这两个字一下子就是想不起来——小兔儿能看懂就行呗。"

罗扇道："真好意思！就那样粘在门上展览！"

罗扇嫁给牧烟以后，在厂里吃劳保，一转眼就是近十个年头。厂子里的人，新旧更替频繁，每月她去财会室领钱，都会见到几张陌生的脸。有一次，新换的出纳用眼角瞥着她的签名，边点钱边小声嘀咕："罗扇？什么怪名字！"

罗扇从厂里领了钱出来，路过街口，眼看着她和牧烟重逢的那家早点铺变成了小饭馆，又变成了一家内容暧昧的咖啡屋。无论它

罗　扇

怎么变，罗扇都忘不了牧烟在豆浆的雾气里向她探过来的面孔。

三班倒的女工们经常在这个街口交汇，她们的刘海儿上粘着飞花，有着职业性的高喉大嗓和青灰色的面色，富态而莹润的罗扇，已经不可能再轻易地混迹于其间。

即使遇到往日的同事，她们也不会再与她亲密无间，更不会有第二个人像当年的牧烟那样，亲近到挥手便对她招呼："喂，天阶夜色！"

牧烟成了小有名气的剧作家后，以前管她叫"少夫人"的，都管她叫起了"嫂夫人"。老的少的，当着牧烟的面，莫不如此。恭维罗扇的人，不外乎赞赏她的娴雅美丽，喜欢打趣的人便要说："牧烟这家伙写剧本倒有几手新玩意儿，怎么闹起爱情来，一点儿没脱开才子佳人的老套数！"

牧烟散漫地仰在沙发里，笑着一拍罗扇的肩膀，对客人道："我俩，青梅竹马！"

罗扇弯着腰往小茶几上摆水果点心，回头给他一个白眼，道："你瞎说！"说着脸已经红了。牧烟穷追猛打，揪住她的绉边围裙，说："那你说，凭你的巧手儿，怎么那次给我们包了锅满锅开花的饺子？"罗扇故作镇静，道："那还不是因为你在里面瞎掺和。"

客人听到这里，已经比牧烟更笑得不堪收拾。

牧烟的工作不坐班，只要天气好，必用摩托车载着罗扇，到别人想都想不到的地方去玩，比如有一次跑到皖南，在一座深山里欣赏明人建造的木楼。那木楼宽大结实，楼廊上堆放着犁耙禾桶，爬着几个泥乎乎的孩子。楼后是猪狗的世界，泥泞里印着密匝匝的蹄印子，臭不可闻。一汪污水里还浸着头背上落满蚊蝇的水牛。牧烟拍拍拴着牛鼻子的那块怪石头，说："喏，看看吧，后花园。"

这难道就是旧时小姐向穷书生赠金的地方？

牧烟很兴奋地试图将木楼和后花园悉数买下，居然果真去找房主谈价钱。结果是，两个人掘了一通山上的竹笋，满载而归，买木楼和后花园的事，宛似一场春梦。

牧烟有电影资料馆的观摩证，如果不出去寻幽探胜，他便多半泡在资料馆里看片子，一看就是四部。回来以后脑神经极度兴奋，通宵不睡，抱着饼干桶一部一部地将电影讲给罗扇听。由于牧烟在描述过程中十分强调电影手段的应用，罗扇听得多了，也能参与讨论，反正第二天谁也不用上班，爱讨论多久讨论多久。

逢到牧烟外出观摩或开会，无论他们那伙"艺术狂人"闹腾到多晚，牧烟临睡前的最后一个节目，总是抱着电话对罗扇进行一番习惯性倾诉。牧烟与罗扇之间，言情的成分相当少，也许青梅竹马的夫妻都这样，感觉上首先是最好的玩伴。

牧烟开会回来，会给罗扇带上很多时新的服装和化妆品，更多的则是玩具。有一次从广州回来，通知罗扇去接站，两个人一见面，牧烟便塞过一只特大号的进口洋娃娃。出站口挤得厉害，不知怎么挤掉了洋娃娃嘴上叼的奶嘴。洋娃娃惟妙惟肖地放声大哭，吓了罗扇一跳。周围人的目光一下子齐刷刷地扫过来，羞得罗扇恨不得把洋娃娃从人群中扔出去。牧烟笑着，嘴里说着"劳驾"，弯腰在人腿缝里捡起了那只奶嘴。说来也怪，奶嘴往洋娃娃嘴里一塞，它立刻恢复了安静。周围的人由不得啧啧称奇，直到他俩出站后到了站前广场，还有不少人哈哈笑着对他们指指点点。

出了这么一场洋相，回到家罗扇还在牛牧烟的气。牧烟大口地吞食着火腿蛋炒饭，连连点头，说："不错不错，我最欣赏你生气的小模样。来，坐到桌边来，让我慢慢看。"

罗 扇

说来蹊跷，牧烟的剧作从此再也没有得过高荣誉的奖项。这时候，戏剧界已经高手如云，牧烟急流勇退，想到美国去深造戏剧理论。不料连考三次托福，一次也没过关。牧烟脸上挂不住，便往罗扇身上推诿责任，硬怪她不好好提供复习环境。罗扇急了，跑回家去向母亲诉委屈。罗扇的妈手里择着韭菜，心事重重道："好好的，又闹着去什么美国。结婚这么些年了，连个孩子都不肯要，谁见过像你们这样的两口子？我听谁说，你俩一个扇子一个烟，不是什么好姻缘……"罗扇跳起来，凳子倒下去，砸烂了一片韭菜。罗扇气结道："您听别人的混话！您生炉子用不用扇子？扇子一扇，冒烟的火没有不旺的！"顶撞了妈之后，罗扇有次对牧烟说："下次你找个姓'柴'的，最好是叫'柴火'，这样你就会万事兴旺了！"

牧烟慢吞吞道："是——吗？"

罗扇恨得牙痒痒的。

从此以后，"柴火"成了他们之间乱开玩笑的专用名词。

牧烟上托福辅导班回来，罗扇问他："今天有柴火吗？"牧烟说："有倒是有，只怕是湿柴火，烧起来更加是浓烟滚滚——我的脑袋已经够迷糊了。"

牧烟办成出国签证的那一天，坐特快从上海回来，到家已经很晚了，进门便高举双手："今天我能不能拒绝火腿蛋炒饭？"

罗扇以为他要去24小时营业的丁山宾馆吃正宗的西式大菜，不料他推出摩托，把罗扇带到了那家由早点铺改建的咖啡屋。

"今天我特别想吃吃'怀旧'这道菜。"人造葡萄藤遮蔽的火车座里，牧烟隔着小桌上摇曳的烛光，探过头来看定她。咖啡的热气袅袅地升腾在烛影里，罗扇慌里慌张地抬起手来，掠了下刘海儿。

牧烟笑起来，说："嘿，你真是一点儿都没长大。"

牧烟到了美国，靠着他爸爸在国外的存款和异母哥哥的帮助，初步立住了脚跟。

罗扇度过了一段失去平衡的日子，有一次因为百无聊赖，没把一份晚报看完就睡着了，凌晨时分醒来，听到鸟儿们在院中的桂树上发出细碎的鸣啾，仿佛自己的人生也从一场梦中醒来。那些与小兔儿踩着路灯下的影子上菜场的少年往事；那些出了夜班车间，新鲜空气扑面而来，吸也吸不够的挡车工岁月，一时间全都历历在目，清晰得犹如昨天。

她飞快地穿上衣服跑出去，豁啷啷打开西式的铸铁大门——她迫切地想吃到现炸的新鲜油条——自从跟着牧烟学会了睡懒觉，她的早餐就只好是牛奶加面包。

她不但买回了刚出锅的油条，还用广口瓶提回了热腾腾的豆腐脑儿。老爷子穿着一身白绸衫正在桂树下练剑，冷不防看到她从大门外进来，吓了一跳。

"爸，"罗扇举起手里的食物，"快去洗脸——今天我请您吃新鲜！"

老爷子美美地吃完了这顿早餐。罗扇内疚地想，说起来也是多年的儿媳了，怎么倒是第一次为老爷子伺候早餐呢？

大名叫作"牧舟"的小兔儿，很多年前考上了苏州师院，毕业后就留在了苏州。小兔儿倒是常来个电话，问候问候父亲，老爷子万一有个头疼脑热，她也是鞭长莫及。

罗扇便照料起了老爷子的饮食起居。

老先生很少出门，但是上门的人从来没有少过。前来拜访的海外同行和名流一多，国内的文化人便更是趋之若鹜。写专访的、拍电视专题的；今天请他做青年演员大赛的评委，明天请他任大百科

罗　扇

全书戏剧卷的顾问，后天开专车接他去参加政协文化组的会议……层出不穷的名目把老爷子搞得应接不暇。

拍专题片那次，摄制组非让老爷子坐在露台上拍，时间折腾得太久，完事后老爷子患了场肺炎。发病那天，老爷子没有按时起床，罗扇听见里面齁齁地喘气，门却闩着，推也推不开。罗扇把弟弟的孩子"借"来，让他从气窗爬进去，才算把门打开。

罗扇奔到床前，伸手就到老爷子的额头上试体温。老爷子眼神都变了，又喘又急又拨她的手，说："体温表、体温表……"

罗扇说："爸您见外是不是？好歹我也是您看着长大的，您别把我当媳妇当女儿成不成？都一家人了，您还防着男女授受不亲，可笑不可笑？今后您这房门再也不许上锁，万一有个什么不测，我没法儿向小牛儿、小兔儿交代！"

住进急诊室后，老爷子枕着冰袋降温，他的脑袋过于硕大，又小又滑的冰袋怎么也枕不稳，罗扇便扶着他的脑袋，扶了一夜。

老爷子病好之后，不知不觉地将罗扇唤作了"小扇儿"。以前他对她的称呼很可笑，叫"小罗"，怎么听都觉得生分。

转眼到了老爷子从艺六十周年的日子。纪念活动中有一台折子戏，由老爷子分布在海内外的弟子联袂来演。这台戏的票，说它无价也不过分。作为压轴戏，老爷子自己粉墨登场，演一出《拾玉镯》。

罗扇在台下，抱着公公的夹大衣、呢帽和手杖，胆战心惊地等待老爷子出场——如果老爷子的扮相注定要刺激人们的感官，那又何苦来呢？

她更担心他手里的手绢儿，害怕他糊里糊涂地踩在脚底下，又怕他向往常那样，擦罢了汗，团巴团巴塞在袖筒里。

老先生果然出场了，这是一个多么可怕的"妙龄少女"！大胖腰身，一张嘴一口黑洞，汗珠很快便挂满了皮肉松弛的大腮帮子。

但是他终日昏花的眼睛变得非常富有表情，甚至时而给人以眼波流动的惊艳感觉。他的一招一式、一颦一笑，都是无懈可击的，更不用说如何使用那方作为重要道具的手绢儿了。

艺术真是不可思议。

虽然老爷子沙哑的嗓子让他力不从心，闹得他直皱眉头，观众席上仍然不断爆出叫好的声音。逢到这个时候，罗扇由不得地要回过头，充满感激地瞧上他们一眼。渐渐地，她的感情也就和戏迷们融成了一片，别人叫好，她也跟着叫好。老爷子的手杖失去倚持，砰然倒地，惹得旁座的人朝她瞪眼。

谢幕的时候，老爷子涕泪交加，拿着道具手绢在脸上胡乱地抹。有生之年，老爷子大约再无登台的可能了。罗扇设身处地地替他想一想，不免也就黯然神伤。

本来她是准备上台去搀扶老爷子的，可是片刻之间，老爷子已被包围在花团锦簇之中。那些中年的、青年的女演员，谁不渴望着被老爷子收为关门弟子呢？

家里的女宾，来得越发热闹了，好像存心要在这幢小楼里争奇斗艳似的。

罗扇学会了接各种各样的电话，学会了对付各种各样的应酬。什么样的人上果盘、什么样的人该留便饭——当然，有的人是需要给他打官腔的，有的人则应该让他坐一回冷板凳，等把他晾够了，再去上楼把老爷子扶下来。

总之，罗扇什么都学会了。

老爷子觉得罗扇可心，比儿女强得多，外出参加春节联欢晚会

罗　扇

什么的，总让罗扇陪着。晚上电视台播放联欢会的录像，老爷子捧着茶碗，指着屏幕上的罗扇，急切切地朝小保姆招呼："快！快叫小扇儿来！叫她瞧瞧自己的模样儿！"

罗扇从自己的卧室里探头，一看，轻轻一拍手，道："呀，原来我这件衣服这么好看！"

罗扇的性格变得有些活泼了。早晨起来收拾客厅，嘴里嘟嘟地吹着尖溜溜的小口哨，她走到哪里，后面便蹒跚地跟着牧烟给她邮回来的声控玩具小狗。

这年除夕，小兔儿回来帮她一块儿包饺子。荠菜肉馅儿，有红有绿，精白面擀的饺皮儿，又滑又韧。罗扇忽然间怦然心动，想起那次在汽车间里，包的也是荠菜肉馅儿饺子。她想给牧烟挂电话，独在异乡为异客，他还记得今天是除夕吗？

年初一，趁着家里没有外客需要接待，罗扇踏着满地的鞭炮屑到电信局去给牧烟挂越洋长途，她得先给他道个新年吉祥。

电话接通了，那边分明正值夜半，却是一个女人接的电话，睡眼惺忪道："哈喽？"

接下来，罗扇没听明白牧烟向她说些什么，她也忘了向他拜年。

回到家里，见到小兔儿在哭，花瓶茶碗碎了一地。小兔儿说："罗扇，你看爸爸糊涂不糊涂？你道他叫我回来什么事儿？正月十五他要结婚！"

罗扇一个激灵，脑袋里的那团雾也吓散了，张口结舌问："结婚？和谁？"

小兔儿哭道："除了那个特有手腕儿的女人，还能有谁！"

罗扇从地上捞起一个摔散架了的镜框，里面是老爷子和新近收的关门女弟子的合影。这张合影伴着一则消息，在很多报刊登载过——老爷子收关门弟子，这是一个重要新闻。

收的这位弟子是常来的女宾中最娴静的一位，虽是小地方剧团来的，却比许多大剧团的女演员温婉可人，罗扇和小保姆从未对她产生过戒备心理。

可是，她不是有丈夫的吗？举行收徒仪式的时候，她的丈夫也是在场的，那人唱须生，据说还是他们那个剧团的副团长。

小兔儿跺着脚，道："离了！说离就离了！'戏子无情'这句话你没听说过吗？"

罗扇的心依然懵懂着。老爷子已经近八十了，可以有这么老的新郎吗？

小兔儿叫道："那个女人哪是什么等闲之辈！让她去做女间谍都够格！爸爸上当上惨了！爸爸这个老糊涂虫啊！"

罗扇木木地翕动着嘴唇，说："小兔儿，咱们劝劝他。"

小兔儿说："哪里还来得及？结婚证都领了！全是女的一手操办的！"小兔儿埋头大恸，又披头散发地仰起脸来，泪雨滂沱道，"想不到爸爸老了老了还要遭人如此暗算，嫂子，你这个媳妇怎么当的？"

怎么当的？罗扇糊里糊涂地问自己，越问越是糊涂。

小兔儿徒劳地闹腾了半个月，老爷子的婚礼还是如期举行了。牧家作为家属参加的，只有罗扇一个人。她把老爷子搀下花团锦簇的喜车，进了大厅还没给老爷子脱好大衣，新娘子就把一切都接手过去了。

在公共场合陪着老爷子的罗扇，怀里从来都是抱着东西的，老爷子的外衣、老爷子的帽子、老爷子的手杖。现在她空着手，站在

罗　扇

哪里都不是地方。

婚礼隆重而繁杂，冗长的仪式还没有全部结束，老爷子已经微微地发出了鼾声。新娘子欠过身去，用手绢儿擦掉了老爷子挂在领带上的口涎黏丝。

介绍人是当年给罗扇取名的许院长。罗扇看他在婚礼上手舞足蹈、红光满面的样子，心里想，他给人取名字取得挺有水平，他给人做媒可就做得太不地道了！

罗扇的父亲和母亲，作为老爷子的亲家，也都参加了婚礼。说起来是嘉宾，老两口儿一直是前前后后地忙着各种打理。婚宴开始以后，新人及亲友表演各种节目助兴。老爷子就免了，新娘以弟子身份唱了一段，也就算是代表了他。接下来，新娘换上了一件黑色的露背长裙，与文化厅的王厅长合作，跳了一段华尔兹。这个节目真可谓大爆冷门，至少在罗扇眼里，官气十足的王厅长完全换了一个人。

罗扇的母亲皱紧眉毛，说："喜宴喜宴，哪有穿黑的这一说？"老罗解释给她听："王厅长穿的是燕尾服。西方人穿燕尾服是最隆重的。"罗扇的母亲不肯赞同，说："那新娘子怎么不穿白的？外国的新娘子不都讲究穿白的吗？"邻座的许院长夫人笑起来，说："穿黑的显苗条呀。"许院长的夫人其实有点幸灾乐祸，这条黑裙子太紧，新娘子全身上下一截一截地凸出了棱子。

许院长告诉他们，王厅长和新娘子参加过业余国标舞大赛，还拿过名次呢！

老罗的老妻一直是唉声叹气的。老罗不止一次地警告他："你别在罗扇跟前乱嚼嚼什么！"罗扇懒懒的，一副无可无不可的模样，她是没有什么心情去关心别人什么事的。

牧烟趁着假期与别人结伴驾车，进行全美旅行，他说："老爷子结婚，我回去干什么？我回去岂不是自找尴尬？"

散了婚宴回到家里，罗扇看到客厅里放了好些个花篮。看看落款，几乎都是那些失意的女弟子候选人。小保姆说："这些阿姨今天结伴来送花篮、讨喜糖，又不肯去吃喜宴。"罗扇说："难得她们能来，已经不容易了。"小保姆说："她们说今天还有一个新郎姓王。"

罗扇吓了一跳。

这才把小兔儿的话品出了几分滋味来。

新娶的牧夫人，选择了在东郊宾馆度蜜月，租的是一幢临湖小楼，总统套房规格。婚礼的次日，新夫人打回电话，询问罗扇，老爷子闹便秘，一般都用什么药解决？罗扇急嚷道："您千万别给他服用任何治疗便秘的药，老爷子经不得泻的！您等着，我让小阿姨熬一锅稠稠的绿豆汤送过去，爸吃上两碗就能见效。"

新夫人颇感诧异，问："咦，这里面可有什么道理吗？"罗扇说："绿豆皮最能解热清肠，以往咱家都是这么办的。"新夫人笑道："哟，这可是牧门秘方呀。这么办吧，我让人关照宾馆餐厅熬绿豆汤去，也免得让你们大老远地跑腿了。"

他们度蜜月的这段日子，家里来了一个装修班子。新夫人专程回来一趟，和罗扇商量房间的调整："老师原是一个人住的，卧室这么着也够住了。可现在是两个人住，又得添衣橱和梳妆台，进退就显得局促了点儿……再说了，老爷子上了岁数，上下楼不是太方便，楼上若能有个起居室，问题就都解决了……"

罗扇道："我听工人说了，预备把我那间卧室和你们那间打通，改成前后套间。牧烟和我的东西，我已经都作了打点——是不是让我们搬进小兔儿那间房间？"

罗　扇

新夫人说："那间房方位不是太好。楼下的客房我仔细看了，正面朝花园，采光好，窗外还有一丛挺美的竹子。"

罗扇依然无可无不可，指挥人把自己房间的东西一件不剩地抬下了楼。

她也觉得自己的房间与老爷子的新房挨在一块儿的确是不太合适。

楼上新添了哪些东西，罗扇也无意去察看。小兔儿每每来电话打探，她也只能是大而化之。

老爷子早晨不再到花园里舞剑了，他的早餐，改成了全盘的西化。奶酪、果酱涂抹的面包对老爷子并无好处，罗扇好不容易说服新夫人，改用了烟熏火腿夹面包。鲜榨橙汁和牛奶同时饮用，老年人虚弱的肠胃不能适应，老爷子闹了几次腹泻后，新夫人勉强采纳了绿豆汤和麦片粥。

平民化的豆浆、油条是绝对不可以再上桌了。

罗扇倘若回去看望父母，她可以偷空饱餐一通豆浆、油条，或者米粥配小酱瓜。

当初拜师的时候，新夫人曾送给老爷子一只相思鸟儿，黑黑的大大的眼睛，红红的尖喙。等到结了婚，她却不耐烦养它，便连笼子一块儿提下楼来，挂在花厅里，全权委托给了罗扇。罗扇渐渐喜欢上了这只鸟儿，两个"人"朝夕相伴，鸟儿的清洗，喂食，花厅里挂进挂出，无不是罗扇一一躬亲。有天早晨，刚刚摘去笼罩，让鸟笼沐浴在清朗的阳光下，小鸟儿一跳跳到了横架上，歪着脑袋忽闪着眼神，清晰地叫了一串"话"，听上去简直就是："罗扇早上好，谢谢！"

以后它一叫，罗扇屋里的声控小狗就会启动起来，左顾右盼地仰着脑袋，咔咔地往花厅走。

这使罗扇重新有了一个快乐的片刻。

家里的格局，不久又发生了变化。新夫人与前夫生的女儿正式搬进了牧宅。这个女孩长得很美，芳名叫作柯柯，她住的，是小兔儿的那个房间。

柯柯刚从戏校毕业，学了戏却不想去剧团，临时在城市规划展览中心当讲解员。

柯柯来的头天晚上，在楼下客厅里看电视，嚼着口香糖，郑重其事地宣布说，她第二天不再去上班了。躺在老爷子的安乐椅里，她一下一下地摇着，说："为什么她可以白吃老爷子的，偏要我去挣钱？"她说的"她"是罗扇，罗扇不至于听不出来。

罗扇并不说什么，拿了浴巾到浴室里去。家里吃饭的人多了，新夫人又不习惯小保姆的徽式菜，这些天来就一直是罗扇在掌厨。做了一天的菜，罗扇自己都闻得到身上的油烟味儿。小保姆早给放好了窗帘，浴巾干蓬蓬地叠放在浴缸前的白漆小方凳上。黛青色的洗脸池连着同色质的梳妆台，玻璃大镜子下面放满了别人的化妆品。

罗扇洗完淋浴，取一块毛巾，松松地裹住了一头乌发。她周身上下的皮肤被水汽一蒸，呈粉红色，好看极了。岁月好像在她的身上没留什么痕迹。

牧烟寄来了致歉的信，他说他是太想有个人在枕边说话了，所以就被可恶的"柴火"钻了空子。

牧烟就是这样一种人，即使在表示忏悔的时候，他也没忘了开玩笑。

罗扇把提花浴巾抖开来，围住了身子。镜子里看，就像一幅仕

罗　扇

女图的雪花笺。罗扇记得她的爸妈怎样把许院长写的雪花笺拿给这个人看、拿给那个人看。其实那首诗，现在想想，通篇不过是一个冷。可不是吗？银烛，冷不冷？秋光，冷不冷？冷画屏再加上"凉如水"的天阶夜色，冷得真可谓彻底了。"轻罗小扇扑流萤"这句倒不冷，可是流萤哪能在扇子底下留得住呢？"卧看牵牛织女星"——这一句简直就是谶言了！

小兔儿又回来了，这一次却是为了牧烟。牧烟在大洋彼岸出了车祸，油箱爆炸得太快，救也没法救。异母哥哥料理了丧事，骨灰就在当地的墓地埋了。那个和他结伴旅行的姑娘，也就和他埋在了一起。

罗扇常常不会相信，活生生的，调皮捣蛋的，不肯安分的一个人，突然之间就真的化作了烟。海阔天空跑了那么远，如今连给他奔丧都显得如此不现实。

这一次，小兔儿把丈夫和孩子都带来了，安营扎寨，发誓再也不离开牧家的这幢小楼。"哥哥没有了，我再不回来，我们牧家岂不是要全面溃败给那个女人？"

罗扇哭得像一截空葵花杆儿，任何的思维活动都没有了。

小兔儿为了要夺回自己的住房，一有机会便与新母亲恶言相向。柯柯却是我行我素，绝无交还小兔儿住房的意思。所幸的是，一切的战争都背着老爷子进行，谁都知道，这座小楼若是没有了老爷子，那才真叫是天塌了。

等到牧烟的死亡文件寄到，罗扇便开始打点东西。她打开壁橱的门，看到的全是牧烟买给她的衣物。她放下洋娃娃又抱起声控小狗，不知道从何处下手，眼泪扑扑簌簌地往下掉。老爷子站在门口，生了褐斑的手从袖筒里伸出来，颤颤地点着她，说："小扇儿……你……不要走……"罗扇摇着头说:"爸爸,您什么时候需要我了,着人叫我……一声,我……来……看您……"继母和小兔儿跑进来,一边一个抢着给她往箱子里塞东西,所有的东西,几乎一件不漏地全打点上了。

只剩下空空的一间房子。

娘家兄弟多是好事,罗扇自小没人敢欺负,可是如今的不好也是再明白不过的。兄弟们娶媳妇,谁不需要房子?家里的两间平房,三个弟弟已经为争它们打过好几架了。退了休的老罗,和老伴分别住到不同的结了婚的儿子家,给他们带孩子。

罗扇回去,住的是牧烟少年时住过的汽车间。这是老爷子的新夫人与剧院交涉的结果。房子倒是修葺一新,还给开了一扇小窗。窗户朝北,新夫人亲手给挂上了鹅黄色的丝绒窗帘,好像那里凭空多了一方阳光似的。

罗扇由牧家带出来的家当,箱箱笼笼居然也是一大堆了。罗扇晚上躺在箱笼间,有时候会以为自己也变成了二十年前的老花旦,齁齁地喘息着,辗转在樟脑丸与剩饭菜交织的气息里。

罗扇第一天重回纺织厂去上班,天不亮起来,嘴里叼着发卡,边走边用双手拢头发。盛着饭菜的铝饭盒,顺着尼龙网兜一直滑到肩胛骨下面,铝盒凉凉地碰着她的腮。

空气这么好,十多年没享用了。亮着灯光的厂房人影幢幢,老远便汩汩地流来了说不尽的亲切。

过去的保全工叫小杨的,骑着自行车从她身边掠过,单腿支着车子在路边等她。小杨说:"我捎你这段路吧。等你走到车间,打卡表要给你麻烦了——现在跟过去不一样,那时候是大锅饭,现在改制了,迟到一次扣半个月奖金。"

罗　扇

  罗扇下了班，赶紧去买了一辆自行车，一个月下来，总算只迟到了一次。谁知厂里发工资，除了基本工资，只发外销打回订单的毛巾，别人两捆、三捆地拿，罗扇只拿到了一捆半。就这样她也挺高兴，班组里的姐妹各自有办法销掉这些毛巾，罗扇拿回去给兄弟们分分。

  秋天的时候，五哥家的孩子考上了北京的出版学校。他一去上学，家里就没有多少需要干的活儿了，罗扇赶紧把母亲接回来，和她一块儿住汽车间。母亲倒真是很高兴的，早上起来和一帮老太太们去公园练气功，白天和老太太们打麻将消遣，从此不再看儿媳妇们的脸色。逢到星期天，老罗也就从七儿子家抽身出来，和妻女小作团聚。罗扇离开牧家时，新夫人硬将相思鸟儿连同笼子一块儿送给了她，如今这鸟儿便成了老罗的宝贝。

  星期天逢到好天气，老罗便坐在汽车间前的梧桐树下喝酒，鸟儿在他眼前的笼子里上上下下地跳着。

  接任老罗门房差事的，是一个切了一侧肾脏的电工，那人妻子跑了，儿女不管他，他倒是十分羡慕老罗。

  罗扇渐渐感到了维持一个家的不易。

  她的基本工资仅仅够母女俩和父亲一个周日的伙食。母亲入冬时一场小中风，就花掉了她以往几年的积蓄。

  年终的时候，厂里给每个职工多发了两捆毛巾，罗扇留了个心眼，没有再分发给兄弟们。她找到剧院的总务科，问他们，能不能买她的毛巾发给演员练功或卸妆用？

  因为价格很是便宜，剧院也就买了。厂里也很通融，为她提供了有效发票。

  大概是牧夫人也领到了这样的毛巾吧（她如今早已调来剧院成

了台柱子），她倒破天荒地到汽车间来坐了一坐，说："小扇儿，我给你联系了一家公司，替他们管管资料，你去不去？"

此时纺织厂面临大幅度压锭的局面，工人们人人自危，罗扇听了这句话，真可谓听到了福音。

春节后，她便到公司去上班。公司挂靠文化厅，是搞文印的，人也不多，大约一二十人，小家小当的。生意不算很火，但有文化厅的文印业务做底，外面再接些业务，日子也算过得不错。至少比起纺织厂来，那是强很多了。

罗扇没有专长。公司管理资料的工作原先自然也有人干，罗扇去了，那个叫作姚梅的便到营业部去负责对外复印。罗扇每天去上班，经过营业部，总是看不到姚梅一张好脸。

公司里的人，各有各的难以接近。罗扇也知道，自己端的一只碗，是在大家的碗里分了一勺羹，这和在纺织厂里盛大锅饭自然不能抱同一种心情。

罗扇趁姚梅不在时试着学了学操作复印机，觉得可以胜任，便去找经理商量，能不能让她和姚梅对调位置？

经理说："营业部有营业部的提成，姚梅未必肯把这个位置换给你。在楼上管理资料也还要负责接待客人，你见过大世面，姚梅没有你的素质。"

罗扇唯愿经理的最后一句话不会让姚梅听见。

在设计部，有一个老傅最先和罗扇说上了话。老傅说他以前在歌剧院当舞美，在一些场合，见到过罗扇搀扶老先生。

他给罗扇设计了一张名片，没有头衔，除了公司的名称和地址，只有"罗扇"两个字。但是在背景上，却有一个寥寥几笔的唐装仕女，持着团扇扑萤火虫。

罗　扇

罗扇笑起来："她除了胖像我。"

她喜欢这张名片。

罗扇工作兢兢业业，每天早到迟退，把楼上楼下的卫生无形中包揽下来。姚梅初搞复印的这一个月，恰逢文化厅评审职称，各色人等均来复印大摞的作品及林林总总的表格，姚梅的提成呈飙升之态，每天像只忙昏了也乐昏了的鸟儿。

有天中午，罗扇帮着后勤的人给大家分发盒饭，姚梅打开看看，啪地一扔，说："又是鸡腿青菜！"把罗扇一拉，说："走，罗扇，我请你去吃海鲜自助！"

看到大家都很意外，姚梅说："怎么？不可以吗？我的好运是罗扇带来的，谁敢不认账？"

她这么一说，罗扇也就不再推辞。

对于她来说，公司的门才算是真正向她打开了。

第一次从公司领到工资，罗扇买了一束昂贵的郁金香去牧府致谢新夫人。却不料，牧夫人到上海去做美容手术，小兔儿和丈夫回到苏州去跑职称，家里除了老爷子，只有牧夫人的女儿柯柯和小兔儿正在读小学的儿子。

吃饭的时候，小保姆端上盛在玻璃煲里的炖鸡，罗扇用刀叉取下一只鸡腿，放在老爷子的汤碗里。

小保姆赶紧向两位少主人解释："这是罗扇买来的鸡，炖给老爷子补身体的。"那位柯小姐本来无意与罗扇一桌吃饭，一扔筷子，上楼去了。小男孩倒不见外，撕下另一只鸡腿，边啃边看电视。

老爷子一声不响地坐着，眼泪便流下来。

临走的时候，罗扇说："爸，我若知道你想我来，我早来了。以后我一有空，就来陪你说话。"

这句话，罗扇没敢让那一大一小两个孩子听见。

罗扇的工作就性质而言，类似于秘书助理。起草文件她不行，但是记录、抄写、收收发发，她都能做得很好。尤其是接待客人，不同的人物、不同的规格，不用经理点拨，她多半能心有灵犀。

这个公司有文化厅的文印业务支撑，不似其他同类小公司要四处拉客户，相对而言应酬也少。八小时之外，罗扇很少加班，她便买了一台旧电脑，在家里学着打字。

日子很平稳地过去。因为没有加班工资和营业提成，罗扇的工资在全公司最少，但能够维持她和母亲的温饱，她已经很是满足。过去同纺织厂的工友，因为压锭减员，大部分都已下了岗。有一次经过市政府，看到熟识的女工们乌压压地坐了一片在市政府门前的草坪上，边织毛线，边聊闲天，不知怎么，罗扇比看到剑拔弩张的场面更有一种内心的震撼。

她已经唯求母亲不要生病，别人家除了老人还有正在读书的孩子要供养，人生对于他们，可见更是一番沧桑。

出于对牧家的报恩心理，她每周总要买些菜到牧家去，为他们换一回胃口。有一次周日，逢到自己家张罗小十子的婚礼，没有去牧家，次日老爷子便遣小保姆来，带来了一篮不知谁送他的洋水果。

小保姆说："爷爷没等客人走，就催着我把这篮水果送来给你。爷爷说，小扇儿没上家里来，是不是生了谁的气。他跟我说，'你去给她笑一笑。'"

罗扇眼里忽然有泪花涌上来。那一大篮蒙了玻璃纸的漂亮水果，赤橙黄绿，混成了一片杂色。

她刚好给老爷子买了一双"内连昇"的老北京布鞋，赶紧拿出

罗　扇

来，让小保姆给老爷子捎过去，鞋里满登登地塞了小十子的喜糖。

那篮稀罕水果，便拿去装点了小十子的新房。

剧院里那些当年争着打扮罗扇的漂亮阿姨，如今都是罗扇母亲的麻将搭档。一圈圈的麻将推下来，她们为罗扇张罗的对象也有了好几拨。

罗扇一一地前去见了面，不知为什么，总也再找不到感觉。其实那些男人们，条件都不算差，若不是她在牧府当过少夫人，也轮不到她来挑选他们。

其中有一个，约会的次数比别人多。他若话多一些，眉眼再神气一些，简直可以冒充小牛儿。可是这个准小牛儿，脾气也是太蔫了一点儿，无论跟他说什么，他都只有附和的份儿。

罗扇说："我不做家务。"他说："我做。"罗扇说："我养我妈。"他说："我养。"罗扇说："我不想生孩子。"他说："那就别生。"罗扇故意气他："我不爱吃饭，只爱吃零食。"他说："你尽管吃，我给你买。"

姚梅她们听说"准小牛儿"这么听话，都使劲儿起哄，说："这种乖男人不嫁，你还等什么哪？"

罗扇还是把他给回掉了。真正的小牛儿算是把罗扇给坑了。他的倜傥不羁、他的那些个别出心裁，罗扇简直无法从别的温吞男人那里找回一二。

那天，离文化厅不远的体育场发行福利彩票，听人说，有家农民，三口人中了三个大奖，每人得了一辆桑塔纳。姚梅一伙方寸大乱，扔下手里的活儿便都上了体育场。

罗扇从楼上下来，替她们照应门面。

靠近中午的时候，来了一位顾客复印离婚公证。他先认出了罗

027

扇，说："哟嗬，碰上熟人了嗨！"

罗扇定睛一看，是纺织厂的保全工小杨，刚回厂上班的那天，他用自行车载过她。

两个人不免好一番叙旧。

小杨说，他业余炒了几年股，发了一笔财，承香港的亲友关照，在深圳开一家小公司做电脑生意。生意还算过得去，就是忙得顾不上家，老婆一生气，跟了别人。

罗扇想起来，小杨的老婆是纺织厂的一枝花，有名的美人。纺织厂里男职工少，小杨又比别人帅气，美人就归了他。

这段姻缘没有结下善果，好可惜了的。

罗扇叹气道："纺织厂要是好好地开着，你们也散不了。"

小杨说："那也未必。我炒股那会儿，她也没不待见我。她得钱守着，人也守着。你想，一点儿代价不付，人能发财吗？"

罗扇笑起来，道："你别是也在深圳包了一个二奶吧？"

小杨说："我还处在残酷的原始积累阶段，舍得了包二奶的钱，也舍不得那工夫呀。"

罗扇看看离婚公证，一套商品房归女方，孩子归女方，另外一次性判给女方二十万元人民币。

罗扇想，那美人也值了。至少她用不着到市政府门前的草坪上去织毛线活儿，也用不着像罗扇这样，每天挣一份打工仔的盒饭，老人治病的钱，全靠在牙缝里省。

小杨说，离一场婚，他的财产去了一多半——结婚这玩意儿真是没意思。

他说得快马加鞭地回深圳去赚钱。

罗扇送他出来。小杨跨在摩托车上戴头盔，忽然扭过脸来，

罗　扇

说："你倒没变得更胖。那年用自行车带你，我心里说，我这车后带过的女人，没哪个有这么重的。"

罗扇笑起来，笑得咯咯的。

姚梅她们回来，谁也没中奖。倒是老傅的一个外地朋友，出差路过体育场，随便买了两张彩票，中了一台洗衣机。他一时没处放，暂时寄放在老傅这里，惹得大家又是一番意气难平。

老傅对罗扇说："他们都去过了，下了班我俩去碰碰运气？"

罗扇说："好啊。"

她心里说，如果能中一辆桑塔纳，就给小九子去开出租，母亲以后的医药费，就由他来出。

小九子原先是汽车兵，退伍后在齿轮厂开厂长小车。齿轮厂倒闭后，他只能跟别人合租一辆桑塔纳，人家开白天的出租，他开夜间。

罗扇花十元钱买了五张彩票，中了一只电水壶，抱着电水壶，她兴奋得脸通红。满地雪片似的废彩票，都是空门，她这只电水壶，引来多少人羡慕的眼光。

一时也就忘记计划中的桑塔纳了。

老傅买了五十元彩票，只中了两袋洗衣粉，他干脆将洗衣粉给了罗扇。

罗扇在人堆里挤得满头是汗，赶紧到场外来买冰棍。她吃了一只草莓的，请老傅吃了一只巧克力的。恰好姚梅几个又来了，她便又一人请她们吃了一只。姚梅说："最好我也能中两袋洗衣粉——家里正缺洗衣粉呢。"罗扇一听，把老傅的那两袋给了姚梅。罗扇说："你还是中点别的吧！只想中洗衣粉，也太没理想了！"

抱着电水壶回家，喜得老太太半夜睡不着。

春天来时，罗扇在汽车间门口的空地上搭了架子，种上了丝瓜。以前在牧宅，年年都在花丛中种些丝瓜，瓜藤上割开口子接瓜藤的汁，可以治老爷子的气管炎。新夫人来后嫌丝瓜土气，改种了一架凌霄。老爷子入冬之后，气喘的毛病又重了一些。罗扇想，汽车间前面的地空着也是空着，她便种上了丝瓜。

瓜架上爬满丝瓜藤时，绿荫荫的实在是好看。老罗弄些旧砖块来，砌了桌子凳子，闲时他在丝瓜架下逗鸟儿，平时老太太们在这里打麻将。

那门房的电工，居然给牵来了电线，满架子扎了俗称"满天星"的小彩灯。罗扇看了笑起来："你干脆再给接上卡拉OK吧，咱卖门票得了，十块钱一个人！"

每天晚上，罗扇都选几支壮硕的瓜藤，切开口子，插在干净的玻璃瓶子里，用纸封好。第二天早上，一一收回瓶子，那里面的汁液隔水蒸过，就是治气管炎的偏方。

每年的夏天，都是老爷子身体状况最好的时候，他便偶尔也能到剧院里来，参加参加剧院的外事活动，看看青年演员的彩排。

每次来剧院，老爷子必到汽车间前的瓜架底下坐一坐，罗扇的母亲端上的粗茶，他也会喝上几口。陪同前来的牧夫人很少落座，多半是逗逗鸟儿，看看瓜藤间取汁液用的玻璃瓶子。

天凉以后，老爷子很少出门，他便时而派遣小保姆来，转送一些别人送他的滋补品，洋参丸啦、龟苓膏啦，都交代是给老罗夫妇的。有一次，有位日本友人送了他一副鹿皮手套，还有一条很漂亮的羊绒围巾，小兔儿当即觑觎上了这两件东西，不料也是客人还没走，小保姆就奉老爷子之命，火速将这两件东西送到了汽车间。

这是老爷子的聪明之处。但凡好的物件，必是引发小兔儿与柯

罗　扇

柯之间战争的焦点，不如物去人安。

小兔儿恨得牙痒痒，背地里抱怨老爷子："您那些好东西，不能悄悄地给您外孙留着吗？那么高档的手套和围巾，白白便宜了那些个罗小七子、罗小八子！"

老爷子说："我欠罗家的人情。"

老罗两口子并不愿意白受人家恩惠，每回收了牧老爷子送来的东西，总是愁着用什么东西去还。罗扇说："别愁了，老爷子这么做，是怕咱家和他家断了来往。我常去，就行了。"

罗扇去牧家，见到小兔儿的机会很少，时逢周日，她多半返回苏州。有次两个闺中玩伴碰巧遇上，小兔儿半真半假地笑道："我常跟我爸爸开玩笑，我说，老爷子，您怎么净往小扇儿那里'走私'哇？"

罗扇笑起来。小兔儿幽默起来的时候，和她的哥哥可谓异曲同工。

然而每次去牧家，都需要一份额外的开销，这对罗扇而言，是个很不轻松的负担。她唯有尽量地少添置衣服。她这样的年龄，体型又偏胖，已经不适合留长发。但她一直留着，也是节省一笔上美发店做头发的钱。

罗扇直直的头发绾在脑后，虽然落伍，也还典雅。

有一次，罗扇在办公室接到一个电话，是小杨从深圳打来的。小杨说："我遇到的女人怎么都是这路货？钱、钱、他妈的就知道钱！"

罗扇很诧异，说："你不是在声讨我吧？"

小杨一顿，问："你是只知道钱的女人吗？"

罗扇想了想，说："大概不是'只知道'吧……不过，人要顾及生计，就不能不'知道'钱，我还没有资格那么清高吧？"

小杨说："这就对了。你就是我想要的那种女人。"

罗扇怀疑听错，问："你说什么？"

小杨说："我想来想去，只有你做我的老婆最合适。"

罗扇笑起来："你不是得了健忘症吧？上次你说什么来着？婚姻是赔本的买卖！"

小杨说："现在我明白了。婚姻赔还是不赔，得看你投资的对象选没选准。男人没个家不行，没个家，你挣这些钱干吗呢？"

罗扇说："这事别拉扯上我。我不相信你身边没有合适的……"

小杨无心虚与委蛇："我的时间不多。明说了吧，娶谁也没有娶你可靠！你单纯，你知书达理，你心性平和，你穷日子富日子都能过……"

罗扇说："可我没准备嫁人呀！"

小杨说："嫁我并不需要你改变多少。我是没时间陪你的，你替我守着家就行了。我刚挣了八百万，这就回去买套房子，你可以接你爹妈过来一块儿住。"

罗扇说："我说过我喜欢你了吗？"

小杨说："都这把年纪了，你还想谈恋爱怎么着？咱们直奔主题吧姑奶奶！我给你三天时间考虑。我得跑订单去了。就这么着吧！"小杨完全是商人作风，说挂就把电话挂了。

罗扇托着腮在办公室里坐着，吃了一下午的瓜子，吃得上下嘴唇都挂上了盐霜，也没把这件事想出个所以然来。

回去跟妈一说，老太太喜得连晚饭也不吃了，赶紧到门房去给老罗挂电话，催他立刻过来拿主意。老罗来了一听情况，也是由衷地高兴，问小杨买的房子能有多大，能不能单卖一幢小楼，带着院

罗 扇

子，好让他种点花、养池鱼。

罗扇只觉怅怅的。爹妈首先关心的并不是小杨的人品。再者，她第一次发现，罗家的人也爱发财，也好虚荣，也在世俗的世界里陷得很深。

她也不得不承认，她对小杨的求婚，内心里也还是有几分沾沾自喜的。

可是，她敢说，她对这个小杨真的谈得上有什么爱情吗？

第二天去上班，照例是先搞卫生。都是小杨把她闹的，进经理的办公室吸尘，忘了先敲门，结果迎头碰见文化厅的那位女办公室主任，正坐在经理的膝上。

罗扇这才明白，经理承包的这个公司，怎么会承包得那么轻松。

说也奇怪，文化厅的办公室主任，在谁面前不是个威风八面的女人，坐在其貌不扬的经理怀里，她却一脸娇嗔。

那两个人见了她，倒也不惊不乍。想必两个人的关系早已不是什么秘密。

第二天就是元旦，下午全公司提前下班，一车拉到会议中心酒店聚餐。经理的老婆抱着一条京巴狗，早早地候在大堂里喝咖啡，听人一迭声地称她老板娘，笑得嘴都合不上。酒宴中间老板娘被人怂恿着，一杯又一杯地跟经理喝着交杯酒，罗扇的心里真是替这个抹着厚粉的女人悲哀。

她忽然决定不嫁小杨。人在不需要交易的时候，才有可能是清白的，是真诚的。小杨是以交易为职业的人，也许除了钱，他并不能向她保证任何方面的真。她又何苦要让世上再多一个戴着白粉面具的女傀儡？

姚梅喝醉了，缠着老傅不依不饶地问："你把你的心，送了多少给别人？"

大家笑着，起着哄，闹着要老傅赔罪。

老傅用电脑设计了一张新年贺卡，一颗红心托在一片美丽的羽毛上，背景是清澈的星空。

因为贺卡的画面和色彩都很悦目，大伙儿抢着要，于是这颗老傅的"心"，得到的人可就不是一个明确的数字可以说得清的了。

经理红头涨脸，从主桌上遥遥地伸过筷子，点着老傅的脑袋，口齿不清地命令："罚酒！罚酒！"

老傅微笑着，默默地喝干了一杯，朝姚梅亮亮杯子。

老傅的老婆在日本打工，据说过两年老傅也是要去的。姚梅的丈夫是搞摄影的，长年累月地到处采风。

他们俩，谁是谁的"柴火"？

这世上的"柴火"，怎么这么多呢？

罗扇回到家，看到剧院的礼堂里也在开新年联欢会。堆着各种影片的礼堂里，飘着气球，布置着圣诞树，仿照的是西式的风格。穿燕尾服的男人居然有好几个，女人的光胳膊这里那里地耀人眼睛。

黑头也好、老旦也好，大家都在跳拉丁舞。

舞会的中心，自然是王厅长和牧夫人。牧夫人"美"过容以后，腰肢纤柔，舞裙换成了一件火红的。

她现在真的是又年轻又高贵了。

罗扇到门房里往牧府挂电话，家里只有一个小保姆在看电视。老爷子坐在安乐椅上，睡着了。

罗扇回到汽车间，妈照例是不在家。屋里很冷，罗扇把所有的

罗　扇

灯都打开，光亮几乎都被箱笼家具的阴影吸掉了。

罗扇抱着热水袋，思考着"婚姻"这两个字。为什么张开眼睛看到的婚姻，无论新旧，都是千疮百孔的？

是婚姻这件事本来就有问题吗？

她刚刚打开电视，老太太就回来了。

罗扇很奇怪。老太太晚上出去打麻将，没有一个八圈下不来，她们今天怎么散得这么早？

老太太气得鼻子不是鼻子、眼不是眼。原来今晚的麻将桌，老太太们把它摆在了许院长家——许院长家新装了小锅炉，水汀烧得连厚毛衫都穿不住。一圈还没打完，许家的小儿子回来了，小儿子带着新交的女朋友，进了门就摔盆子打碗。

许院长的老婆先还不理他的茬儿，后来听听实在闹得不像话了，就喝了一句："摆脸子给谁看哪？这是我的家！"

那小子居然不说人话："你的家？我还以为这是扫街的、帮佣的来往的大车店呢！"

罗扇的妈气得直抖："许家老疙瘩从小没在咱家吃过喝过，他爸妈住牛棚那一会儿，他给坏孩子打破了头，还是我给抱到医院去缝的针呢！"

罗扇怨她："您几位也是，人家新交了女朋友，新装了暖气，又是过新年，你们偏上他家去打麻将，不是存心扫人家兴吗？"

老太太简直是气得不讲理了："那你说在谁家打？咱家这屋坐得下人吗？咱家冷成这样，你让人围着被子打麻将吗？说来说去都是你不争气，在牧家待着他们能杀了你吗？你非得要搬出来！你要还在牧家，那小子也不敢这么寒碜你的妈！"

罗扇咬紧牙关，防着自己一心软，再提起小杨和他许下的买房的愿。

她得慢慢打消父母这方面的幻想。

第二天起来,罗扇从床底下找出去年用过的取暖炉。汽车间潮湿,炉子上长了厚厚的红锈,罗扇到门房去借了把旧电工刀,把锈慢慢地铲干净。烟囱去年拆成一节一节的,用报纸包了悬挂在天花板上,她站在桌子上往下卸,她妈在底下接,不知怎么的把胳膊扭了。

老太太一屁股坐在凳子上:"这叫过的什么穷日子啊!"鼻涕眼泪全下来了。

罗扇再也撑不住了,只好说:"您放心,小杨就快回来给您买房了,屋子里都让他给你装上空调。"

罗扇也想开了。嫁就嫁给他吧,不行了就分手。现在谁还把离婚当回事儿呢?

元旦之后,小杨果然回来了。

他也没打个电话,开着辆从朋友那里借来的"城市猎人",堂而皇之地把车泊在了罗扇的公司门口。

"你现在能不能抽得出身?要是可以,就上车,咱俩找个地方边吃饭边谈事儿,完了我还得跟人去谈生意。"

"这是谁呀?"姚梅扯住了罗扇,非要问个明白。罗扇告诉她,是过去同一个厂子的同事,刚从深圳回来。

"你要和他合伙做生意?"

罗扇摇头。

姚梅一拍手:"那么就是你要和他拍拖?"

罗扇脸红上来。

"哇,不得了!"姚梅用脚踢踢越野车的轮胎,"'城市猎人'

罗 扇

哎！如今京城的妞儿们最时髦的就是开越野！罗扇，你别说你不想去拿驾照，你不拿，我可就去拿了！喂——"姚梅冲小杨打招呼，"这位'城市猎人'，得空您教教我开车呗！"

小杨一笑："那就等'得空'了吧。"他的态度倒还不卑不亢。这一刻罗扇还真有点喜欢上他了。

小杨就近把车开到古南都饭店，这里吃的也是海鲜自助，当然，档次高了好几个级别。"我不爱中餐点菜，太费时间。"小杨稀里哗啦给自己弄了堆尖一大盘东西，埋头便吃。罗扇自己关照自己，弄了几片西瓜，一只香橙，几只日本寿司。

除了西瓜，几乎都不好吃。

小杨说："我有话说，你先将就着坐一会儿吧。"他从自己盘子里分了蒜蓉大虾和抹了鱼籽酱的面包给她。"我这次回来，要赌一笔生意，要是成了，咱俩的后半辈子就高枕无忧了。这件事，二十天后见分晓，咱们的房子，等事成之后买——那就不是公寓房的问题了。我打算在湖滨买一幢别墅，再买一辆本田吉普。那车的越野性能特别好！我喜欢长途旅行自己开车。"

罗扇说："你怎么不问问我'考虑'的结果呢？"

小杨说："喊，还考虑什么呀！我早就把你当我老婆了。"

奇怪的是，他根本不知道牧烟是怎样一个人，他的一系列做派，却完全是牧烟之风。

罗扇叹口气，说："我不想要你挣那多钱。可是替你想想，让你守着那八百万做老太爷，你也不会肯。"

小杨眉开眼笑："咦，你就是跟别的女人不同！别的女人都以为男人是为钱拼命，其实男人真的不过是喜欢折腾。"

罗扇说："这次赌过之后，你会不会还想去冒险？"

小杨说："这个我不敢说。至少输了我不会认输的。如果赢了呢，也有可能更加恶性膨胀。谁知道呢？"

他倒也是直言不讳。

吃了一半，小杨的手机响了。接完电话，他推开盘盏就走："你接着吃吧，我办事情去了。"走了几步又折回来，递给罗扇一张他的名片，"上面有手机号码。没事的时候你打给我吧，免得我忙起来忘了跟你联系。"

他也就理所当然地扔下她，自己走了。

罗扇明白，如果她决定了做一个商人的妻子，她就必须学会接受这许多非正常的生活方式。那其实也并没有什么。商人重利轻别离，不是商人的人，难道就重别离吗？牧烟不是一去不归，而小兔儿不是也在忙着送她的丈夫出国吗？牧老爷子暮年方结束鳏夫生涯，可是他的新妻子为了一个"梅花奖"，一趟趟地跑北京，一方面享受着牧夫人的身份，一方面，她又真正地陪过老爷子几天呢？至于老傅、姚梅那样长年残缺的家庭，普天之下更是多了去了。

古南都以前罗扇常跟牧烟来，气氛真的是很好。沙球轻轻地击打着充满怀旧风的音乐，女歌手的嗓音浑厚而悦耳。就餐的人虽然多，却听不到任何喧哗。罗扇请侍者撤了餐台上用过的餐具，很有把握地站起来，去重新挑选了一盘食物。

罗扇慢慢地吃着，想起自己工作的文印公司，曾经做过湖滨花园的广告传单，她要想办法找一份，拿回去给父母看。

回到公司，楼上楼下的同事都跟她讨要喜糖，姚梅把她拉到洗手间说："赶紧敲定！赶紧敲定！千万别再犹豫了！你以前老不肯找对象，你知道外面是怎么传你的吗？说你是老总的人！若不是顾忌安排你进来的人是王厅长，文化厅办公室的夜叉早逼老总开了

罗　扇

你！"

罗扇目瞪口呆。

从来寡妇难为。现在无论小杨那坑里是水、是火、是刀子,她都得往下跳了。

小杨一去两天没消息,第三天晚上,罗扇试着拨通那部手机,倒还真是小杨来接。

罗扇说:"我不放心。你别是在倒腾毒品吧?"

小杨大笑——看来他心情十分好:"放心吧太太,需要赔上脑袋的买卖,我这么有理性的人是不会去做的。"

"那你在倒腾什么?"

"当然还是电脑。本城有两所高校需要更新电教馆,我争取把这批电脑订单拿下来。"

"那怎么叫'赌'呢?"

"很简单,别人也想拿这份订单。"

罗扇想一想,说:"我是不懂你那行的。你好自为之吧。"

小杨说:"是,老婆。"

他把"老婆"这两个字说得那么自然,罗扇听起来似乎也一无挂碍。

在电话里和小杨对话,罗扇在心态上更容易把他当作牧烟。

以后小杨没有消息来,她也没有再去拨那部手机。保持尊严是一个方面,同时,她也不愿意扮演一个随时盯丈夫梢的角色。

这一天上着班的时候,小杨把电话打到了公司。小杨说:"搞定了——订单到手了。"

"对手呢?"

"自然是干掉了。"

罗扇吓了一跳："你找黑社会把他杀了？"

小杨笑得哈哈的："商场上哪用得着杀人！无非是在价格上比心理承受力罢了。有'舍'才会有'得'，这笔账我比那位老兄算得痛快一些。"

罗扇说："那么你今天能有空闲了？"

小杨说："我下午回深圳去调度集装箱，货一运到，就大功告成了。你能不能到机场来和我碰个面？你陪我吃顿午饭，等我上了飞机，你还可以赶回去上班。"

罗扇慌急慌忙地请了假，转了两次公交赶到民航售票处，这才乘上了去机场的大巴。

她不敢直接打车去机场——太贵了！

小杨完全不是她以往见到的那副随意性很强的模样。他穿一套剪裁很讲究的黑色西服，打着领带，显得十分挺拔。

罗扇忽然间发现，小杨其实有着不低的品位。

现代设施很齐全的候机楼里，有着形形色色的快餐厅，服务好，价格自然也可观。小杨选了西式铁板套餐，还要了果盘和扎啤。在装点着绿色植物和油画的餐厅里，两个人相对而坐，被不知名的音乐轻柔地环绕着，总算是有了几许浪漫。

罗扇抿嘴笑："你在深圳不会没有人帮你打理生活吧？"

小杨搁下刀叉，说："罗扇，我可以告诉你，这些年我的身边没少过女人，但是我真正决定共命运的，只有你。从今以后，我的身边也不会再有第二个女人。"

罗扇很感动。

如果小杨一口咬定他从来不近女色，也许她倒不会如此感动。小杨就近在候机楼的珠宝店给她买了一枚戒指，算是订婚的信物。

罗　扇

罗扇自己挑了只银镶翠的，价格不贵，戴上也不至于显得俗气。

小杨在选戒指的时候，趁着酒意，吻了一下她的耳根。那一吻颇有几分郑重，丝毫不见轻薄，罗扇觉得，她的终身就是如此了。

转眼又到了星期天，照例是老罗回来和老伴团聚，罗扇把家留给二老，她就抽身去牧宅看望老爷子。

小兔儿正在等她。小兔儿说："有个留英多年的博士从伦敦来，托人在苏州物色传统型的女子去伦敦和他组建家庭。谁知道，见了许多他都不满意——如今的苏州女孩子，一个比一个精明，一个比一个妖媚，那留洋夫子越看越不喜欢。我一听，他要找的人，不就是你小扇儿吗？"

罗扇说："可我是结过婚的呀。"

小兔儿说："夫子不在乎。他也是结过婚的，老婆不贤惠，离了。"

罗扇担心道："你不是已经把我介绍给他了吧？"

小兔儿说："干吗不呢？我们的家世，他一听就放心的，我还给他看了你的相片呢。"

罗扇急道："你怎么不先问问我呢？我刚刚谈定了一个了。"

小兔儿问了问小杨的情况，断然道："他条件哪有我们这位好？充其量一个小暴发户而已！那种不讲规则的生意场，成王成寇还很难说呢！再说，嫁个生意人，他让你长年累月独守空房，还要担惊受怕，真还不如嫁个知冷知热的读书人！"

罗扇为难道："你要是早一步提这个人就好了。现在怎么办？我已经答应他了。"

小兔儿说："答应了怕什么？不是还没嫁吗？现在什么事不讲究个公平竞争？"

她拿起电话便拨通了苏州，当下与那留洋博士约了第二天晚上，在金陵饭店吃饭。

罗扇听着他们通话，心中忐忑，浑身上下只觉得冷。小兔儿搁上电话，她便白着一张脸，问："我这么做是不是很不道德？我要人耻骂的吧？"

小兔儿说："怎么不道德？那个小杨自己也承认他身边的女人不少。他是反复比较，深思熟虑后才选了你的。他对他自己那么负责，你就不能对你自己负责一下吗？再说，你不过是跟别的男人见一个面，他呢？谁知道他这会儿在深圳是不是正和别的女人鬼混？"

罗扇已经是方寸大乱。

小兔儿说："我们这位夫子是传统型的，非常洁身自好。英国又是个很保守的国家，你去了，环境和家境都会很稳定、很可靠。对于你这样的女人，难道这不是最理想的归宿吗？"

罗扇看看博士的照片，人很儒雅，已经有了点儿谢顶。她倒不是在乎他的头发，她只是找不到感觉。

大概不是和牧烟同一类型的男人，她都找不到感觉吧。

她是不是应该试一试跨越这个心理障碍呢？

她答应了小兔儿。

老爷子正在自己的屋子里，看纪念周恩来百年诞辰的电视纪录片。中华人民共和国成立之初，老爷子专程从海外赶回来，得到过周恩来的赞许，周恩来又多次看过他的戏。"文革"中，正是因为有周恩来的指示，老爷子才没有受到太大的冲击。不妨可以说，周恩来在老爷子的心目中，处在一个不可替代的位置。

这间屋子就是改建过的罗扇与牧烟的屋子。铺了地毯，添了半

罗 扇

壁墙那么大的金鱼缸，顶上的枝形吊灯老爷子没让人大开，一盏盏地灯半明半暗的光影里，坐着腿上盖着毛毯的、边看电视边攥着团手绢抹眼泪的老爷子。

这部电视纪录片很长，每晚虽然只播两集，看完也就夜深了。罗扇看看颓唐地窝坐在躺椅里的老爷子，半秃的后脑勺下面已经没有脖颈，只有几叠松弛的皮肉。

罗扇问小保姆："晚上看着片子，影响不影响睡眠？"

小保姆说："还有不影响的？老晚了他还自己起来找安眠药吃。"

牧夫人代表老爷子去台湾访问，已经走了七八天。罗扇怕老爷子夜里一个人出什么事，便劝他："这部片子第二天白天也还要重播的，您改在白天看不好吗？"

小保姆说："白天重播他也还是要再看的，看第二遍。"

罗扇一时间不能再说什么，默默地陪着老爷子看电视。天冷了，老爷子的呼吸又变得有几分滞重。空调声里，鱼缸咕嘟嘟地冒着泡，这么大的套房，给人的感觉比当年在汽车间里还要憋闷。

陪老爷子把两集电视片看完，照料他服下安眠药，罗扇告辞回家。老爷子送她到楼梯口，说："你那个什么……"他招手比画了一下，点点头，说，"好，就这样。"他便转身回房了。

罗扇对小兔儿说："你看爸爸是不是有点儿不对劲？他可能自以为他把意思表达了，其实他什么也没说。这属于语言障碍还是思维障碍？"

小兔儿不耐烦，说："他成天这样的，看电视看得心不在焉。别管他！"她坐在客厅的大餐台边督促儿子做功课。小孩做一次功课，课本、练习簿、各种辅导资料摊了一餐台。真不知道小门小户的人家，怎么解决下孩子做功课需要的地盘，大概只能是以床为案了。

小兔儿嘱咐她："明天去见博士，穿小牛儿给你买的那件红大衣——别总是把自己搞得灰扑扑的。再说，我替你少报了两岁呢！"

小保姆送罗扇出大门，小声说："牧舟阿姨背地里老逼着爷爷写遗嘱，还说要拿去公证。她老怕爷爷把这房子和好东西都给了'外人'。"

罗扇站在凌霄架下，失了神。凌霄在隆冬里落尽了枝叶，苍穹下，一架牵牵绊绊的枯藤剪影里，露出的只有一两颗寒星。罗扇把两只戴反了的手套换过来，对小保姆说："等我有机会告诉她，我什么都不会要的。"

小兔儿要把她远嫁到英国去，是不是也是出于她自己的一把小算盘？

家里生了炉子，挤挤挨挨地坐了四个老太太打麻将。老罗大概是实在没办法安置自己，早早地回了儿子家。罗扇进了屋只有上床，一阵一阵的洗牌声，搅得她心里越来越乱。

明天要穿的红大衣，在衣橱里挂久了，也还要拿出来熨烫，配它的裤子和鞋子，也还要翻箱倒柜去检点。

当年牧烟送她这件红大衣，同时还有一双高腰的红色小羊皮靴子。大衣是宽摆阔袖，带着英格兰式的大斗篷。第一次穿它，内衬黑色羊绒衫和弹力羊绒裤，登上靴子，是一个惊艳的时装美人。

牧烟这样打扮她的时候，他们还没有结婚，牧烟已经口口声声地称她作"老婆"。由此不能不想到小杨，他也是一开始就同样的大言不惭。"老婆"这两个字，看似平俗，给人的感觉却扯着心连着肺，自里至外透着至亲至情。

罗　扇

桌子上的牌，犹自哗啦啦地洗着。洗完了摞起来，不到片刻，推倒了又重来。像是千言万语总不得要领，徒劳地在着急。满心的凄惶煎炙着罗扇——那个雾重重、湿漉漉，总是阴着天的伦敦，那个戴着黑框眼镜，一脸忧郁的男人，对于她来说，是那样遥远、那样陌生、那样冷。

如果明天的相亲成功，她就要真正地背井离乡了。想家的时候，谁来暖和她的心呢？孤单的时候，谁能给她以倚凭呢？而且，谁来照顾和慰藉她年迈的双亲呢？

无声无息地，泪已经濡湿了枕巾。

老太太们打着麻将，分吃了不知谁带来的江西贡橘，橘子皮扔在炉盖上，不久就发出了烤焦后浓浓的香味。这香味暖洋洋的，带着醇厚的家常气息，就连这微不足道的幸福，都羁绊着罗扇行将漂泊的心。

散了牌局，罗扇妈找出多年不用的生铁熨斗，磨掉铁锈，在打了肥皂的旧毛巾上蹭亮，连夜熨烫罗扇的那件宽摆红大衣。

灯光把妈忙碌的身影放大到了天花板上，罗扇禁不住哭出声来。天底下的妈，只怕女儿嫁不到高枝上去呀！

第二天起了床，开门一看，遍地霜花，太阳在排练厅的屋顶上升起了一半。罗扇脸也没有洗，就踏着霜花跑到门房去，去接小兔儿的电话。小兔儿告诉罗扇，博士改了主意，今天她不用去金陵饭店了。

罗扇不知道，这一晚，随着小兔儿去金陵饭店见博士的人，换作了柯柯。

这是小兔儿打出的一张更高明的牌。

春节前几天，小杨从深圳回来，身家财产只剩下六七万。他把他的"宝"押在走私电脑上，运货的船在海上被查获，全军覆没。

还是在古南都，小杨饿极了似的，拣了满满一大盘食物，他却自始至终只在吸烟。把自己的滑铁卢坦陈给所爱的女人，不是他的风格。他也知道把以后的命运交给罗扇主宰，会是一种什么状态——租一套房子，找一份普普通通的工作；注册一间小小的公司，或者开一家平民化的小餐馆。

总之，平安是福，和气生财。

但这都不是他想要的人生。

他不是没有再搏一次的机会。

香港有一个邱小姐，以前当过他的老板，后来为了摆脱她，他抽身出来自己开公司。邱小姐始终未能忘情，此次专程赶赴深圳，许以重愿，如果重归她的麾下，给他年薪三十万。

他只需要干上两年，就有了东山再起的资本。

邱小姐为他办妥了赴港的手续，他却返回了内地。

如果没有罗扇，他对人生无须交第二份答卷。商场上，靠女人扭转命运是一条捷径，并不是人人都能有这样的机会。

商场上只有胜负，没有廉耻。

他把这一切如实地告之罗扇。

罗扇专心地切割着盘子里的一片墨鱼大烤，纵纵横横，成了整整齐齐的碎块。她不知道当她在博士和小杨之间做抉择的时候，小杨已在邱小姐和她之间选择了她。

违背了常情世态的抉择，或许便是一种爱情。

次日罗扇上班，到人事科开婚姻登记介绍信。在楼梯上遇到老傅，老傅说："你能不能等接过一个电话再去人事科？"

罗扇抱歉："刚才有电话找我吗？对不起，我今天来晚了。"

罗　扇

不一会儿电话来了，却是老傅的声音。

老傅说："我在街对面的电话亭。我想提醒你，婚姻大事，务必三思。那个小杨，不是太让人放心……"

罗扇心里感激，赶紧声明："您放心，那个小杨……"

老傅说："我担心你是听了姚梅胡诌的那些话，逼着自己仓促地迈下这一步。"

罗扇笑道："您放心，她没跟我说什么。"

老傅叹气道："也怪我设计了那张贺卡，她一见之下，便断定我是为你设计的，逼得我只好大批印制，每人给了一张——你说说看，女人怎么这么可怕？会读心术怎么的？"

罗扇一句话说不出来。满公司忙业务的人，她却只觉得一片空空荡荡。

她轻轻地把电话挂掉。

罗扇跟着小杨，花了两天时间在东郊小区租下了一套四室二厅的公寓，置办了简单的家居用品。小区绿荫环抱，依山傍湖，家里除了阳台还有一件挺大的阳光屋，里面摆满绿色植物，老罗可以逗鸟听戏，老太太可以邀人打麻将聊家常。

没有办什么仪式，两个人登了记，就把家从汽车间搬到了这里。

小杨的习性一如牧烟，两个人相处，并没有太大的困难。

除夕这一天，城郊新区可以放鞭炮，小杨便在阳台上放了个痛快。

年假过后，小杨到人才中心去应聘，以他的资历，他希望到某个中型企事业单位去担任副总经理，不料面谈之后，总是没有下文。过了一段时间，有家私营企业愿意聘他为部门经理，试用期两年，年薪十万。

小杨的工作有了着落，罗扇和父母都很高兴。夜里小杨不睡，一个人在客厅里开小了音量看枪战片。罗扇走过去，用穿着棉睡袍的胳膊搂住他，陪他在闪闪烁烁的光影中把一部枪战片看完。

小杨的年薪，基本上只够缴纳这套公寓的房租。

正月十四，邱小姐从上海打来电话，问小杨是否愿意到上海去陪她逛城隍庙看灯。

罗扇给小杨出主意："你何不请她到南京来过元宵节？南京夫子庙的灯比上海城隍庙的热闹。"

邱小姐说，上海有她的祖宅，她要在祖宅守灯。如果罗扇有兴趣，不妨一块儿到上海去做客。

罗扇也婉谢了。

元宵节算是小年，罗扇打电话到牧宅去给老爷子请安。小兔儿的孩子接的电话，说老爷子年初三中风进医院抢救，刚刚才脱离了危险。

罗扇从公司请了假，直接就去了医院。

老爷子的病房里有一只小型的保险箱，为了这只保险箱的钥匙，小兔儿和牧夫人大打出手，已经闹到要上法庭解决。老爷子虽然半侧身子不灵便，也不能说话，脑子却是清醒的。罗扇赶到医院时，他正在病床上摸索着纸笔，交代后事。

第一，他要和牧夫人离婚。

第二，小兔儿丈夫的出国担保由他负责。

第三，牧府一分为二，牧夫人和小兔儿各得一半。

第四，出院后他要求住回剧院的汽车间。愿付年租金五万用以补贴罗家支付的新公寓的房租。

罗　扇

　　罗扇拿起笔，把第四条的后一句话划掉，写上："日常起居无偿托付罗扇。"

　　夜深回到家，枕上留着小杨给她的信，他已经不告而别去了上海。

　　元宵过后，小杨没有返家，寄回了一张支票，便随邱小姐赴港就任。

　　小杨不在的这两年，罗扇把公寓留给父母，她回到汽车间，照料出院后的牧老爷子。

　　汽车间里，又一次塞满了家什箱笼，箱笼上架着老爷子、小保姆和罗扇的床。

　　电工出身的门房会些木工活儿，他帮他们把汽车间的门改成了敞亮的大玻璃门。隆冬季节，屋里的炉子上煮着一壶红茶，散发着烤橘皮的芬芳，老爷子衬着玻璃门外的漫天大雪，戴着老花镜写回忆录。夏天，阳光经过了门外丝瓜架的过滤，投下一屋子绿叶黄花的影子，无论是谁，进了这间屋，都一迭声地夸赞这屋的清凉。

紫金文库

索 坦

索坦姓丁，丁索坦，很多人都忘了她还有一个姓，更多人是不知道，经常有推销自己电视剧本子的业余作者追着她恭恭敬敬地叫："索老师！"她也懒得去纠正，逢到心情好，她也许会笑骂道："什么'索老师'！还'拉老师'呢！"然后大声道："本老师姓丁，知道啦？"

上午在台里开会，台里布置任务，让赶拍一部献礼性的电视剧。以本城解放前夕的学运史实为背景，动辄便是大场面：校园、大街、伪行政院大门、医院、警察局；学生游行队伍、围观老百姓、地痞流氓、军警……场地需要租、人众需要劳务费，最要命的是时间——从落实本子到参加献礼片全国大联播，总共只有两个来月的时间。

索坦拿定主意不接这个烫手的山芋。可是扯皮扯到最后，这个烫手山芋还是非她接不可。

罗　扇

　　对立面那个副主任眼见得嫁祸成功,笑得"嘿嘿"的。他负责的那个"三言"剧组拍成了裹脚布,前二十集刚推出片花,港台、新加坡都来签约,赞助如八面来鸿,他们当然理直气壮"谦让"献礼片。

　　索坦接了任务,下午恶狠狠地召集部属开会谈剧本。诸人一进屋,便觉出气氛异常,索坦斜着身子坐在会议桌边,仰着脸嗑瓜子——只磕她的,谁进屋都不瞭一眼。

　　开会了,她依然还是那副恶形恶状的样子,瓜子壳噼啪纷飞。

　　主任先讲话,献礼片的意义、领导的期望、本子的优势……弄得好,"五个一工程奖"是题中应有之义。

　　主任是个瘦小老头儿,平时不戴花镜,非常像个退休的小公务员。其实,他穿的都是很高档的名牌西装,有一套还是他在日本的儿子为他定制的。穿上这套西装,主任没了——一眼看去只剩下了衣服。

　　用丁索坦的话说,主任即使只是个衣服架子,他也相当的不称职,再好的衣服,他也穿得像捡来的。

　　主任戴上花镜,脸上清楚了一些,可是嘴里呜呜噜噜不知说了些啥。主任是山东人,可是形神皆不铿锵。

　　索坦扭过脸,满脸烽烟,喝道:"啰唆个什么劲儿!"

　　主任的眼镜立刻从鼻梁上滑落下来,定了格。其余的人无不大吃一惊,就算主任实际上是副主任的随从,她当众来这么一下,也缺少起码的修养啊。

　　索坦绝不理睬主任那张欲哭无泪的苦脸,一把抓过本子,一、二、三、四,快刀斩乱麻:"这里、这里、这里——"红笔哗哗地画过去,"教堂?教堂接头?还要假借一个婚礼?搞个街头小香烟摊接头拉倒吧！夜总会？你们知道租一个这样的场面费用多少吗？吓不死你们！统统改！统统改！越省钱越好！越省事越好！"

主任早急白了脸，嘟囔道："就算意思是这个意思，你也不能这样表达呀！"

索坦一拍桌子："得了！这话你对你的可靠接班人说去吧！"

索坦来电视剧部多年，顶了主任大半壁江山，赫赫战果谁敢不认？仅凭主任但求无过的面糊涂品性，电视剧部能今日之牛气？

早就本末倒置了！主任年底退休，接班人舍索坦其谁？

索坦若干年前筹拍的第一部室内剧，一炮走红大江南北，赚了不知多少善良之辈的眼泪。七十二集的室内剧居然一举拿下"金荧屏奖"五个大奖，一时间本台的台标不知涨了多少倍身价。以索坦的能力和贡献，她当然是主任继任的不二人选，谁知年初另一副主任到任，上马伊始便拉起"三言"剧组的山头，以其阵容先声夺人，顾问、导演、演员，皆非等闲之辈。拍这种传统的东西，效果虽然未必火爆，却也能长播不衰，雅俗皆能讨得到好。"三言"的醉翁之意无非是要与索坦分庭抗礼，其对主任位置的觊觎，明眼人谁不清楚？

索坦是个风风火火之人，经不住这种阴功的耗损，气急了她会说："妈的，逼急了老娘干个体去！"

索坦柳眉倒竖的时候杀气腾腾，可是总有那么点强弩之末的味道——越强硬的人物屈服的时候越多，不到万不得已，她还是舍不下这个早已玩熟的摊子。

索坦哗哗地腰斩剧本的时候，底下的人叫她听电话。索坦不耐烦地拿指关节笃笃地敲台子，对着话筒喝道："喂，谁？说话！"

对方开口便笑，道："丁索坦，你怎么还是那么傻呀！"

罗 扇

索坦立刻明白了他是指今天晚报上的那篇特写。鉴于电视剧部的微妙态势，报界的哥们儿责无旁贷地炮制了那篇特写，用意很明确，充分抹掉索坦女强人的一面，给她一个傻得可爱的小女人形象——老百姓和当官的都不喜欢太精明强干的人哪！

他们也真是会用素材，把她的开车糗闻大书了一笔，比如大晴天碰开了雨刮器不知道如何关；比如开夜车一路抱怨路太黑，结果发现车灯未开；比如上车前接了个电话，结果忘在车顶上的手袋一路险象环生；又比如每次泊车都跟路牙较劲，结果车没跑几公里，轮胎换了好几回……索坦其实驾照拿得相当早，那是在片场闹着玩学的车，之后上班有台里的司机开车，下班有丈夫宋谦开车，甩手掌柜当着当着就当成了开车的白痴。

宋谦是硕导，课时机动，司机当得兢兢业业。可是如今人家卸任啦！不卸任也不许他再插手她的任何事情——开个车谁还不会不成？

索坦此刻无意启动调侃程序，出言不逊道："我跟你熟吗？套近乎没这么个套法的！"

他说他是张和生。

索坦大张嘴，半天方笑出声，道："哈！'张玉和'！扳道岔扳到哪儿去了？"

还在延安插队的时候，索坦借在县里通讯报道组，有次奉命去采访一位男知青，他的事迹据说是在一伙插友袭击他的羊栏，试图打羊肉牙祭的时候，他把他心爱的狗杀了亲自烧给他们吃，如此，集体的羊安然无恙。

男知青所在的村落非常之偏远，索坦先行发信过去预报行期，以防他届时"游牧"去了不见踪影。索坦翻山越岭抵达目的地，不料还是吃了闭门羹。索坦在村民家里住了三天，才见这位仁兄的窑洞上方冒起炊烟。

索坦一见此人便兴师问罪："你不屑恭候也就罢了，一晾晾我三天，你也未免太狂妄了！"

"'恭候'二字从何谈起？谁知道你是何方神圣，为嘛上这儿来！"

"狡辩！十多天前我就给你发了信的！"

"是这封吗？"男知青从窗台上摸过一封未拆封的信扔给她，"咱这里没这么个人儿。"

索坦一看信皮上自己的字，目瞪口呆——怎么弄的？她把"张和生"鬼使神差地写成了"张玉和"！

"报纸上见到了捧你的文章，这才想起来打个惹人嫌的电话。你瞧，道岔虽没扳成，咱吃铁路这碗饭也吃了快二十年了。干邮政押运这行，别的好处没有，跑一趟车倒是可以歇三天，这无所事事的三天，就把人变成了一个穷极无聊翻报纸，并循着某个名人的行踪前去攀旧的丑类了。"

索坦朗声大笑，会议桌边的人个个面面相觑。

那头静静地听她笑，冷不防发问："你现在啥模样？"

"明日黄花今日夜叉模样。"

"没养条小哈巴狗吧？上流女性都爱怀里抱条狗的。"

索坦反唇相讥："对啦，当初在陕北养得起狗的，那可是真正的贵族——人还吃不饱哪，养狗！"

张和生后来又养了一条黑白花的狗，他埋着头在油灯下看书，狗会轻轻跳上炕，爪子搭上他肩头，殷勤地舔他脸。

张和生是全县知青中一个最桀骜不驯的人物，离群索居、为人高冷的他，骨子里却离不开一条懂得温情的狗。

张和生到底也没容她写成那篇报道。他说她要是敢写他，他就真的宰几头队里的羊召集众知青来吃。

索坦挂了电话回到会议桌边，剥了一只香蕉吃，吃了半截，腾出手来掰香蕉，一人跟前扔上一根，立刻皆大欢喜。

索坦嘴里大嚼着香蕉，笑道："嗨，今天报上登了哥们儿捧我的文章啦！"

索坦实在是个很能忘事儿的女人，遇上一点儿高兴的事，马上所有的不快皆成过眼烟云。拍"献礼片"既然是躲不掉的事，何不就当回事做起来呢？

谁也想不到，索坦情绪上的这番大起伏，其实跟张和生的电话有关，至少算是心理上重返了一回黄土高坡，重返了一回青春。

献礼片《仲春》很快就上马了。一旦进入拍片状态，索坦立刻浑然忘我。说起来，她不过是个编辑兼制片主任，实际上连导演也对她唯命是从。分到电视台之前，索坦是北大中文系高才生，写一手好文章、好剧本，从业以来，几乎没有索坦不敢涉足的领域。

戏拍完了推出去，时令已入盛夏。索坦一闲下来便爱逛街，在这一点上，她与普通女人没啥差别。在剧组昏天黑地折腾了两个来月，她要好好犒劳自己——先去美容，再去做头发，然后买时装。

索坦跨进美容中心的玻璃门，熟门熟路摘下遮阳帽往衣架上挂。美容中心的女经理老穆已经笑眯眯地扔了一双描金绣花的软底工艺拖鞋过来。索坦旁若无人，高喉咙大嗓道："穆姐，瞧我多辜负你的劳动——一部电视剧拍下来，这张脸又风霜几重啦！"

穆姐推过放满洁肤品和保养霜的小车，心中暗暗叫苦。索坦的这张脸，套用一句广告词里的话，那可真是"娇嫩的皮肤受尽了折磨"。索坦皮肤老化的程度，远远超过了她的实际年龄。拍电视剧的苦，局外人能知晓几分？拍片前期，制片主任风餐露宿，裹件军大衣随地打个盹儿，也就算作睡了一宿。有冷水洗脸那都算是好的，没时间梳头，弄根橡皮筋把蓬乱的头发一绑，也就聊以区分那些长头发的男人。拍片的过程里人真是变得很野蛮，急起来脚也可以代替语言，砰地一脚踹过去，好啦，摆错了位置的桌椅板凳、黄包车香烟摊，统统底朝天。

每一次的拍摄过程都是拼命的过程——化缘化来的资金总是与实际开销差老大一截子，不拼怎么办？多拖一小时都是老鼻子的钱！

索坦拍戏恶名在外，气氛好的时候，组里的搭档会当面叫她一声"河东索坦"，好像她是个日本人。当然，尽管会被她骂得很惨，送上门的导演和演员依然感到三生有幸，因为进了索坦的剧组，就等于一只脚跨上了"金荧屏奖"的领奖台。

有段时间，索坦和导演为部新戏去全国各地选演员，每飞到一地，没有一处例外，晚饭后的黄金时段，家家传出的都是她那部室内剧《困惑》的主题歌。听到那些噩梦一样纠缠了她大半年的、熟得不能再熟的人物对白，索坦的脑袋都大了——当初胼手胝足的时候，谁能想到这部剧的播出会万人空巷？

领取"金荧屏奖"的时候，全体合作者在首都重逢，大家居然完全未认出索坦。索坦风姿绰约，唇红齿白，竟然是个出人意料的大美人！

那就是老穆全力以赴实行抢救运动的结果。

眼下老穆的淡定已然千锤百炼，每一次的"革命成果"，都意味着新一轮的糟蹋殆尽，她接受这个悲催的现实。

罗 扇

老穆的纤指非常舒服地为她抹上了海藻泥，她索性闭眼闭嘴，安安静静地仰躺在各种化妆品的芬芳里，似睡非睡。

只听见嗡嗡的空调声里，进来了新的客人，坐在客厅的沙发上等空位。新来的人不知道她们的说话声会被静谧的空间放大如此，索坦一听便知是广告部的播音员和少儿部的主持人。两个人乱聊了一通形形色色的八卦，话题转到电视剧部。广告部的小蔡说："看索坦这回还'坦'不'坦'！山不转水转，十多年的顺风船也该让别人坐坐啦！"少儿部的小蕾说："人本来就够麻烦的，偏还不能发牢骚——我都怀疑那是个圈套，知道索坦胸无城府，硬是激她说出一番出格的话！索坦也真是，人家本来就是冲着抢班夺权来的，你还自己授人以柄！"

索坦几乎从美容榻上弹将起来——了得！自己的圈子里还出了犹大了！谁这么用心险恶？嫌一棒子打不死还是怎的？以送我进大牢为后快呀？

穆姐在被单下面捏了索坦一记，紧接着一线温热的水柱喷上脸来——穆姐以前就婉转地提醒过索坦，如今这世道，谁会欣赏你的率真？

那两位各自上了美容榻，也就不再饶舌。这边老穆仔细地清洗索坦的脸，温热的水柱纵横流淌，似汹涌的泪泉。索坦从未有过如此伤感的时刻，为了所谓的事业，一个家都赔进去了，现在倒好，"事业"把她出卖了！眼看就年过五旬了，前半生究竟折腾了些什么？

连个诉苦的人都找不到了——那些哥们儿、姐们儿中间，谁知道还藏着几个犹大？

索坦被赔进去的还有一个最重要的东西——对人的信任。

索坦推开美容中心的茶色玻璃门出来，正是下午五点前后的光景。感觉满满的一天已经昏天黑地地过去，出门一看，天色还远远没有倦息。街上没有空调，随着玻璃门的推开，"哄"的一下，满街喧嚣被西天的那一枚火球似的大太阳逼赶上前来，头立刻大了——穆姐刚给她做的那个蘑菇式发型，变成了一顶压得她喘不过气来的头盔。

索坦在路边的自助店买了一听冰镇椰汁，仰着脸咕咚咕咚往下灌，压压那满腔的浮躁，然后腾出手来打手机。

电话挂到台里，主任桌上的那一部。主任来接，一开口就听出了他话音里的躲闪："索坦吗？有没有买到什么好看的时装哪？我女儿也闹着要我给她添夏装呢。"

索坦冷冷道："你的桌上是不是有一个正在起草的处分决定——给我的。"

主任惊慌道："你刚出外景回来，怎么就有人去搬弄是非？这个台的风气太坏了！"

索坦笑起来："上梁不正下梁歪，我今天才是真领教了。"

主任岔开话题，急急地道："索坦，第二部室内剧的预算批下来了，咱们啥时候开个会？"

索坦咆哮道："开个鬼会！老娘不干了！你另请高明吧！"

索坦捏着手机，喘了半天气。夕阳从东面的玻璃幕墙反射进来，把小小的自助店变得像一座微型炼狱。索坦一摔门走出来，在人群里疾走，却不知要向哪里去。刚才洁肤之后很清爽的皮肤，这会儿无名的油在滋滋煎烤毛孔里钻出来的汗，街边的环卫工在旁若无人地挥舞笤帚，直扫得尘土扑面。索坦心里冷笑，早知如此，去做那番多余的美容干吗——反正人堆里一挤，还是一个脏！

罗　扇

路过一家幼儿园，见孩子们蹦蹦跳跳地由父母牵着往外走。幼儿园爬满了忍冬藤的围墙下停了一大排形形色色的私家车。孩子们出得园来，快手利脚地往车上爬，父母则一个个忙着往后备厢里放孩子的小花棉被——索坦呆呆地一想，今天可不是周末吗？也到了快换季的时候，星期一父母再送孩子们来，后备箱里捎来的就该是一床小薄被了。

索坦是从小在全托幼儿园长大的，这一套她全明白。弹指间已人到中年，可是她还是一样被"家"这个字眼遗弃了呀。

小的时候父母各忙各的，不是这个出差就是那个开会，两个人一块儿赶上压下来的政治任务，就把她放在幼儿园里，周末也不往家接。有一次小朋友都走完了，依然没人来接她。阿姨织着毛线说："你爸爸妈妈这周顾不上接你啦，下周再回家吧。"她当即一屁股坐在地板上，嚎啕大哭。哭也没有用，她跑不出这个园子。当时每周都有几个留园的小朋友，不分班级全关在一间教室里，任他们自己玩玩具。第二天早晨，索坦拿定了主意不起床，谁喊也不睁眼睛。老师慌了，掐罢她的人中又掐脚心，她全都咬牙忍着。最后，老师只好把她抱上儿童车，送她去医院看病。索坦的阴谋得逞了，因为去医院一定会经过她的家。车快到她家时，她抓住车上的铁栅栏眼泪唰唰地掉——车上的栅栏门原来早被老师锁上了！索坦看到一闪而过的家，门紧闭着，窗上垂着厚厚的窗帘。爸爸妈妈都出差了，即使她能跳下去，那个家也不属于她呀！

从此以后索坦的心肠一点点地变硬，即使连着三个星期没人来接她，她也会毫不在意。大班毕业的时候，老师好言好语告诫她："到了小学，可不能再不把老师放在眼里——小学的老师可是比幼儿园的老师难对付一百倍！"

索坦根本不受恫吓。老在幼儿园过星期天，早把老师们神圣的那一面看穿了——星期天，值班的老师无不趁机给自己加餐开小灶，她们要不是把孩子带来拼命玩好玩具，拼命吃幼儿园的饼干水果，要不就是让丈夫陪着到值班室来过夜。她们粗鲁地吃东西、打孩子、和丈夫神态轻薄地说话浪笑，完全不再是她们平时那副端庄可爱的模样。

索坦从此成了一个不听老师话的孩子。

念大学的时候，有一个学年必修课《中国文学史》，索坦自恃插队的时候几乎翻烂了手边仅有的一套《中国文学史》，居然就敢一节课也不去听！学年结束快考试的时候，老师宋谦到各个寝室去征求授课的意见，敲响了索坦宿舍的门，索坦去开，很有礼貌地问："同志您找谁？"把同宿舍的女孩个个吓得花容失色。

宋谦走后，索坦面对同窗们的强烈指控和谴责，反驳道："我错在哪儿了？我错在哪儿了？我真的是不认识这位仁兄嘛！"

很快，索坦便知道自己错在哪儿了：考试那一天，她刚走进考场，宋谦便走过来，彬彬有礼道："同志，您确定没有走错考场吗？"

那一次，索坦的课目总分是六十九点五——卷面分占总分的70%，平时的课堂分占30%．宋谦居然就真的敢把她的课堂分扣了个一干二净！同时，他又反反复复地当众狠夸索坦——卷面分几乎就是满分的同学，历届的学生里还没有过先例！

索坦和宋谦后来的关系顺乎其然地发展起来——索坦从不把老师放在眼里，最后却嫁给了自己的老师，这简直有种宿命的嘲弄在里面。

宋谦第一次到她家里去晋见岳父母大人，不知是哪根筋出了问题，在饭桌上大谈他抵制女学生们爱慕的故事，一件故事一件故事地说下去，那些女学生成了他这位年轻讲师胸襟上的一大排勋章。父亲心中不快，事后发牢骚，说："索坦千挑万选，最后找了个会做戏的男人。这种人要可靠才怪！"

母亲历来反对索坦的一切决定——她俩性格太相像，注定要彼此伤害。母亲冷笑道："一个大男人，眉毛上一大块没抹开的增白霜，这叫个什么玩意儿！"

索坦被她的母亲这么一嘲讽，反而毅然决然地嫁了。索坦总是要强，要强得总不是地方。

宋谦可以说是个挺不错的丈夫。奶油小生类的男人有个共同的优点：细心、体贴、能干。在他俩的关系中，倒像索坦是大丈夫，宋谦扮演的则是小媳妇。宋谦评上副教授以后，也并没有增添几分张狂。在男女问题上，他的观念是传统的，别人两口子闹离婚，总是他以兄长的身份呕心沥血地两头说合调解，但是背地里，他又义不容辞地去替男方物色情人，牵线搭桥且不说，还帮着欺骗对方的配偶。宋谦倒也没有违反他的传统准则，他很堂皇的理论是：正因为感情出了轨，丈夫才会因为有愧于夫人而对她更好呀！反过来说，男人有了情人，心境好了，胸襟也就宽，家庭这只小船，也就更少几分沉没的危险嘛。

索坦背地里听了宋谦的这番宏论，从此换一副眼光去看宋谦的殷勤和甜腻。每当宋谦主动邀请索坦去吃西餐，或者带回一两件送她的小礼物，索坦便会笑着发问："怎么，今天又有新艳遇吗？"

宋谦很欣赏索坦的"丈夫气概"，反过来他又对他的狐朋狗友抱怨："索坦怎么就不能多几分女人的妙曼呢？娶个连使小性子都不会的女人，真是有点无趣。"

还是那年拍《困惑》时的事，有一次，索坦半人半鬼地临时回家，在家里碰到一个长发飘飘的好看女孩。索坦不免好奇，问："你是谁？"一望便知女孩是个大学生，一脸的戏剧情节，她一甩长发反问："你是谁？"

"我是这家的女主人——宋谦的爱人。"索坦往衣架上挂衣服，衣架上挂着女孩的好几件衣服，不是纯白便是鲜红，这是属于青春的两种颜色。

女孩笑起来，道："你怎么可以自称是他的爱人？他爱你吗？抑或是你爱他？"

索坦点点头，各个屋子转了一圈，说："哦，这么说你是第三者啰？"

女孩正义凛然，说："你才是第三者哪！因为真正相爱的是我们！"

索坦大笑，女孩子多么像在念脚本。电视剧真害人！

宋谦回来了，拿着两包卤菜和一瓶小香槟，面不改色，道："哟，真回来了！瞧我猜得多准！"待把女孩子送出去，回来便大叹苦经，"现在的女孩子真没办法，自以为是得很，好像天底下就没有她们攻克不了的堡垒。"

索坦分明看到宋谦的左脸颊上新添了几抹淡红，她伸手摸摸那片脸颊，笑道："这是女孩的临别吻痕？图形好像有点复杂呀！"宋谦偏开脑袋去躲她的手，眼光正好碰上衣架上女孩遗留的几件衣裳，脸上的掌印更红了几分。索坦说："你是个谦谦君子，你一定很赞同上帝的话。上帝说，假如有人打了你的左脸，你不妨把右脸也送上去吧。"说罢很轻佻地在他的右脸上抽了一下——她还从来没有这么轻佻过呢！

罗 扇

索坦自那以后便住在赴美旅居的一位女友家里，顺便替她看房子。

法庭调解的时候，宋谦说出了好多令索坦暗自惭愧的故事，其中最典型的要数吃对虾的例子。

宋谦诉苦道："丁索坦爱吃对虾，逢到节假日总是说，咱俩又可以大啖一番对虾了！她从来没有想到问一问我，'你爱不爱吃对虾？'，'你能不能吃对虾？'——我倒不是不爱吃对虾，对虾那么贵，不好吃它至于那么贵吗？问题是我从小吃不得海鲜，一吃海鲜立刻过敏，里里外外一团一团地起风疹疙瘩，严重的时候呼吸道都可能被风疹块堵塞引起窒息！你们不妨问问丁索坦，她知道我有这个过敏的毛病吗？她问过我吗？她想不到问，我又何苦去说？说了岂不徒扫她吃对虾的兴致？所以每次买来对虾，我都预先悄悄服下抗过敏的药……"

索坦听这番话听得直发愣。

索坦承认自己不是细心体贴的妻子，惭愧之余却有一种更强烈的情绪顶上心头——既然是夫妻，彼此有什么隐衷不可以摊开来说？倘若宋谦一开始就说他不能吃对虾，难道她会硬逼着他吃不成？

太伪善了！或者说，太处心积虑了！

然而事实证明处心积虑自然有处心积虑的好处。社会同情心大部分都偏向于宋谦，而宋谦的外遇问题反而被冲淡得几近于无。宋谦的滴水不漏想来是他的拿手好戏。弄到最后，宋谦在名声和财产上只会赚不会赔，而她索坦可能就要很惨了——至少她的今后成了问题：谁敢再娶她这种跋扈的女人做老婆？

索坦是个痛快人。宋谦如此不义，她也没啥可留恋的，但是宋谦在法庭调解过程中那一系列出色的表演才能令她感到了兴趣。她想起了父亲的一句评价——一个会做戏的男人。她想多看看他的表演。加上法庭认为他俩的夫妻感情尚未真正破裂，她又老是在外拍片不能按时到庭，这件离婚诉讼就半生半熟地一直苟且着。

让宋谦着急去吧！他的小娇娘可不是好对付的呢。她丁索坦怕什么？反正黄脸婆一个啦！

路过商业中心的茶色大玻璃橱窗，索坦对自己"侧目而视"，边走边把飞檐般的那一撇刘海儿往下按。玻璃橱窗里的自己猛一看很潇洒的模样，雪白的阔腿雪纺长裤飘飘逸逸，配上高挑挺拔的身材，简直有几分长袖善舞的神韵，难怪不停地有行人悄悄行注目礼。商业中心的楼上有一家全市最有名气的西餐厅，干电视这一行的，没少和这家西餐厅打交道，不是广告客户请他们，就是他们款待施主，至于各种民间的交际应酬和借他们的排场拍拍时尚镜头，那更是多得不胜枚举。她和宋谦结婚的时候，电视台的同仁在这里请他俩吃了一顿以示恭贺——那个年代吃西餐，正是最上台面的事情哩！

索坦仰头看了看，叹了一口气。此时她想起了张爱玲的一句话——"生在这个世上，没有一样感情不是千疮百孔的。"

突然之间，索坦站住了，仰望着西餐厅一扇扇落地的大玻璃窗，嘴角渐渐地噙上了一抹笑。挎包里摸出手机来，利索地摁下一个键。

"喂？"那边传来宋谦优雅的声音。索坦仿佛看到了那张虚伪的甜腻的脸，一时间，嘴角的笑意更深了："喂，是我，丁索坦。我想晚饭后回去取一件东西——你别紧张，那是我自己的一盒照片，你知道的。"

罗　扇

宋谦道："对对对，我知道，里面有你从小到大的一整套历史缩影——你放心，一直锁在你床头柜的抽屉里呢，我没动过它。"

索坦道："谢谢。"

宋谦笑道："为什么不直接回来取，钥匙弄丢了吗？"

索坦道："钥匙倒没丢，不过这么久了，谁知道你有没有换门锁？再说了，大家怎么说也都算是个知识分子，先打个招呼，也免得再让你闹个措手不及……"

"哪里哪里，怎么会呢。"宋谦忙不迭地说，鼻尖上大概汗都出来了。这时候手机里传来她家那个音乐门铃的声音。这只门铃奏的是《致爱丽丝》，曲子很长，通常是客人已经进来了，它还在那里自得其乐，主人和客人一时无法彼此问候和交流，只好伫立玄关，尴尬地等它奏完。

索坦说："你那里来客人啦。我不打扰了。晚上见。"

索坦继续逛街，脚步轻快，衣袂翻飞，手里拿只冰激凌边走边吃。

此时的索坦，已经全然不见刚从美容中心出来时的怒发冲冠模样。

走到市中心的广场，索坦一步步地上了天桥。天色尚未全暗，满街的霓虹灯已蔚为壮观，热烘烘的人流车流在天桥底下蒸腾着夸大了的世俗气息。在天桥上，索坦居然与张和生不期而遇。张和生两鬓如霜，索坦上天桥，他下天桥，他一直毫不掩饰地盯着她看。双方都走到螺旋形的楼梯拐弯处了，张和生在下面笑道："丁索坦，你真是眼睛长到头顶上了——岂止是眼睛，你整个人都在我头顶上呢。"说着走着，并不停下脚步，眼看就要消失在人群中了。索坦一步两级台阶地追跑下来，叫道："张和生你怎么面目全非了？"

在陕北的时候，他俩还有过一次交往。那是1975年的初冬季节，索坦因为"散布对'中央首长'不恭敬的言论"，被从县通讯报道组发配到全县最偏远的山沟里去割荆条子。割荆条子的都是县革委会下属机关的被管制人员，索坦是他们中间最年轻的一个外来知青。因为不是本地人，既无干粮可带，也没有附近沾亲带故的人给她送热汤热馍。割荆条子实在是个苦活儿，前两天别人分点吃食给她，倒也没太把她饿着。第三天，林子里捡柴火的小姑娘从荆条筐里摸出个裹了白毛巾的饭盒子给她，说是张知青让捎的。索坦这才想起张和生的窑洞离荆条沟不远，早知道，上他那里讨狗肉吃去。

张和生捎来的是一饭盒白亮亮的米饭。陕北不产米，这么好的大米想必是他的父母从江南邮来给他的。索坦当时刚吃完一大块莜面饦饦，为了报答请她吃莜面饦饦的老乡，她便把一饭盒米饭全扣在老乡盛汤的瓦罐里了。

索坦把空饭盒交给小姑娘，就又给张和生捎回去了。傍晚的时候，张和生腰里束根草绳赶着羊群从荆条沟走过，遥遥地甩着鞭子问她："喂，米饭咋样？好吃吗？"

索坦满手血泡，裹着脏手绢，两手一摊，笑道："抱歉，饭晚来了一步，我用米饭报答老乡的莜面饦饦啦。"

张和生问："明天还割不割？"

索坦说："今天赶着割完就撤兵啦。"

张和生甩了一记鞭子，迎着血红夕阳走去，回过头来又吆喝了一句："以后别再干缺心眼的事啦！"

索坦答非所问，扬声叫道："谢谢米饭啊！"

张和生是先招工走的，后来恢复高考，索坦得以成为大学生，

罗 扇

他俩自荆条沟一别，再也没有见过。

张和生歪戴一顶绿色的邮政大檐帽，全身上下也披挂着一身"绿皮"，看上去，像一个痞子。

张和生一条腿好像有点拐，倚着天桥底下的铁栏杆站着，点了一根烟抽。索坦追到跟前道："喂喂喂，张和生，你好好地'扳道岔'，怎么又把腿摔成'跳车人'啦？"

张和生喷云吐雾道："你想不到吧？和老婆打离婚打的——她吵着闹着就扔了一只电熨斗过来。"

"天哪！"索坦没有下文——再问什么都不能免俗。

"没事儿。"张和生抬抬那条伤腿，"小脚趾有点儿骨裂，早没事儿啦！"

索坦歪着头打量他，把最后一口蛋筒冰淇淋填进嘴里，问："咱们这拨老知青都怎么回事儿？"

张和生捏着烟蒂四处打量哪儿可以扔，脸上不解，问："什么怎么回事儿？"

索坦不说了，示意张和生把烟蒂放到她的冰淇淋包装盒里，她拿到路边上一块儿扔进果皮箱里去。路边上有一家新开张的快餐店，隔着大玻璃窗看得到里面卡通世界般可爱的店堂——圣诞树、葡萄架、一张张橘红色双人小桌配着雪白的柳条椅子。

索坦兴冲冲地对张和生招手："喂，'跳车人'，粥棚接关系的有？"伸出胳膊朝快餐店一指。

张和生咧开胡子拉碴的大嘴一笑，拖着伤脚走过来，问："没到饭点肚子就饿了？"

索坦自顾往里走，道："管它饭点不饭点的，咱俩反正都得解决晚饭的——谅你夫人赌气跑回娘家的招式还没解。"

张和生随她找定一张桌子，拉开柳条椅舒舒服服地坐下来，笑道："你怎么知道得这么清楚？"

索坦忙着翻菜单，头也不抬，道："瞧你那副落魄样儿，哪像是一日三餐有人照料的？"又问，"你要配什么菜？——猪排？牛排？炸鱼？"原来这里的快餐是什锦炒饭配任选的主菜和一份汤。当下索坦便替张和生选了一份沙朗猪排和一份乡下浓汤，自己选了炸鱼和紫菜蛋汤。"男人都是食肉动物——"索坦自以为是地评点，"不过这里的牛排煎得太老。"张和生顺着索坦的眼光往邻桌看，邻桌刚离开，焦褐色的牛排剩了一大半在盘子里。

张和生笑着摇头，道："你呀，傻的时候太傻，精明的时候又太精明。"

索坦睁大眼睛，道："又翻陈年老账了——谁让你的名字和大名鼎鼎的张玉和、李玉和搅和在一起！"

正好快餐送了上来，一人一个淡蓝色的塑料托盘，里面一汤、一菜、一饭，各配一套洁白的塑料刀叉和小勺。

索坦满意至极，立即动手开吃——米饭里有豌豆、火腿丁、洋葱丁，舀一勺填进嘴里，嘴唇立刻明晃晃的。张和生慢条斯理地拆启餐具的保洁袋，嘴里发出叹息："你不傻？你不傻能把当年我那一盒猪油饭拿去换人家的莜面饹饹？"

索坦大吃一惊："猪油饭？"

"我妈捎来的熬猪油足有大半瓶让我拌进去啦。"

索坦想起当年张和生听说米饭送了人时，不动声色地赶着羊群融进夕阳的模样，心里实在惭愧得不行——那些真正的男人，该有一副怎样的胸襟哪！

张和生大口地咀嚼着沙朗猪排，存心要扯开话题似地皱着眉看她，不满道："丁索坦，你怎么也描眉涂粉？演戏这个行当可真不是好行当！"

索坦不高兴了，反抗道："我是编辑兼制片主任，顶多算个工作人员，哪里跟演员挨得上边？"

张和生扔掉猪排骨头，用餐巾纸擦着手指头上的沙朗酱，讥讽道："对呀，演员把你污染了，还让你认为你是在指挥他们、主宰他们。你看看你的定位，多么不伦不类！"

索坦生气道："奇怪，我就算描了眉涂了粉，又碍着你什么了？你才不伦不类呢，在大都市里用一副陕北眼光挑剔人，四肢发达偏又改不了小文人的尖酸刻薄！"

张和生又黑又胖，体重至少有八十公斤。毛拉拉的大嘴一咧笑开了，说："我这些年根本就懒得刺人，刺你那是不见外呀。"

索坦一条一条地往嘴里填着金黄色的炸银鱼，赌气道："那我是不是该说一句，'不胜荣幸之至'？"

张和生看她一眼，直看到瞳仁深处去，轻声道："你过去的眉毛多好，典型的蛾眉——知道蛾眉吗？像蛾子的翅膀，一直朝眼皮方向疏淡过去，天生的眼晕！"

索坦大吃一惊，伸手去摸自己刚刚又被老穆精心修饰过的细眉，狼狈道："蛾眉是这样解释的吗？我一到电视台他们就抨击我的眉毛，说是'扫帚眉'，一迭声地叫'拔了拔了'。蛾眉不是又细又弯的那种吗？"越说越不自信了，"喏，就是……就是舞台妆的那一种……"

张和生"哼"了一声："女人见识，不求甚解！"推开托盘站起来："粥棚接头的戏演完了，咱们也该各自回家了。"说罢一挥手，一拐一拐地走他的了。

索坦跟上去，道："你怎么连个'再见'也不说？"

"对对，文明礼貌用语。"张和生笑道，回首再一次挥手，"再见！"

索坦笑得满脸灿烂。张和生边走边撵她："回你的舞台去呀——咱俩又不是一条道岔上的。"

索坦笑道："我这会儿去见一个人似乎还嫌早，反正是无目的的散步，管它是哪条道岔呢。"

张和生笑道："你这是存心寒碜我——咱俩走一块儿，我不成加西莫多了？"

索坦夸张地瞪他："加西莫多有这么大的块儿、这么利的嘴吗？"

街沿上有人挎着篮子卖刚上市的草莓，亮亮的灯光下，每一枚草莓都显得格外娇艳欲滴。索坦掏出钱包叫称两斤，称好了却又无处可搁——这么碰不得的东西！索坦眼波一转，伸手摘下张和生的邮政大檐帽，铺上自己的手绢，指挥人把草莓往里倒。张和生倚着街边的栏杆看她，并不奇怪。

索坦付了钱，忙不迭地掂起一枚草莓往嘴里搁。张和生急忙阻止，道："且慢且慢！我知道这玩意儿，最容易沾细菌，洗罢了还得用盐开水泡一泡——里面藏着小虫子。"

索坦连声叫苦："这会儿可上哪里去找盐开水嘛！"

张和生叹道："我真是不懂你们这些女人！"说罢前面带路，说有个跑车的老同事住这一带，"领你去见识见识市井小民的生活也好，免得以后再拍尽露马脚的所谓平民电视剧。"

索坦用手托着盛了草莓的大檐帽跟在后面，警惕道："我露马脚了吗？哪儿？"

罗　扇

张和生挥挥手:"有闲空等我慢慢跟你扯。"

这一路也真是没法正经谈话——小巷藏在大街的后面,转进去一看,灯火辉煌,人生嘈杂,这里面是小商品服装市场,两边全是个体小贩经营的摊床,到了晚上,比白天还要热闹十倍。

索坦经常上这里来逛——电视台的女人们都爱上这儿来逛,看有没有特别稀罕的新潮衣裙。电视台的女人们和个体商贩打交道都有一手绝招——还价还不下来,就假装无意之中露出电视台的记者证。对方立刻就软了,连声说:"您再给个价、您再给个价。"

索坦每每背地里对当事人笑骂:"哪儿学来的这一套?真损!"

话说回来,个体商贩也真愿意结交几个"体面"的朋友,来往多了,往往一有好款式的衣裙,就专门留下来等她们过目,价格也好商量,不赔本就行,即使赔了本,从别的顾客那里也赚得回来。个体商贩个个都懂心理学,留给她们的好衣裙拿出来,总要声明:"我可是每样款式只进了一套噢——我知道你们最忌讳的就是跟别的女人'撞衫'。"

索坦很喜欢这里带江湖气的人情味儿。

张和生走近一个服装摊,叫道:"老板,大主顾上门了嗨!"

老板坐在灯下看晚报,头一抬,笑道:"你算哪一门的大主顾!来赚我的酒喝的吧?晚饭吃了没有?脚倒能溜达了?"

张和生不搭他的茬儿,满摊架乱翻:"喂,你那套酒红色的丝织套裙呢?这位女士想观赏观赏哩。"

老板这才明白索坦是张和生一伙的,忙撂下晚报站起来招呼。索坦忍不住扑哧一笑——老板上身是白长袖T恤,下身倒是一条邮政绿裤,果然是张和生同行。

老板咋舌道:"晚一步,那套刚脱手。"且满脸自得,对张和生道,"猜卖了多少?四百三!"

张和生道:"真够狠的,翻了五倍!"

老板坏笑道:"我要是当真标个大几十,她们敢买吗?这么便宜的货,别是打包弄来的洋垃圾吧?"

索坦笑道:"怪不得别人教我——买你们这里的东西,价钱起码要'拦腰砍'。瞧,形象吧?"

老板说:"告诉你个窍门吧——越是'拦腰砍'的小家子气的顾客,我们越是轻易不松口,只要你是真想买,你早晚还得回到咱这里来。"

索坦笑道:"您的潜台词是不是——看谁精明得过谁?"

"对啦!"老板一拍巴掌,笑得呵呵的。

张和生冷脸道:"你还真不简单,晓得啥叫'潜台词'。"

"什么话!好歹也跟着你这位'大不列颠'干了二十来年押运了。"说着叫过一个半大小子来,叫他看着摊床,自己领头往小巷深处走,说,"走,上我家瞧瞧货去——好看的衣服都在家里囤着呢。"又问张和生,"张头儿,这位小姐我该称呼个啥?"说着似乎还在挤眉弄眼。

张和生大大咧咧道:"她呀,我插队的时候认识的一个小讨饭的。现在人家出落成名人啦——丁索坦,这名字记得在哪里见过没有?"

老板歪着头走路,眼睛斜到黛色的天穹上去了,嘴里念念叨叨,"丁索坦……丁索坦……丁……"

索坦不落忍了,挺不好意思地提示:"前一阵子播电视剧《困惑》时,每一集的片头字幕上都有我——我是制片主任。"她没好意思再说明"制片主任"在字幕上是"开单间"的。

罗　扇

老板一点便通,大叫道:"可不是!可不是!这名字好记!你看多好记——丁索坦!"回过头来倒退着走,一副"瞻仰"的夸张表情,"今天可真是……可真是'蓬荜生辉'?"扭过脸去看张和生,生怕这个词用得不合适。

张和生拍他一巴掌:"真了不得,今天智商这么高!"

索坦笑得咯咯的,问:"喂,'大不列颠'是百科全书的意思吗?"

老板道:"这家伙学问大呀,若不是命不济,他能拿十个博士!"

张和生笑对索坦道:"瞧,替我瞎吹牛。"

索坦想起张和生总是在被油灯熏得很黑的窑洞里读书的情景——他的窑洞壁比其他知青的窑洞壁都黑。她还记得他去放羊,草绳拧的腰带上总是别着一束卷成筒状的书。

他为什么没去考大学呢?

老板带他们进了一所大杂院,曲里拐弯地在种种违建小房间绕着。终于开了一扇门,屋很小,各种家什满满地塞着。老板拉开一道塑料布帘子叫索坦看,里面一大排刚熨烫好的舶来旧衣裙。好看真是好看,惹得索坦禁不住在里面扒拉来扒拉去。老板说:"这种衣服你是不会要的,看着哪件式样好,拿去做样品请人照着裁剪吧——我送你啦!"

索坦喜欢跟江湖人交朋友,便也不讲什么客气,说:"那我可就要了这件连衣裙啦!"说罢取下了一条黑绉纱的长及脚踝的连衣裙。乍一看式样非常简单,但以索坦这个内行人的眼光来看,它却有一种说不出的大气与华贵,尤其是裙摆上不显眼的细裥和后背上V形的大开口,简直令索坦一见钟情。

"别臭美啦！"张和生端着洗好的草莓进来，对照着镜子比画的索坦道，"快洗洗手吃草莓吧，吃完了咱就开路，也别打扰了人家的生意。"

"那怕什么？坐下慢慢吃、慢慢吃。"老板转悠着找座位，椅子上都乱堆着东西。索坦抱着盛草莓的小塑料筐往床上一坐，道："坐床上就挺好。"

两个男人相帮着点了烟，也就都挨着床沿坐下了。

张和生直到此时才正式向索坦介绍老板："咱那个邮车押运班的老兄弟——任国光，也是老三届，从内蒙古回来的。"

索坦含着草莓连连点头，伸过沾了草莓汁的手，一本正经地与任国光握了一握。

任国光抽着烟，道："我和张和生都是子顶父职，要不然不知哪年才能从乡下回城。他是老爹死得早，我嘛，我是老爹风湿扛不动邮包啦。"

索坦换一种复杂的眼神看张和生——怪不得没上大学，家境所迫呀。

"这小子命不济。"任国光狠拍张和生肩膀，烟灰乱飞，"他挣钱供出了他弟弟，他弟弟偏为了恋爱的事在学校里自杀了。临毕业、临毕业了，来这一手！他娘一着急，偏瘫了，这下好——"

张和生不许他往下说了，道："干吗干吗？你是存心要吓走我这位'插友'怎么的？人家丁索坦饥不择食的时候再也不敢找我了——这人这么水深火热的，哪里当得了施主呀？"

任国光云里雾里地看他，嘀咕道："我没说啥呀，我是想丁索坦以后再拍苦人儿的电视剧，她没准能从你的故事里找点儿戏……"

张和生道："对对对，你就对丁索坦谈谈你的《困惑》观后感吧。"又对索坦道,"他可是你的狂热剧迷呢,在路上跑车的时候没法看电视,瞧他那个急呀!"

丁索坦没来由地满腹心事——也说不清是些什么心事,便对任国光感激地笑一笑,那意思也就是感激他为她的电视剧捧场吧。

三个人便谈论起那部室内剧来了。任国光只是一迭声地说戏拍得如何如何感人,如何如何让人看了搁不下——关心剧中人的命运呀。张和生则批判电视剧肤浅,编者主观的东西太多,而且审美观念过于传统。任国光强烈反驳,索坦又是检讨又是辩解,三个人正吵得热闹,只听得咔嚓一声天崩地裂,铺板断了——也是坐在中间的张和生太体重过人!

张和生先发制人,愣说任国光的铺板太次,索坦跌坐在一只大网篮上,笑得只是爬不起来。这时候,只闻得一股股冲鼻子的酒精味弥漫开来,任国光正在抱被子卷褥子,抽抽鼻子大叫一声:"我的个娘哎!"掀开铺板便去抢救他的酒瓶子。没想到他的铺板底下藏了酒,满满的三大玻璃瓶!那酒瓶不知是从哪家化工厂弄来的原料瓶,一个个酒坛子般的粗大,一只瓶子的酒容量至少20斤。

瓶子破了一个、倒了一个,任国光一脸要下泪的模样,只见一个穿花布睡衣裤的妇人忙忙地跑进来,一拍巴掌,道:"该!看你再敢偷着喝!"

张和生要留下来帮任国光修铺板,劝索坦自己先走:"你不是还有事要去见一个人吗?"别看张和生一副粗粗拉拉的模样,细心和体贴都藏在不经意间,一个真正的男人是不是都应该是这样的呢?

张和生送她出了大杂院,挥挥手道:"保护好你的眉毛!"他便回任国光家去了。

索坦往曾经是自己家的那个地方走，有一种异样的滋味在心里一阵阵漫上来。很久很久没有人把她当女人看了，包括她自己。表面的做派是一回事，内心的潜意识是另一回事。平时索坦即使穿着眼下这套最具女人味的窄小一步裙、高跟的皮鞋和飘逸的丝织长衫，别人还是要随时防备她一脚踏上凳子，拍着桌子骂人——鱼龙混杂的剧组、乱糟糟的拍片现场、人事纷争的演艺圈子，哪里不藏着点燃她的引信？

不会拍桌子又怎么能镇得住电视这个行当的人精子、人尖子？

可是索坦终于感受到了威风的无价值——除了赌掉了自己一份女人的温柔，还有什么可得？再时髦再走红的电视剧，也有黯然褪色的那一天，更何况一个红颜飘零的事业型女人？观众们喜新厌旧的心理本无可厚非——喜新厌旧本来就是人的天性。可是，一向对她俯首帖耳的、绅士味十足的、号称爱妻牌楷模的丈夫，背地里的那一出出勾当，为什么就那么令她痛心疾首？

假如喜新厌旧是人的常态，假如她不是事业型的女人，忙得没有工夫"厌旧"，她是不是会比丈夫更早一步地"厌"了"旧"呢？

什么都是可以理解、可以宽容的，唯独阴谋不可宽容——宋谦为什么不堂堂正正地表示对她的难以容忍，而要在抛弃她的时候还要让她承担道义上的责任呢？

表面谦和的男人是不是最没有心肝？

索坦情不自禁地想到了张和生。张和生仿佛就是宋谦的参照系。真正咬钢嚼铁的男人偶尔袒露柔肠，真是可以令天地动容——比如那一盒猪油饭！

而从张和生的身世看，他的柔肠又岂在一人一事？这个男人的

罗　扇

肩上还担负着多少的情和义呢？

索坦走进大学区，看到但凡可以称作"幽静"和"诗意"的地方，都充斥着双双对对的恋人。现在的小家伙们若是大学四年没有"恋爱史"，那是要被人嘲讽为"怪胎"的。那么是不是说，恋爱犹如功课，写下一页便可交卷？当然，完全本末倒置的人也是有的——大学四年，主修的课只有一门：恋爱。无论是前一种恋爱，还是后一种恋爱，它们都能称得上是"恋爱"吗？

宋谦不愧为这些小家伙们的师长，他的恋爱史谁知道已经写下了多少页？学生们前仆后继，而宋谦的恋爱常新。

索坦格外地生自己的气——为什么她偏偏也是这所校园里师生恋的一出落套的戏？那时候她已经在陕北插了那么多年的队，应该已经不是满脑子浪漫的纯情女孩，那时候也还没有琼瑶剧，她怎么就会如此肤浅？

离开宋谦这么久，她从来也没有惦念过他。法庭上见面，竟平添了许多的陌生，于是她不得不反省——她究竟有没有真正地爱过这个人？

索坦按响门铃，宋谦开门开得很快——可见他的确一直"恭候"。索坦不等《致爱丽丝》告一段落，直奔自己的床头柜。

索坦的床头柜里，装着她历次拍电视剧留下的个人资料：剧照、工作照、导演阐述、策划书副本、她自己的片场笔记。索坦事业蓬勃的时候心很大，总想着退休以后可以写一本回忆录，写小说也行，所以，她有意识地留下了这一柜子的东西。

索坦找了一只过去用过的旅行箱，把东西一捧一捧地往里塞。所有的资料下面，压着那只照片盒——是一只很大的进口朱古力的铁盒子，红艳艳的，描着凸凸凹凹的金叶子。照片刚放进去的时候，还经常打开翻翻看看，后来就任它待在"冷宫"里了。人一忙起来，就找不到怀旧的心境了。

索坦把照片都倒扣在床上。宋谦端来一杯咖啡，笑道："辛苦夫人，尝尝'滴滴香浓'？"见索坦只是埋头翻照片，宋谦便把咖啡搁在床头柜上，自己抱着胳膊在一边悠闲地看。

索坦正好找到了那一张照片，画面非常清晰——宋谦叉了一块炸明虾正往嘴里送，笑态可掬。索坦记得那是她第一次文雅地使用刀叉，因为她的身份是新娘子。以往吃明虾，她总是推开刀叉，十指并用，剥开虾壳就往嘴里送了。那天宋谦教她规范地使用刀叉，亲自示范如何用刀叉剥去虾头，然后——注意！然后他熟练地叉起虾塞到了嘴里。

同仁们为他俩安排的这餐婚宴是在突然袭击的情况下举行的，订好了桌子才通知她，而她知道的时候，他们已经经用台里的小车把宋谦接来了。

宋谦来前并不知道有西餐吃，以为只是一个茶话会。所以，他不可能事先服下抗过敏药，对不对？

幸亏有这张同事们开玩笑拍下的照片为证——宋谦非但能够吃海鲜、吃对虾，而且吃得熟练得很哪！

索坦先把照片举起来让宋谦看了一眼，然后放进铁盒子，塞进了旅行箱。

宋谦偏着头想了一想，呵呵地笑起来，说："原来你是要报我一箭之仇啊！对的，那天我是吃对虾的，而且证人颇多，赖也赖不掉，何况有照片为证。可是，万一我说我回来的当天就过敏了呢？万一我说我过敏就是后来频繁吃对虾落下的后遗症呢？总之，区区小事何必认真？你这人就是傻——精明得全不是地方！"

罗 扇

索坦点头，道："好的，道不同不相为谋。我本来也没有兴趣再跟你纠缠。其实我的傻就在于没有早认识你——要不何至于到今天才想到成全你呢？成全了你岂不是也成全了我？"

"你……怎么？"宋谦有点乱方寸。

"没什么。再见。"索坦说罢欠身过去从宋谦的床头柜上拿过一本书来，从里面拈出了一绺扎了红线的青丝，道，"事先打了电话来，你都不能把坚壁清野做得好一点，可见我这个马大哈妻子在你眼里算个什么！"

索坦开了门出去，又探进头来，道："咱们也别去法庭了，挺无聊的，去民政局吧。我忙，协议书你写，随便什么理由，说得过去就成。"

索坦走了半天，宋谦还愣着。铆足了劲儿准备交锋，却有点不战自败的失落感。

索坦走在路上，也不想搭车。反正天黑着，谁也看不清谁，索坦不知不觉用口哨吹起了蔡琴的歌——索坦吹一口酷似男子的好口哨：

夜风吹，
我和影子共陶醉。
沧桑属于过往，
我有我的影子陪……

居然有眼泪顺着脸颊流下来——终于没有丈夫了，没有家了，只剩下一只旅行箱，箱里装着过往的岁月。当然啰，还剩下影子，永远也不会失去的影子。

紫金文库

索坦继续吹口哨：

> 夜风吹，
> 寂寞也无所谓，
> 我和我的影子，
> 悠悠荡荡……

　　索坦走进朋友的那套一间半居室，第一件事就是把宋谦吃对虾的那张照片放到了煤气灶的火苗上。蓝莹莹的火苗围着宋谦和对虾，当然还有她自己做新娘的半个侧影跳起舞来，照片很快就变成了酒红色的一抹薄片。

　　"酒红色"——张和生对色彩的见解也是这样的不俗吗？

　　她微微笑着把熄灭的照片残骸拾起来扔到了垃圾桶里——让宋谦和他的处心积虑另找用武之地去吧，她不再奉陪了。

　　第二天到台里去上班，打定了主意不再接那部室内剧——让主任亲力亲为去吧！他也该从他的老太爷位置上挪下身子来，体会一下什么叫事必躬亲了！走进电视剧部，大家都使劲夸她的蘑菇发型和黑长裙。昨天她连夜把任国光的那条长裙重新洗涤熨烫一番，挂在衣架上欣赏着它入睡，今天早起，她理所当然地穿着它来上班。

　　长裙和发型固然是很适合她，但是犯得着如此夸来夸去吗？

　　主任走出他的屋子，咕噜了一句："干吗一身黑？又不是治丧委员会。"

　　索坦笑道："怎么不是？我这个'委员会'是治我自己的'丧'的：第一，我的婚姻正式死亡；第二，我在本部的艺术生命我决定让它'安乐死'了。"

罗 扇

主任不免吓一大跳,问:"这又是咋啦?"

索坦把一份请调报告拍在主任面前的桌子上,道:"这些年多有得罪,大家也让我闹得鸡犬不宁。我想我也是该离开这个部啦,我走了,可望天下太平。"

主任捏着请调报告,道:"又闹小孩脾气、又闹小孩脾气——好好的,你又想上哪儿去呢?"

索坦道:"我想台里和部里都会有设想了吧——你们想让我上哪儿?"

主任脸红脖子粗,嘟囔道:"谁又乱传小道消息?谁又乱传小道消息?"

索坦一拍巴掌,笑道:"哈,还真叫我猜着了?看来咱台里这上上下下的思维机器也还真不算复杂嘛!"

主任不知嘟囔了一句什么,抢步躲出去了。索坦也不恋战,只是揪住摄像,问:"咱哥们儿一场,总不至于不告诉我实情吧?"

摄像鬼头鬼脑地递一支烟给她,自己也叼了一支,点上火,说:"听说想给你一个象征性的处分,也就是杀杀你那股子'邪'劲儿吧——你别说,你那几句牢骚话传到要害部门那里,咱全台都吃不了兜着走。"

索坦急得喷出一大口烟,道:"背地里自家人说的私房话哪有什么分寸?传出去做文章的人,才真叫心存不良哪!"

摄像说:"瞧瞧瞧,又跳又跳!少吵吵几句吧!告诉你吧,想调你去专题部做文字编辑哩——副主任人家是不缺的,正主任更不缺,只缺写解说词的。明白了吧?"

索坦仰着脸吸烟,笑道:"那还有不明白的?"她今天显得特修长特华贵,就连倚着窗台吸烟的姿势,都与那种凝重华贵有着内在的合拍。不虚浮、不暴躁、不风风火火的索坦，体现出一种颇为惊艳的美。一大屋子的人都怔怔地看她吸烟，直到她把夹在指间的摩尔吸完。

索坦拍拍手上和黑裙上的烟灰，说："我走了。主任回来了劳驾告诉他，我先去休假了——干了这么多年，一次公休我也没轮上。调离也好、处分也好，都等我休完假回来宣判吧。反正电视剧部已经用不着我了，专题部晚两天去也死不了人。"说罢，腰肢款款，裙裾摆摆地走了。大家都觉得这条裙子怪得很，索坦穿上它，有点绝世出尘的意味。

索坦先使劲睡了两天觉。人也真是怪，一横下心来睡觉，就总也睡不醒，简直就像得了嗜睡症。中间偶尔醒来，抓两片饼干，冲一杯奶粉吃下去，一躺倒就又睡着了，连梦也没有。

第二天夜里，电话铃突然响起来，吓了她一大跳。手忙脚乱地打开灯，想了半天才想起自己在哪里。电话是房子的主人隔着大洋打来的，说已经决定在美国"逗留"下去，房子是商品房，索坦若愿意住下去，就只管住着好了，等过个一年半载，她回来办过户手续。

索坦自然求之不得。

接了这么一个电话，倒把索坦的"嗜睡症"治好了，深更半夜起来洗澡弄吃的。一时间卫生间、厨房间水声哗哗、盘盏乱响。洗完了澡对着镜子看，充足的睡眠居然使皮肤充满了丰润的光泽。索坦凑近镜子仔细研究自己的眉毛——真正的蛾眉果真是原来那样的吗？那么从现在开始保养下去，是不是很快就能恢复原样？

索坦吃饱了肚子，穿着睡袍溜达到楼下去开信箱。索坦的信箱简直快涨破了——她有多久没开信箱了？

罗　扇

　　掏出形形色色的广告、账单和报刊，里面还有一封宋谦的来信。一股脑儿夹回家去，摊了一桌子慢慢看。

　　看了一份账单，想想还是先看宋谦的信。

　　宋谦起草了一份离婚协议书，寥寥几行，但看得出字斟句酌费了他不少脑细胞——宋谦对形成文字的有关自己利益的东西历来是这种态度，一字捻断数根须。他脑门秃得那么快，玄机全在这里。

　　无非是性格不合之类。索坦看也不要看，大刀阔斧地扫了一扫，扔到旁边。宋谦还附有一信，说这些年无论小纠纷上如何不愉快，大事上他们的合作还是非常令人怀念的，故谨向她致谢。宋谦报告她，他的专著顺利出版了，不日将向她寄上一本，以作纪念。

　　索坦一个人在黎明前空落落的房间里笑了——原来他的书出了，怪不得不再做戏。宋谦为了评上正教授，苦苦地折腾他的这本书。后来是索坦动用了她多年拍摄电视剧的酬金总额，替他张罗成了自费出书的相关事宜。

　　现在可谓是功德圆满。离婚分割财产时，房子存款可以算是共有财产，书也可以算是共有的吗？就算宋谦大度地分一大半书给她，她要它们干吗？

　　索坦龙飞凤舞地在协议书上签了字，塞到信封里去——一个痛痛快快的句号对于她来说，比什么都好。

　　索坦认认真真地翻阅报纸夹缝里的各种招聘广告，当然也包括"招聘老婆"的征婚启事。说不上来是一种什么心理，似乎也不是缺个丈夫没法活，完全出于一种单身女人的下意识和好奇心。对征婚栏里那些粉饰色彩极浓的文字，索坦权且当作奇文来欣赏——她怎么可能相信它们？

　　忽然有一则"招聘有才之士"的广告吸引了她。招聘单位是一家台资的影视广告公司。索坦想，这倒不妨去一试，当导演当制片当编辑对于她都不过是小菜一碟，主要是这种公司没有官场上的倾轧，大家靠本事吃饭，倒是可以放开手来搞搞艺术。再者，台资公司的待遇想必不会低到哪里去。

索坦说干就干，精心做了一番梳妆，小挎包里塞上那份报纸，出门应聘去也。

索坦虽然是个见多识广的女人，与台资公司直接打交道还是第一次。走到号称老城区的城市南端，高大的建筑逐渐稀少，曲曲折折的石板小巷网络一般地兜将上来。索坦越走越是疑惑，报纸拿在手里，一路跟人打探，摇头的人多，提供建设性意见的人少。索坦脸上的淡妆早就变成油汗了，口干舌燥，只好在路边的小铺买了一盒橙汁喝，喝完了把空盒往路边人家的垃圾桶里一扔，忽然发现这家门上可不就张贴着她要找的那个招牌——是用毛笔写在红纸上的，不当心就把它当作居委会办的什么服务站了！

索坦凭着纯粹的好奇心跨进门去——此刻，难道她还要对她的"宏图大业"抱什么希望不成？果然，这个大杂院里只有一户人家与这个招牌有关：这家有个台湾来的亲戚送了他们一台小型摄像机，亲戚的用意很明确，让他们利用这台小型摄像机开创致富之路，而不要再不停地伸手要钱了。

这家人家倒也做了几宗婚礼录像之类的生意，拍出来的带子不是画面歪歪斜斜，就是构思无章法可言，生意虽不算越做越差，也可谓越做越不见起色，这才想到要"招聘有才之士"。

索坦喝完了人家一杯茶，才起身有分寸地告辞。索坦自然不会把这种事情处理得很臭，只说等回去再商量商量，就给他们回音。对方一路热诚地送她出来，连连说："我们太需要您这样的正宗专业人士了——以前应聘的也不少，可多半都是业余爱好，连草台班子出身都谈不上，一试用就坑苦我们了！"看老板那副痛不欲生的模样，索坦差点儿笑出声来——草台班子？谁是草台班子那可说不准呢！

"张小姐，能不能留个手机号下来？"临别时老板可怜巴巴地乞求，似乎料到索坦这一去很可能就是断了线的风筝。索坦一见面就给自己报了个假名，之所以姓"张"，纯粹是神来之念，大概跟这些天突如其来冒出个张和生有些关联。索坦自然不会留下手机号，只说："您别费心，我自会给您来电话的。"说罢赶紧脱身。出了小巷一看，一双簇新羊皮鞋的精巧鞋跟，被小巷路面的鹅卵石拧歪了位置。

在街上无目的地溜达，倒又想起了张和生——去找他讨个主意岂不是好？那人一副对世事雄才大略的样子，只可惜半点儿用不到他自己身上。他为什么只安于当一个押运邮车的工人？他为什么不试图谋一个更适合于他的社会身份？就连讨一个老婆也讨得那么不对劲，动不动就来个全武行，张和生那么大个块头，制服不了她是怎么的？

索坦一时间全忘了自己的挫败，只想着如何说服张和生跟她共同干番事业，他俩若是合作，必定极具竞争优势。他们完全可以也办一个公司，张和生当董事长，她当总经理。别看她在台里蹿得高、吵得热闹，骨子里她深知自己不抵张和生一根手指头。

幸亏要找到张和生并不算困难。索坦找到任国光的服装摊位，却见守摊子的换成了任国光的老婆——上次打翻酒瓶子的时候见过，挺豪爽的一个妇人。索坦上前便叫："任嫂子，生意好不好？"妇人抬头一看，眉眼全部笑开，道："丁阿姨，今天又有空逛街？"

过来坐坐，歇歇脚——穿你们那高跟鞋走路，逛街挺受罪的。"说罢把一张沙滩椅撑开，硬招呼索坦过去坐。

索坦也不客气，过去就坐下了。沙滩椅五颜六色十分抢眼，好在四周全是更花哨的时装，它的夸张也就算不得什么了。索坦刚坐下便脱了鞋——真让任嫂子说着了，人走累时要安歇的不是别的，是脚，所以才叫"歇歇脚"呀。任嫂子啧啧道："瞧你们拍电视拍得多真！电视里的大姑娘小媳妇们进了屋，第一件事就是把鞋蹬了！穿皮鞋就是累脚嘛！"

索坦只管笑，恰好一帮姑娘上摊子来看服装，索坦便招呼开了，一个一个地为她们提供意见。索坦有一种因地制宜的天才，任家摊子上的服装并不多，她却让每一个女孩子喜出望外。任嫂子笑道："这位丁阿姨是省电视台专管拍电视剧的，她帮你们挑衣服，那还有得错？"女孩子们越发忙不迭地把那一套衣服往自己挎包里塞，价钱是根本顾不上还了，喜得任嫂子一面收钱一面连声道谢。

索坦笑道："任嫂，以后我不如就帮你守摊子吧，咱们一定发大财。"

任嫂子笑道："丁阿姨这话说到哪儿去了！国家的饭碗能端着还是端着好，要不然我也就不让国光跑车了——干个体的，看着挣些现钱，可是谁敢有个三病两灾？像张和生他媳妇，若不原先是个跑车的，就她那一次次的整容手术，有十个家也败光了——人家铁路上有钱呀！"

索坦吃了一惊："整容？干吗整容？"

任嫂子上隔壁小店买了一瓶可乐塞到索坦手里，坐定了慢慢唠给她听："要说张和生这个人呢，也是心地太善了点，当初他媳妇是他常跑的那趟车的播音员，看上他了，非嫁他不可。张和生本是

罗 扇

不肯的,那姑娘吃安眠药死过一回,张和生心一软,就娶了她。谁知这俩人实在没有在一起过日子的缘分,自结了婚,那女的就不肯再让他跑车,成天吵得不消停。那女的吃安眠药抢救时在气管上动了刀子,打那以后没法再当播音员,就调到站上当了个检票员。她不跑车了也不让张和生跑,因为她不想独自在家里服侍偏瘫的婆婆。张和生也怕他娘在家受媳妇的气,可是邮局的差事,哪是说调就能调的?邮车押运又是底层又底层的苦差,不求人你能脱得了身?张和生的脾气你丁阿姨也知道,他能去求人?有一次张和生手腕上淌着血上咱家来借宿,手腕上那伤口像张小孩子的嘴!那就是他媳妇用手指甲硬生生撕剜开的!张和生当时真是不想再回他那两间小屋,可怜他为了他妈,最后又跟他媳妇去讲和。张和生考上过啥'研究生',家里靠他挣钱,他就没有去。他还考过你们电视台呢——那年你们不是向社会公开招聘过人才?考是考上了,结果因为没有文凭又吃了亏!唉,你说这人咋这么命不济呢?"

任嫂子叹息着,站起身去招呼顾客。索坦一口口吸着那冰镇的可乐,喝得五脏六腑瑟瑟打颤,只好放下可乐瓶抱紧双臂。小街里的阳光是纷乱的,无数高悬的时装和形形色色的布棚浸染着天空,阳光到了这一方世界,真是毫无章法可言。

任嫂子打点好她那一笔生意,坐下来接着聊张和生:"去年他妈过世了,媳妇也另有了相好,两个人好商好量地准备分手。谁知偏这时出了一件惨事儿——他媳妇检票的时候冷不防被人泼了硫酸水——那是张和生结下的仇人干的。"

索坦倒抽一口凉气:"张和生结下什么私怨?下手这么歹毒?"

任嫂子叹道:"张和生多大的丈夫胸襟,哪会跟人结私怨?那是不法分子干的!你们拍电视剧也拍不法分子的事儿,可不法分子的事你们又哪里弄得清楚？劫邮车你懂不懂？解放前就有劫邮车的，这些年又有啦！不法分子专劫邮车上保值包裹，张和生、任国光他们是专跑来往广州那条线的，广州上来的包裹，有不少是海外邮过来的，你懂了吧？"

索坦点头道："我懂了。"

不难设想张和生是怎样一次次拼死保卫邮车的。他那种人，舍生取义是太正常的事。可是，为什么他们偏偏把报复的计划实施到张和生妻子的身上？他们也真是太狠毒了！他们肯定明白，如此一来，张和生再也无法舍弃他的妻子，这比伤了张和生本人更令他苦难深重啊！

"事情发生以后，铁路上、邮政上也都给了张和生嘉奖，局里也决定不再让他跑车，让他去教职校。可是张和生不干——他老婆在广州长期住院，他借跑车的便利也好常去照料她；再说，他若不在邮车上，他那伙兄弟们他又如何放心得下呢？喏，前不久张和生不是又和不法分子遭遇上了吗？人家把他踢下邮车前，还砍掉了他一截脚趾头。"

索坦握着空可乐瓶怔在斑驳的阳光下。还能再说什么呢？想了想，搁下空可乐瓶站起来，说："任嫂，我这就看看他去。"

任嫂愣了一愣，明白过来，说："你是说去看张和生呀？晚了一步啦，他今天下午出的车，来回路上四天，在广州待一天，最快也得五天才能回来。"

索坦很意外，问："张和生那脚又能出车了吗？"

任嫂道："有什么能不能的？他不出车，五个人的活儿就得剩下的那四个人干，他能不心疼？再说久不去看他媳妇，怕他媳妇会想不开——挺好的一张脸，弄得跟团抹布似的。听说整了三次容，

罗 扇

稍稍能见人一些。还得接着整,张和生说倾家荡产也要整下去。"

索坦匆匆告别任嫂,边走边给电视台总编办挂电话。总编办最能干的副主任是索坦的铁姐们儿,她要想弄张什么票,没有弄不到的。

索坦请她帮自己买了一张次日飞广州的飞机票。

次日到了广州,她立即要求"拜见"广州电视台电视剧制作中心的主任。这位主任是索坦的莫逆之交,索坦称他"老莫"。老莫每次见到她都不遗余力地"策反",说:"来我们中心算啦!我俩做搭档,试看天下谁能敌!"

索坦挂通电话,老莫当即开车来宾馆看她,进得门来,依然是朝气逼人的超级帅叔模样。老莫伸开双臂夸张道:"哇!好靓啊!你来客串我们的主持人好不好?保管你一下子成为我们羊城的大众情人!"

索坦笑道:"'情人'也好客串的吗?'大众'刚被吊起胃口,我这里又客串完毕了,岂是不害人望穿秋水?"

老莫道:"所谓的惊鸿一瞥,求的就是这种效果嘛,说不定你的崇拜者会千山万水追到贵省去呢——那多有诗意!"

索坦点燃老莫递来的一支烟,黯然道:"我不想在我的那个'贵省'干了,我来投奔你好不好?"

老莫诧道:"又跟人干仗啦?怎么弄成了这般模样?"待听索坦把她的故事叙述完,老莫连连点头,道,"我理解、我理解,我太理解了!圈外人不知道我们这一行的人际险恶,他们只会指责我们争权夺利,可是他们哪里明白,没有一定的自主权,我们如何奢谈'事业'二字?个中心酸也就只有我辈自掬自饮而已。"

两个人不禁相对无言,在渐渐暗下去的暮色中静静地各自吸了一支烟。隔窗望得见大楼底下川流不息的人流车流,繁华的大都市里,藏着多少无言无奈的片刻呢?

床头的电话铃悦耳地响起,索坦拿听筒一听,笑着递给老莫:"是你的。好忙呀,电话追到宾馆来。"

老莫含笑接过听筒,说了两句便挂了,道:"咱们该'起驾'了。"

"上哪儿?"索坦不免诧异。

"为阁下洗尘呀——请你吃高档粤菜,我来之前就安排妥了。你没什么不方便吧?如果你有约会,我可就只好扮演横刀夺爱的角色了。"

索坦大笑。他们的相处毫无忌讳,诨开玩笑开惯了,但是"横刀夺爱"这句玩笑话深深触动了索坦的心事。电梯向大楼底层降去的时候,索坦在排风系统的习习凉风中,把脑袋轻轻地抵着壁上锃亮的大镜子,默默地想念张和生——他的车正向这里开来。他知道他这些天在她的心路之中飞速地越过了多少的崇山峻岭吗?

在酒楼里坐等上菜的时候,索坦一反常态用她少有的踌躇语气问:"假如我过来,我能够介绍我的一位朋友一块儿过来吗?他的水平、他的修养、他的能力,没有一样不远在我之上。"

老莫含笑着端起茶壶来亲自为索坦斟茶,道:"你丁索坦推崇的人那还有错?我们专程上门'赐教'还来不及呢!"

索坦几乎喷茶。这里有一个典故:前不久他们一块儿在河南出席全国电视剧艺术研讨会,会间休息时,门外进来个夹着厚厚几大本稿子的农村作者,逢人便鞠躬,自我介绍是郑州郊县一乡镇小学的教师,摸索着花费了五年的心血,写了八个电视剧剧本,今天终于有机会亲自上门向各位专家和领导"赐教"来了。

罗 扇

听罢最后一句话,大家都愣了,半晌方才爆发出一场大笑——他们当时也太不给那位乡村才子面子了!

"上门赐教",成了他们一时间使用率最高的"四字幽默"。

他们这些不可一世的天之骄子啊!

菜在他们的玩笑声中一道道地上来,浅斟慢饮了几杯蛇酒之后,老莫离席去拨电话,回来之后,老莫边往膝盖上铺餐巾,边对索坦笑道:"刚刚请示了领导——你认识的,那个好好老爷子;他很欢迎你和你的朋友来。咱们是南方特区么,广纳人才,不拘一格。这样好不好?"老莫推心置腹地凑拢来,红红的烛光在他诚挚的双眸里闪动,"办调动手续恐怕也犯不着,咱们特区,谁还在乎那些个麻烦玩意儿?你们先来干着,对原单位就说是借用好啦,工资、稿酬、补贴什么的全部由我们这里出,谅他们也打不了什么横炮。怎么样?先干上两年,接手三两个剧组好不好?我知道你的,顶呱呱的制片人!你那位朋友能干什么就聘他干什么,尽最大可能发挥你俩的优势。"

索坦轻轻一笑,搁下筷子用餐巾擦嘴——她后悔吃了这餐饭了!索坦道:"最大的优势?如果我和我朋友的最大优势是当中心主任、当电视台长呢?你们还会表示'欢迎'吗?"

老莫的脸一下子撤离了烛火的光焰,腰背挺直地端坐回去,道:"小丁,你这么过分的精明,国内的哪家电视台敢收留你呢?难得糊涂呀!"

索坦点头,道:"我精明,精明得过你吗?你的自卫意识何苦如此强呢?怕我夺权?怕我把你比试下去?'借用'两年?哈——"索坦双手一摊,已经无法把话题进行下去。心里的痛楚又岂止是破灭了一个南行的计划?她是在对人的信任上,又惨遭了一次打击——为什么越是貌似亲近的人，越是无法真正走到一起？人为什么总是把自己伪装得那么高明呢？

索坦移开椅子准备离开餐桌："谢谢款待。或许我真的应该反省一下，为什么我永远活不成你们那样的圆通——我承认你们在出色的才干之上，还具备一种功能，而这个功能正是我的残缺，那就是，让别人愉快地接受你们的虚伪，对你们的谋术不加任何提防。我想，我是没救啦。"

索坦伸手过去和老莫相握。老莫感叹道："其实我是由衷羡慕你的那份率真呢！可惜的是，谁需要你的率真？率真是人性的致命伤啊！率真对一个想搞一番事业的人而言，得不偿失啊！"

索坦在老莫肩上砸了一拳，轻声道："你依然是我最好的朋友。再见！"

老莫颇有点惆怅的样子，说："咱们这个小小的宴会也未免结束得太快啦！要不，我陪你再到顶层的旋转花园去参观一下好不好？这可是我们这里首屈一指的高档酒吧哩，气魄之大，国内恐怕不大见得到呢。"

索坦无可无不可，说："恭敬不如从命。"

两个人遂乘半封闭的观光电梯直上顶层。广州的气候湿热，电梯的扶手都是黏黏的。酒意一点点地浸染上来，索坦觉得满头秀发仿佛变成了一堆孕育雨意的云。她用手绢扇自己发热的脸，道："蛇酒好生厉害！"

说话间已经到了顶层，酒吧果然气概非凡，尚未到上客的高峰，自有部门经理陪着他们转——电视剧制作中心常来这里拍片，双方熟得很。

索坦极喜爱倚着华美回栏设置的一长排吧凳，便悄悄在上面坐了一回。灯光暗下来的时候，坐在这里俯瞰灯河流转的羊城，背后衬着舞池里拼力释放自己的人群，然后任自己被疯狂的音乐击碎撕碎揉碎，那会不会是一种超痛快的体验？

她忽然觉得自己是那样的需要宣泄。

老莫和部门经理从回栏的另一端说着话过来，老莫叫她："喂，妞儿，音乐还没起，就化作一尊雕像啦？"

索坦笑道："你有事你先走好啦，我在这里坐一坐。"

老莫拍拍她的肩，说："回去打的，还有你的机票，都交给我报啊。"又关照，"好好睡觉，明天若是打定主意去度假村，我给你派车。"招招手，便走了。不一会儿，一位小姐送来一杯加冰的雪莉酒和一包摩尔烟，说："刚才电视台的莫先生已经付过账了。"

索坦抿了一口雪莉酒，五脏皆舒缓，内心不由得感叹："为别人想得这么周到的男人，偏偏骨子里皆不是大丈夫，奈何？"

乐队的乐手们陆陆续续登上花园中央的小舞台，一位女歌手在试唱，唱的是一首旋律低缓、如泣如诉的日文歌。

索坦捻灭手中的烟蒂，走出屋顶花园往火车站挂电话。

张和生的车次明天清晨正点抵达。

她几乎是迫不及待地想要见到他——真正具备了大丈夫气度和铮铮硬骨，却又不乏柔肠和智慧的男人，普天下恐怕只有这一个了，她不能错过。很久很久以前，他们已经错过了一回，然而既然他们又得以重逢，就说明他们有命定的前缘。

索坦回到宾馆立刻去美容部洗头，让他们尽可能地把蘑菇头拉直，以恢复她质朴天然的短发模样——她想张和生会喜欢。

美容部的小姐做完脸部按摩后，正欲为她修眉，被索坦一掌推开。索坦道："对不起，我不修眉。"说罢逃也似地离开了美容部。

在电梯里,索坦凑近大玻璃镜照自己的脸——眼睑上,隐约有淡淡的眉影显出来。她真希望有一种神奇的药,能让她的蛾眉一夜之间彻底长全呀!

次日清晨,张和生果然一出车站就被迎面而立的索坦震撼了——她怎么会在这里?她怎么变回去了十年?他几乎以为是梦境了!

索坦笑着一扬手:"嗨!"

任国光和另外三个显然是同一班组的工友随后走出来,一见这场面,挤眉弄眼地跑开了。索坦不好意思地追了两步,叫:"任师傅,你去进服装吗?带我一块儿去好不好?"

"嘘——"张和生一把拉住她,悄声道,"傻!国家公职人员利用跑车做私人贩运是违法的,你冒冒失失叫这一嗓子,想害老任啊?"

索坦冷不防被张和生这么一拉,几乎栽牢在他怀里。张和生下车前大概做过例行漱洗,一张刮得干干净净的脸透着勃勃英气,周身散发的混合着普通檀香皂的清新的男人气息,令索坦一阵神迷。索坦恍恍惚惚地伸手揽住他的胳膊,虚弱地一笑,道:"我很傻,是吗?"

张和生似乎也有一瞬间的忘情,低声道:"你怎么不傻?你十六岁那一年,我第一次在西去的列车里看到你,你傻着眼看别人用扑克牌变魔术,满脸都是惊诧和不解。当时我就想,这么明显的破绽都看不出来,真是个傻心眼的傻丫头哟!"

索坦扑簌簌地落下泪来——她那么早就装进了张和生的心筐子,而她竟不知道!

张和生朝她脸上看了一看,嗔道:"又傻!"一拐一拐地带着她走开，说，"他乡遇故知——我请你去吃港式早茶好不好？"

索坦说："不好，我要你陪我去度假村！"招手便要来了一辆的士。

他们到达度假村的时候，沙滩上空无一人，白色的鸥鸟静静地飞过，纯净的旭阳悬在椰树的剪影上，海风温柔如水。索坦坐在沙滩上看张和生游泳，满心都是"天荒地老"这四个字。

这四个字能够属于他俩吗？

张和生从水里上来，索坦的目光迎向他，喃喃道："张和生，我已经等了你一整个生命，你知道不知道？"

张和生俯下脸来看她，又是那样深深地看进她瞳仁里去，低声道："如果我说我等了你十个生命，你信不信？"

"我信。"

"知道你进了大学，我就下决心要考你那所大学的研究生；知道你到了电视台，我不知天高地厚地想靠公开招聘去做你的同事；知道你结了婚，我便答应了她的以死相逼……"

"别说了！"索坦一把捂住了他的嘴。四目相对，一切时空皆已消遁。索坦将张和生的手指拉到自己的眉毛上，低声道，"你的蛾眉就要长出来了。我们重新开始，好吗？"

张和生仔细地抚摸她的眉，仿佛要吻上去，却又终于没有。松开手，张和生仰望天空，轻声道："我们这就回城里去，好吗？我到医院去料理一个病人，你去办你的事。没事逛逛街也行。明天一早，你随我们的邮车一块儿回去——体验一下押运员的生活，对你今后拍电视剧也许会有用处。"

索坦感受到刚刚走近她的张和生，倏忽之间又已经离她远去。她用一种生离死别的眼神看他，只看得泪雨纷飞。她背过身去捶打沙滩，哭叫道："不，我不许你再自欺欺人！我不许你再做殉道者！你扼杀自己扼杀别人，你为什么心这么硬这么狠！"

张和生的泪也下来了，一颗颗的泪沉重地砸在沙滩上，一砸一个湿坑。他把索坦的手捧起来，吮着上面的斑斑血痕，哽咽道："原谅我索坦，人活着，不能背弃自己肩负的责任啊！"

索坦再也没有想到，他们的爱情故事刚刚揭开帷幕，就已经走进了悲剧的尾声。她经不住这样的大起大伏和大喜大悲，但是不经受又能怎么样？假如张和生轻而易举地抛开残妻向她示爱，难道她会更爱他不成？

他们回到城里已近中午，随便吃了点东西，索坦便陪张和生去医院。送到医院门口，索坦不再往里去，径自叫了辆的士去电视剧制作中心。见到老莫，她索要纸笔，刷刷地写了一个张和生的大致简历交过去，说："这个人，你尽可以放心地聘用，他会成为你最好的高参和助手。而且，他没有文凭不是干部编制，永远不会对你的位置造成威胁。"

老莫接过简历，道："我也明人不说暗话——是你的朋友，我一定给他最好的关照。"

"拜托啦！他夫人在此治病，不是三年两载就能治好的病。他能在你这里打工，免去两地奔波之苦，经济上宽裕不少，才华又能得以展示，对于他们夫妇岂不善莫大焉！"说罢挥挥手，说，"如此我也就该打道回府啦！"

老莫诧异，问："你不打算留下来了吗？"

索坦一笑："我还是回我那个'贵省'去吧，专题部就专题部，想开了，哪里的黄土不埋人？是金子，黄土里也照样发光。"

老莫点头，道："那么后会有期。我现在就去给张和生领聘用表格。"

"谢谢！"索坦扬长而去。

回到宾馆，索坦打电话给医院的护士办公室，让她们转告张和生到电视剧制作中心去办聘用手续，同时，代她向他道别。

索坦在那家豪华的屋顶酒吧从黄昏一直待到了凌晨。酒吧达到营业高潮的时候，乐声震耳欲聋，满场子都是在霹雳一般的闪光中癫狂扭动身躯的舞者。这种舞很好，不需要舞伴，完全是自由自如自在地进入自我。索坦跳累了倚栏坐在吧凳上，徐徐地吸烟，在狂暴刺激的视觉、听觉、感觉世界里，内心的风潮一点点地消退下去——以毒攻毒，最好的精神疗法。

夜将尽时，索坦走在广州的大街上，轻轻哼着蔡琴那首再体己不过的歌——

> 我和我自己的影子，
> 一起在街上悠悠荡荡，
> 我和我自己的影子，
> 一起走在无人的路上。
> 虽然画面有一点凄凉，
> 你不必觉得悲伤。
> 无人世界分外宽广，
> 既没有紧张也没有装模作样。
> 夜风吹，我和影子共陶醉，
> 沧桑属于过往，
> 我有我的影子陪。
> 夜风吹，寂寞也无所谓，

我和我的影子——

　　悠悠荡荡……

　　走到离宾馆不远的地方，索坦看到了路灯下面站着的张和生，一身邮政制服，一个邮政挎包——他是来接她上火车的吗？还是已经站了整整一夜？

　　索坦走过去，嘴里吹着口哨：

　　我和我的影——子——

　　悠悠荡荡……

罗 扇

无 猜

冯青榄站在明故宫门口,等她的女儿去买风筝。

这座所谓的明故宫以前只是一片废墟,现在刚刚在都市的繁华中脱尘而出,连仿古版都谈不上,完全出自现代人的手笔。冯青榄看着它,觉得在密密层层的现代高层建筑中贸然出现一座气势恢宏的中国古代最高殿堂,即使作为感官调剂,也没有什么不好。

冯青榄隔着宫门朝里看。也许是资金尚未到位,正殿和别宫都还只是一个框架,于是被金碧辉煌宫门和宫墙圈住的,就几乎只是上百亩覆了草被的空地。在这里放风筝,当然是相当能够出情调的。

冯青榄昨天开信箱,收到一张手绘的明信片,上面用炭笔画了一位手持风筝的古代仕女,旁侧题有一行小字:"又是一年三月三。"

她当然认得女儿的手迹。不过,她没有料到女儿的修养已经如此的不凡了。

果然，女儿放学回来对她说："妈，明天我领你去放风筝——去年你说过的，春天放风筝，可以放掉坏运气。"

冯青榄诧异道："我不是已经把你爸给'放'掉了吗？"

年前，冯青榄设计的一款连衣裙得了丝绸进出口公司的一笔设计费，除了交税和上缴学院的部分，剩下的她拿去缴了一套两居室商品房的首付，这才算是和丈夫办成了协议离婚——留下原先的那套房子，让丈夫去和另一个女人过。

女儿是那种视家庭解体为寻常的现代少女，所以，她无波无澜。女儿说："你和爸离婚那只是放掉了一半坏运气，什么时候你真正地开心起来，那才能算是功德圆满。"

冯青榄笑起来："你不认为你妈正活在一种'真正的开心'里面吗？"话虽是如此说，她暗地里也还是得承认，她对自己的认识当然不如她女儿对她的认识。

她警觉道："你说的'开心'不会是指'爱情'吧？要是那样，我宁愿不'开心'。"

女儿不愿对"开心论"作如此狭义的讨论，所以，她们还是出来放风筝——天气这么好，有闲情有时间，不放风筝干吗？

冯青榄此时倚着宫门前漆得红彤彤的簇新门柱，远远看去，这个显得渺小的女人，倒是与这道巨幅宫墙形成了某种默契。青榄个头纤长，在不试图"粉饰太平"的中年女性中间，她的脸色还算不上太黯淡，也许她的脸色是被她的眼神照亮的——她拥有一双成年女人一般不具备的大而明澈的眼睛。青榄没有烫发，一头青丝不蔓不枝，全部拢向耳后，绾成一个松松的发髻，穿一身黑颜色的羊毛套裙，裙子修长，外套则很宽松，开衩的对襟处镶了一寸宽暗红色的边，显得古朴典雅。最有趣的是她肩上系的那条薄纱巾，黑底红

罗　扇

边，中间点缀着明黄色的大圆点，这寥寥的几点黄，正好呼应了宫墙上的琉璃瓦。

这天是国内试行的第一个清明节公休日，艳阳高照的街道上，到处是装扮一新倾巢出动的家庭，有一种白捡来的节日气氛。

青榄看到她的女儿从宫墙的一角转出来，她扬扬手臂示意自己的所在，唤道："子——"

子走过来，也是一身黑，长长的黑毛衣外面罩一件俏皮的带帽斗和小背囊的明黄超短小马甲，个子比妈妈高，脸色比妈妈红润好看。

子空着手说："卖风筝的没料到生意会这么好，又回家取货去了。我派同学在那里等。"

青榄顶不喜欢子那么颐指气使，睨她道："你还'派'哩——你凭什么'派'？"

子不以为意，道："人家愿意被我'派'嘛！"她眼波一转，忽然朝不远处一个块头颇大的男人冲过去，拦路质问道："喂，叔叔，您怎么拿着我的风筝？"

青榄被子的莽撞吓了一跳。那男人气度不凡而又显得有点憨，笨手笨脚地托着一只花花绿绿的蝴蝶风筝，似乎不知道该拿它怎么办。听子一问，他老老实实地说："它从天上掉下来，正好落到我的车跟前了。"

子说："太巧了！我们风筝刚刚断了线，正到处找它呢。"一把拿过那风筝，正经地道个谢，"谢谢叔叔！"

青榄哭笑不得，一时又不好拆穿子，只好对男人说："要不您和我们一块儿放吧——摔了一下，不知道还放不放得上去了。"

那男人居然有点喜出望外的样子："那太好了！"遂对子道，

"来，让叔叔检查一下，看有毛病没有。"这男人看上去也有四十大几了，可是他低着头全神贯注摆弄风筝的时候，微微地撅着嘴，神态也颇似一个特大号的男孩。

男人检查了一番，觉得没什么问题，便建议放放看。这时候，第一个大惊失色的是冯青榄——假如风筝真是她们的，她们手里应该有线轴才对呀！

男人显然是为人太过忠厚，一点儿没意识到这里面有什么破绽，只急着到处找可以接上去用的线。子鬼精鬼精，说："妈，我上那边小超市去买线。"她说着拔腿就跑，唯恐谎言露馅的局面落到她头上。冯青榄心里恨得咬牙，表面上还得和那个男人虚与委蛇，把他的思路引往别处。

"现在的人多会图省事，连风筝都一律买现成的。你看这天上飞的，几乎全是一模一样的蝴蝶。"她说着这番话，完全忘了自己也在"现在的人"之列。

男人果然被她牵着思路走，说："小时候我们都是自己扎风筝，我记得有一年找不到东西做风筝骨子，我把家里的扫帚柄子劈了，被我妈狠揍了一顿。"

冯青榄问："你们扎的是不是那种'门板'风筝？"

"对，后面挂两条尾巴，一会儿这边接长一点，一会儿那边撕短一点儿，用来调节平衡。"

冯青榄笑起来："也有撕到最后两条尾巴都撕秃了，结果还是直栽跟头的。"

"那是骨架的问题。"

冯青榄仰着脸看天空，仿佛已经看到了一只只"门板"风筝，"你们是不是用旧作业本上的纸糊风筝？"

罗 扇

"对，风筝飞上天老高了，还看得见老师用红笔打的叉叉。"

冯青榄大笑，男人也跟着笑。

子终于来了，买了一轴放风筝的线。男人接上线，试着放了一回，风筝老往一侧翻。男人说："看来得接尾巴了——你那里有纸没有？"

冯青榄掏出半卷卫生纸，犹犹豫豫地问："这行不行？"男人瞥一眼，道："凑合着试试吧。"他扯了一长条，又说，"这里没有糨糊，只好用口水粘了。"说着往嘴里抹口水粘贴上去。

冯青榄见着心中暗笑。

正在这时，不远处小轿车里钻出个瘦瘦小小的司机，冲这边晃手里的手机，又往机场方向指了指。男人只好恋恋不舍地把风筝交给冯青榄，道了别，上车走了。

子马上大松一口气，说："他再不走我就走了——放这种拖着卫生纸的风筝，不怕被人笑掉大牙呀？"

最后，她们到底没放这只连劫带骗弄来的风筝，放了那只新买的。事后冯青榄把两只风筝都带回家，把它们固定在墙上，给崭新的客厅增添了一些很民俗的气氛。

子颇欣赏冯青榄的杰作。不过，这丫头有点居心叵测，说："咱们是不是还应该去买张《梁祝》的 CD 来烘托这一对蝴蝶？"

冯青榄若无其事道："好呀。"她也只是说说而已，并非果真就去买。冯青榄其实是个很健忘的女人，很多事，转身就成过眼云烟。

离婚之后冯青榄的心闲下来，作品颇丰，几乎不断地有她的设计在海内外发表和获奖的消息。刚开始还有不少女人防着她"夺"去她们的丈夫，后来看她尽情尽兴地享受单身女人的快乐，活得又那么滋润，显然是大彻大悟，不会再肯去做任何人的感情奴隶，这才转而对她友好起来。这些女人学会了给自己的男人下通牒，说要去做冯青榄那样的自由女人。

工艺美术系的人喜欢拿冯青榄开玩笑，说她正在破坏和已经破坏了许多家庭的安定团结。冯青榄骨子里其实相当傻，听到这些话每每忧心忡忡，托人捎话给那些女人，劝她们千万别轻言离婚。现在物价这么涨，孩子的学费又越来越惊人，实在要离，也等掌握了一手热门的技艺再离不迟。听到她后面那句话，男人们简直是哭笑不得。

冯青榄总是宣称，离婚是她人生最好的一种状态，她这么说，提亲的人就不大好开口了。

冯青榄属于那种才高却性平的女人。比如她在发表时装设计的时候仅仅发表作品，而从不发表她自己。一般人的概念中，时装设计师自己都外形粗蠢，她宁愿给别人这个错觉。因为从不接受任何一个在镜头前曝光的机会，她少掉了很多因妒生恨的同性敌人，也躲掉了很多被异性纠缠的机会。

单身女人的从容，越来越多地在冯青榄身上体现出来。

"五一"节前后，冯青榄设计的一款夏季女式套裙在省电视台举办的"职业女性设计大奖赛"中获得了特等奖。颁奖那天，冯青榄照例回避了现场直播的颁奖晚会，交代表演她那套服装的模特儿替她把奖捎回来。

那天她跟子去观摩了一场日本的茶道表演，颁奖晚会的实况她根本忘了看。

回到家，模特儿打来电话。女孩子说："不好意思噢冯老师，我没完成您交给我的使命，颁奖晚会组委会的詹主任一定要您亲自

罗 扇

去领奖,他说这段时间他都会在台里恭候您。"她报了个电话号码给冯青榄,冯青榄记都没记——简直太岂有此理!

那女孩子很诡秘地加了一句:"冯老师,您去的时候好好打扮打扮噢!"

冯青榄厉声道:"你搞什么鬼名堂?"

女孩笑道:"没什么呀。不过他们觉得您很神秘,有点好奇罢了。"

冯青榄啪地摔上电话,随之气也就消了——这个破奖不要它不就得了吗?

转眼到了六月,学校忙着招收新生和给在校生考试,教师们一改平日的懒散,天天泡在系里。子也面临考试,冯青榄得用心为她改善伙食,所以她上班,每每提一大袋顺路买来的菜蔬。这天电梯维修,她上楼,后面一个人跟着上楼,她的办公室在工艺美术系的五楼,她上一层,后面那个人跟一层,每层两个弯道,她和那个人一共照了10次面。按理说如此这般之后,再陌生的面孔也该烂熟于心了,而冯青榄依然熟视无睹。那种轻墨落尺素般的从容无我,不能不令不相干的人看了印象深刻。

冯青榄进了办公室,一位男性同仁立刻叫嚷起来:"大热的天,你怎么能把刚宰杀过的小公鸡塞在塑料袋里带到办公室来?捂到下班早变味了!"

冯青榄隔着塑料袋看看那只鸡,道:"阁下言重了吧?哪有那么厉害?"

另一位男同事嗓门更高,道:"拎出来看看肚子剖开没有,内脏不掏出来臭得更快!"

冯青榄本不想理这一套,无奈这两位男爷们太有使命感,她只好拎出那只鸡到卫生间去胡乱清理一番。在过道里找到一根绳子，缚了鸡脚倒挂在告示牌的钉子上，让它享受穿堂风。

跟着她上楼的那个男人此时就站在她的身后，笑道："这只鸡的姿态不错。瞧，多漂亮的两条长腿！"

冯青榄道："线条是不错。可惜没多会儿这些线条就得成'丁'了——宫保鸡丁。"

那人问："您是冯青榄老师吗？"

冯青榄这才意识到对方是个外人。她马上开始设防，退后一步道："是。怎么啦？"

"我就猜定了您是冯青榄——百闻不如一见。"说着便自我介绍，原来正是电视台那个喜欢猎"奇"的组委会主任。该主任当下便在走廊里打开了公文包，掏出获奖证书递给冯青榄，然后又掏出一个信封，嘱冯青榄点点数，并在一张表格上签字。

冯青榄此刻倒是不好意思了，狼狈道："这怎么好意思？一直想去贵台一趟的，可是最近学生考试，老没抽出工夫……"

那人也不戳穿她，笑笑，道："没关系，我们有车，来一趟挺方便的。大赛办公室已经撤销了，奖金不交到您手里，财务方面没办法结账。"说罢便告辞了。冯青榄松口气，送到楼梯口，那人回首道："您留步。"他那最后一眼却又看得冯青榄悚然心惊起来。

次日冯青榄接受教训，买好菜送回家塞进冰箱再去上班，故比平时晚到了办公室半小时。进得办公室，同屋两位作解脱状，道："总算来了——已经有人连来三个电话问'冯小姐'来了没有！"

正好这时电话又响，那两位都不肯接，冯青榄已经抓起了话筒，又放下手来，道："你们谁再接一下得了，万一又是昨天那位，就说我到外地招生去了。"

罗　扇

伸手拿过了话筒的同事说："不是昨天那个，是另一个——"对着话筒说了声"喂"，果然把话筒向冯青榄递过来。

冯青榄满腹狐疑，对着话筒问了句："喂，哪位？"

那边停了片刻，听得见在深深吸气，然后一个男中音犹豫道："对不起冯小姐，这样冒昧地打扰您——请问冯小姐，您是不是有一位姐姐或者妹妹在苏州的香炉巷小学念过书？"

冯青榄诧异道："是在香炉巷小学念过书的。不过是我自己，我没有姐妹——怎么啦？"

对方口气里透着惊喜："那么，冯青蓝就是您吗？"

冯青榄踌躇了一下，说："是的。我以前是叫过青蓝的……"

对方笑道："那真是太巧了！不久前我发现刚刚获奖的一套职业女装的设计师名字很像您，仅仅名字像我还不太敢肯定，可是服装的风格也特别像，我就按捺不住一定要打听个明白了——你记得吗？你小时候穿过一件类似的衣服，黑白的小细格子，镶一道质感很柔和的宽宽的黑边……我不懂服装，可是风格我懂。你小时候给我的印象就是这样的：明朗的，又是收敛的；朴素的，又是优雅的……"

冯青榄吃惊地想起自己小时候穿过的那件衣服。那是母亲穿旧的一件薄呢外套改制的冬大衣，袖口和下摆磨破了，母亲用黑色平绒给它镶了宽宽的边。没想到早已忘掉的一件衣服，潜意识却把它体现在她今天的作品以及她所谓的风格里，这简直可以说是一种"黑白格子的情结"呢。

冯青榄嘴角浮起一抹顽皮的笑，问："请问您是我哪一位同学呢？"

冯青榄的好奇心里夹杂着些许的紧张。离开香炉巷小学的时候她只有十岁，隔着迢迢的三十多年岁月去搜寻那一段记忆，她真害怕对方告诉她的是一个完全失去了印象的名字。

"我叫关鄂……"

"啊哈——"冯青榄笑起来，"知道知道，你们家全都是'革命根据地'：晋鲁冀、鄂豫皖。"

关鄂显然很感动她不仅记得他，而且还记得这么"完整"。冯青榄心中也在暗暗惊诧一种叫作"感应"的东西。因为就在不久前，她给学生讲课的时候，曾经非常偶然地讲到过一件与关鄂有关的往事。那时他们正在念小学二年级，冯青榄的姑姑从苏联演出归国，给她带来了一串人造珍珠的小项链。她太迷恋那一串美丽的珠子了，上课还在课桌下面偷偷把玩。关鄂从最后一排座位起来去上黑板，走过她身边的时候，抓住项链顺手一扯，教室里便响起了一片珠子散落在地板上的声音。

她哭了。课停下来，老师和同学们一块儿蹲在地板上帮她捡拾珠子。

印象中的关鄂似乎并不是一个好恶作剧的孩子，可能他们家没有姐妹，他不习惯善待女孩子，也不喜欢她们的那些小玩意儿。

奇怪的是，这样一个天性排斥女孩子的男孩子，他居然会记住她的一件衣服。

关鄂现在仿佛是一个风格简洁明了的人。电话里只听他说："这样，因为我明天就要离开这里去加拿大，所以希望今天能见你一面。如果你不反对，我马上派车去接你。我的公司到你们学校，是十五分钟的车程。"

冯青榄打断他，说："对不起，今天我工作忙。再说，我中午还要赶回去给孩子做饭的。你既然出发在即，就等你回国后我们再另找时间联络吧。"口气里已经全是冷冰冰的外交辞令了。

关鄂似乎并不理会她的拒绝,说:"那么这样,我的车十一点到,你只需稍稍提前下班,我们可以有十五分钟的时间见面,然后我用车送你回家做午饭。我的车是黑牌照,车号是……"

冯青榄没有被人这样"挟制"过,一时词穷,气道:"你别说车牌数字了,说了也没用——我反正是记不住的!"

关鄂不以为忤地笑道:"不记也好,你就在办公室里等着——千万别走掉啊!"他道了再见,就挂了电话。

冯青榄一脑门愤慨。她从心里讨厌那些象征关鄂身份的字眼:出国、公司、黑牌照汽车……关鄂试图向她炫耀这些,那他只能是找错了人。

十一点不到,冯青榄收拾好办公桌,抓起挎包匆匆向两位同事告辞:"对不起我先走一步,有人找烦请打个招呼,就说我等到了十一点,刚走。"

她一溜烟儿下楼,在楼道口与一个人窄路相逢。那人大概有第六感觉,摘下墨镜盯牢了她问:"请问您可就是冯小姐?"

冯青榄答道:"不是。"飞快地从他身边走过去。

楼前果然停着一辆黑轿车,挂着黑牌照。冯青榄绕过它进了车棚,急急地开自己的自行车锁。那锁早该换了,钥匙拧得跟涡轮片似的。心里着急,钥匙就更别扭,怎么拧也拧不动,再一拧,干脆就断了。楼上的窗口里有人探出头来,大声道:"还好,她还没有走掉——冯青榄,你等着啊,接你的人下去了!"

在车上,司机不解地问冯青榄:"你干吗想躲开不见我们董事长?我们董事长每回一次苏州就要请老同学们聚一次,你们班的同学他基本上都找到了,就差你一个,谁也不知道你的下落——你是不是当年转学到北京去了？"

冯青榄道："我是四年级转学去的北京，后来是大学毕业分配才又回到南方来的。就因为绕了这么大一个圈子，才和小学的老师同学断了联系。真没想到，他们倒还都记着我。"

冯青榄心里一释然，便对关鄂其人颇生出几分感慨。一个算得上得意的人，能对儿时的同窗如此重情重义，也够难能可贵的了。

冯青榄问司机："你们董事长，块头大不大？"

"大——"他这拖着长腔的一声"大"，足以胜过许多的语汇了。

"小的时候他就是个重量级。"冯青榄笑道。

关鄂听到奔驰熟悉的喇叭声时，正在接电话，他手拿话筒往窗下看，看到车门一开，冯青榄从车里出来，关鄂明知道隔着百叶窗冯青榄看不到他，他还是猛地往后推了一步——仅仅这一眼，他已经明白无误地认出了她。

冯青榄也没有想到，她的老同学关鄂，原来就是那个在明故宫前被她们母女"讹"去一只风筝的男人。

冯青榄随司机上楼，遥遥地看到走廊尽头，一间挂着"董事长办公室"标志的屋子门前，恭候着一条大汉。冯青榄心里"啊哈"了一声，脸上一派粲然。越是走得离他近，冯青榄越是笑得意味深长。

关鄂迎向她，握住了她递过来的手。冯青榄笑道："真是奇遇，对不对？"

关鄂道："对。"

他的强自镇定和眼神里掩藏不住的惊慌失措，居然和他三十多年前扯断她项链时的表情一模一样。

罗　扇

关鄂的办公室相当一般，除了必要的办公设施，只有一对真皮沙发，墙上唯一的装饰是一张精致的兽皮，冯青榄伸手摸了摸，关鄂告诉她："是一张河狸皮——从加拿大带过来的。"

冯青榄笑道："司机告诉我，你是以加籍人士的身份回来搞投资的——三十年没见，你都成了'外宾'了。"

关鄂笑道："我像'外宾'吗？就算在中国人中间，我都算是个'土'的。"

冯青榄笑着点头，道："那倒是。要不我们子怎么一见面就敢讹你手里的那只风筝。"

关鄂诧异道："那只风筝原来也不是你们的啊？"

冯青榄叹息道："你还像小时候那么憨。就你这样的，也还就做成了大生意。"

关鄂笑道："准确地说，我并不做生意——我们靠一批大型机械做工程。"他把冯青榄让到沙发上，自己搬一张凳子倚墙而坐，与她正面相对。此刻在关鄂的眼里，冯青榄几乎完全是小时候的那副模样。使他感到困惑的是，她怎么会长成了这么高挑的一副身材。

"你记得不记得，过去你在班上属于'小同学'，现在你是我们班女同学中个子长得最高的，怪不怪？"

冯青榄一本正经道："那有什么怪的？我比大家多喝了几年北方的水嘛——北方的水顶长个头的。"转而追问关鄂，"刚才你认出我来的时候是不是有点慌神？"

关鄂没有料到这一着，脸红上来。

冯青榄指着他笑道："哈，你有点慌神了，对不对？"

关鄂看着她，答道："对。"

冯青榄眼波流转，问："你是不是准备赔我一串小珠子？"看关鄂被这句话说得怔在那里，冯青榄便连说带比画把那串项链的往事说了一遍给他听。

关鄂听得扬声大笑，抱歉道："真是对不起，当初干下的坏事被我忘得干干净净。"

关鄂点燃一支烟，隔着淡淡的烟雾将头靠在墙上："我从来也没有这样由衷地重返童年过。这些年见到的老同学也不算少了，心态只是'回首'，不是'重返'。"

冯青榄暗暗地也感到诧异。从见到关鄂的那一刻起，她就拆掉了对于成人世界的一切藩篱。

关鄂遥遥地微笑着，对她说："原谅我忘了那串珠子。可是你不会想到，这么多年，经常让我想起的，是你和一只船的故事。"

轮到冯青榄愕然了，问："船的故事？我？"

"有一次，我们全班同学去沧浪亭划船，一共两只船，老师负责一只船，另一只，他交给我负责。我虽然人高马大，划船却是一点经验也没有。我很自尊，不肯承认我不会划船，结果到了湖心，船只会团团打转，怎么也回不了岸。满船同学吓得哭成一片，你很镇定地移到船尾来，拿过我的桨，说你会掌舵，你父亲教过你。那天真是惭愧，我们一船人，靠了你一双小胳膊才返回了岸。上了岸，你坐在草地上，对我说，你看，怎么好像草地也在晃荡……"

冯青榄依稀记起了有关划船的这件事，可是她无论如何也没想到，她曾经对她最不喜欢的男生说过这么体己的一句话。

关鄂动情道："三十二岁那年，我放弃了仕途，赤手空拳到海外去打天下，我是如何挣扎过来的，如今一点儿也不想回首。现在我的公司成为本市纳税最多的外资企业之一，我应该感谢谁？我只能感谢香炉巷小学……"关鄂摁灭烟,眼睛看着半空中徐徐散去的烟气,"我小的时候,有幸没有似我的哥哥弟弟那样去读八一子弟学校,而是读了普通小学,所以,我和一切只会攀比父亲权力的干部子弟不同,我具备了一种平民意识和一种人格上的顽韧……比如我陷入绝境的时候,我就曾经一次又一次地想起那双拼命掌稳舵的小胳膊——船桨是那么大、那么重,而你的小胳膊是那么稚嫩,一船人的安危都系在这双胳膊上……那一年,你顶多也就八九岁吧……"

关鄂抬起眼睛,满脸都是感慨:"这就是我这些年来热衷于寻找当年老师和同学的原因。"

冯青榄想了想,笑道:"你可真是言重了。其实人的命运走向多半还是缘自许多偶然的善恶因果,我们只要勉力地去做一个好人,又何必一定要弄清楚这些善因善果或者是善因恶果呢?真要弄个一清二楚,只怕反倒要徒增许多的烦恼了。"

关鄂听了这番话,脸上现出一副怔怔的样子。他伸手从办公桌取过一只叠着的相框,打开递给冯青榄,说:"你来看看认不认得出她。"

冯青榄接过相框时无意中看到了腕上的表——时间居然已经快到12点了!她着急子考完试没带钥匙进不了家,只好边接相框边起身告辞,她草草看了一眼相框里关鄂夫人和孩子的照片,笑道:"原来你生的是个儿子——比起你的小时候可是要帅得多呢。"

关鄂笑道:"我也只能生儿子——生个女儿如我这般傻大黑粗,她肯定要恨死我了。"

冯青榄笑道:"她可以像妈妈嘛——妈妈挺漂亮的。"把相框还给关鄂,她就赶紧道别了。

关鄂送她下楼，为她打开车门。冯青榄伸手给他，说："你明天走吗？祝你一路平安！"

关鄂握握她的手，道："我去去就回来。我回来会给你去电话的。"

冯青榄没敢让车开到家门口，在街口她就让司机停了。下车来，她顶着大太阳往家走，走了一半才想起来，孑其实今天是不回来吃午饭的。她们考完了，和同学约定了去看电影吃肯德基。冯青榄想起最后分手时，车窗外关鄂那副意犹未尽的神情，心中有点怅怅然。早知道多和关鄂聊一会儿的，也没弄清楚他的夫人到底是谁。

冯青榄进了家，洗洗脸换了衣服，也懒得做饭，冰箱里舀出一碗绿豆汤胡乱吃下去，把沙发席拖到地上躺下去睡午觉。冯青榄离婚以后最大的作为是买了一套猪皮沙发，宽宽大大的，十分气派，可是天热起来，上面简直无法躺人，哪儿出汗它粘哪儿。

冯青榄放下一张唱碟在音响里，躺在地上，慢慢地心定下来，正待蒙眬入睡，电话响起来。冯青榄欠身取过电话，依然躺着不动，问了声："喂？"

那边停了片刻。冯青榄一颗心猛地提起来了。果然听到关鄂的声音说："你好。"冯青榄笑道："你好。"关鄂说："我当兵的时候，是无线电通讯兵，所以，我记数字和号码的能力特别好。"冯青榄笑道："怪不得。"

刚才分手的时候，冯青榄随口把家里的电话报给他。车已经开了，她以为他根本不可能听清楚，不料他已经过耳不忘。

关鄂顿了一顿，叹口气，道："我和你说话，往往只需要说半句，好奇怪。"冯青榄镇定道："没有啊。"关鄂道："我中午喝了好

罗　扇

多酒。"冯青榄笑道："哦？大家为你饯行啊？"

关鄂道："我一直在想你那句话。善和恶，因和果。我是不是就是因为太探究'因'，所以才不得不自食其'恶'果呢？"

冯青榄默然片刻，低声道："你是不是喝多了？你去睡一会儿，好不好？"

关鄂说："我难得这样清醒。"停了一会儿，关鄂问："你在听《圣母颂》吗？"

冯青榄扭头看一眼音响，答道："嗳。"

关鄂道："我来你这里坐一会儿好吗？我的车已经停在你的街口了。"

冯青榄失措道："可是……"

关鄂道："不要拒绝我，我想跟你说一说戴明溪——记得戴明溪吗？刚才照片上的我的妻子，我们班当时的学习委员……"

冯青榄诧异道："照片上就是戴明溪吗？"她急急地穿拖鞋，用空着的一只手把沙发席从地上提起来重新铺到沙发上，"那么你快让车开进来吧——进了小区找32幢，我住楼下106。"

她急忙地洗把脸，把睡裙换掉，正待梳头，又想到应该先沏上茶。一套茶具刚刚洗涮好，就已经听到铃响——不是门铃，却是电话铃。拿起电话一听，还是关鄂。关鄂道："我已经进了小区了，找不到32幢，大太阳底下也找不到人问。"冯青榄问："你现在的位置是在哪里？"

关鄂道："我这里有座梅花鹿造型的雕塑……"

冯青榄噗笑道："嗨——你站着别动啊。"拉开门跑出楼道去一看，关鄂就站在她的东墙根前，一脸的汗。

冯青缆把他让进家来，开大电风扇，道："抱歉啊。家里没装空调，我和子都主张环保。"

关鄂道："你这屋也用不着空调，温度比外面低好些度呢。"

关鄂宛似回到自己家里，全身放松地仰靠在沙发里。冯青榄买的这套沙发质量并不好，以关鄂这样的体重，沙发一端的弹簧立刻深陷下去。冯青榄端上茶来，关照道："慢点喝啊——刚沏的，别给烫着。"冯青榄因为来不及梳头，弯腰搁茶盘的时候，半边头发遮住了脸，关鄂恍若她还是小时候，很想伸手帮她把头发往耳后掠一掠。

他点起一支烟，问："听听我和戴明溪的故事好吗？"

冯青榄把《圣母颂》的音量调小，点头道："当然——你不就是因为不吐不快才上我这儿来的吗？"她欠身从书橱里取出一只古色古香的工艺小漆盘来搁在关鄂手边，抱歉道："对不起，我没有烟灰缸……我丈夫他……不吸烟……"

关鄂深深看她一眼，把小漆盘拿在手里。这一刻，冯青榄觉得自己真蠢。关鄂虽然什么也没说，但她知道对于她，他是什么都知道了。

关鄂问："你记得戴明溪小时侯的样子吗？皮肤很白，眼睛又黑又大，人很聪明，老师们都很宠她的。"

冯青榄道："怎么不记得？她可不像我总是静悄悄地待在角落里自个儿玩。她能歌善舞，又漂亮，又活泼，又能干，是我们女生中最拔尖的人物……"

关鄂道："她是学习委员，每次考试都是第一名，人有点傲气，所以，同学们都不大喜欢她。有一次写作文，题目是《我的爸爸》，同学们知道她没有爸爸，就都想偷看她的作文。当时我是班长，作文本最后都要收到我这里来，我就把戴明溪的作文抽出来给他们看了。看了才知道,原来她爸爸是一家百货商店的会计,因为贪污,被判了刑……"

冯青榄吃惊道:"是这样吗?"

关鄂苦笑道:"你那时候已经转学去北京了,所以不知道这件事。后来这篇作文的内容被那些同学传播得沸沸扬扬,他们还在黑板上画了羞辱戴明溪的漫画,闹得别班的很多同学也跑到我们班来看'贪污犯的女儿'。当时我们班的老师是市级模范教师,不知道你还记不记得他了,他大发雷霆,当众把我这个罪魁祸首揪到讲台上,罚我整整站了两节课,最后还让我代表所有辱骂了戴明溪的同学向戴明溪鞠躬认错……你知道我从小是个多么自尊的孩子,这件事,彻底打掉了我的优越感,使我第一次明白,在人格上,所有的人都是平等的。那天晚上,戴明溪悄悄到我们家来找我和解,她说外面的月亮很好看,我知道戴明溪是对我替众人受过感到抱歉。就在我俩'看月亮'的时候,我们班一个坏男生看到了我们,他向我俩扔了石头,骂我们是'一对对,一双双',我抓住他一顿狠揍,不许他到别的同学那里去乱讲……"

关鄂又苦笑道:"我在一个缺少女孩子气息的家庭里长大,后来又一直当兵,所以在我的青年时代,除了那一晚的月亮、那一晚戴明溪几乎倚在我肩膀上的小脑袋,还有那个坏男生喜剧般的小插曲,我几乎再没有任何其他任何可称得上'浪漫'的经历……"

门铃忽然响。冯青榄去开门,道:"大概是我们家小姐回来了。"

开门一看却是司机。小丁摘下墨镜,老熟人般道了声:"嗨——"冯青榄把他让进来,笑道:"你看人家小丁,一点没费工夫就找到我们家了。"

小丁很惊奇屋里没有空调却并不感到很热。关鄂一本正经道:

"这是音乐的功效——音乐能让人心静，心静自然凉。"原来音响里一直在循环播送着《圣母颂》。

冯青榄调侃道："你们要是怕热，就把这张碟带回去经常听一听好了。"

小丁笑道："不瞒您说，我们那里连一张碟也没有。您上我们住的地方去看一看就知道了，整个一个'前沿指挥部'。董事长有时回去晚了，他的床也睡了人，他就将就到沙发上去睡。有时候沙发上也睡了人，他也对付着睡睡地毯……"

关鄂笑道："我们的公司是做工程的，工地上的副总们来一次都特别累，他们又都是我多年的朋友，别说是睡我的床了，我的毛巾、茶杯也往往是公用的。"

冯青榄只觉得耳目一新，笑道："你们公司的风气倒真是很不一般的呢。"

关鄂道："我还是来说我的故事好不好？"

冯青榄看一眼小丁，看他俩都挺不在意的样子，她也就任关鄂说下去了。

"我当兵去的第二年，我哥哥关冀在家里遇到一个女孩子，女孩子把关冀当成了我，见到他就哭了，说她已经插队了，她妈妈和弟弟妹妹马上也要被下放到农村去当农民，她急得没办法，想起来找我，看我的父母能否帮她们家疏通疏通，不去农村。关冀说我已经当兵去了，告诉她认错了人，她只好走了。临走时关冀问她叫什么名字，她说她叫戴明溪……"

"我知道这件事以后，写了很多信，托往日的同学找她，有人找到了她插队的地方，结果她已经随她的家人落户到其他的农村去了，线索就断了。等我终于打听到她的时候，她已经嫁到香港去了,对方是服装厂的一个技术工人,是丧妻再娶的,年龄比她大很多。那时候她一家落户在农村没有生活来源,那人负责供养她一家人的生活。当时农村的生活费用很低,每个月他也就支付他们家一百来元港币吧。"

关鄂熄了手里的烟,仰靠在沙发上,凝视着天花板上转动的吊扇,良久不语。

冯青榄低语道:"你知道这些情况后很难受,觉得你没有在关键时刻帮到她,你辜负了她对你的信赖。你觉得……她的这些不幸,你都负有间接的责任……"

关鄂看她一眼,点头道:"对,所以,我一直没有结婚。离开部队后,我有次出公差去香港,找到了她,她已经什么都不记得了。我知道她过得不好,她丈夫嫌弃她不生育,偷偷地又养了一个外室,孩子都好大了。我跟戴明溪说,你跟我回去吧,我不在乎有没有孩子,我俩白头偕老。戴明溪那个时候虽然感情生活不愉快,物质生活还是很好的,她丈夫娶她以后自己开了间制衣厂,生意很不错,这也是她丈夫留着她的原因,他认为她是有帮夫运的。戴明溪跟我说,嫁你自然好,我从小就梦想嫁到一个高干家庭,可是在香港过了这么些年,内地我是无法回去了,回去了我一天也活不下去。于是为了她,我放弃仕途去了加拿大,去的第二年,我拿到了绿卡,急急忙忙到香港去帮她办妥了离婚,又把她接到渥太华办理了结婚手续……我错就错在这里,我要是再等两年,等我挣下一定的资产再娶她,她就不会因为目睹了我艰难的创业过程而看不起我了,我们几乎没有蜜月,从到渥太华的第一天起,她就开始后悔,后悔不该轻易地放弃了香港的阔太生活……"

"可是,现在她总该满足了呀。"冯青榄满脸的不解。

关鄂笑道:"是的,物质上的挥霍程度她早已远远超过了香港水准,她也有了儿子——过继了她弟弟的孩子。可是她依然不爱我。只要我在家,我的家就会成为赴加留学生和新移民的根据地,她恨他们不停地来找我,寻求庇护和援助、寻求指点和温暖。她不知道我是怎么地理解和同情他们,因为我也是在异域像条狗一样挣扎过来的……"

关鄂一口气喝干了冯青榄沏给他的那杯放凉了的茶。冯青榄又赶紧给他重新斟满,取过扇子来给他扇那杯热茶,怕烫着他。

关鄂苦笑道:"在那个家里,除了要钱,除了骂走我的朋友,她再也不屑跟我说任何话了……几个月前,对,就是在明故宫放风筝的那一天,我飞回去,按照她的要求跟她办理了离婚手续。对那个家,我已无所谓了,因为我的事业已大部分发展回了国内。"

冯青榄没有料到故事这么直截了当地走到了结局,一时间除了大睁着眼睛发愣,什么话也说不出来。

小丁一直在饶有兴致地研究冯青榄的音响,唱碟一张张地放来听。关鄂站起来,走到墙边去看那两只蝴蝶风筝。冯青榄跟过去,指着底下的那一只,示意就是孑"打劫"来的那一只。关鄂从蝴蝶上把冯青榄的食指拉下来,贴在自己的眉心间,垂首站了一会儿。冯青榄并没有对关鄂的此举感到惊诧,用指尖把他的眉心往两边捋了捋。这段无言的交谈也就是三四秒的时间。

孑回来的时候,正赶上冯青榄在楼道口送别关鄂和小丁。

孑大惊道:"你们怎么会找到我们家来的?"

冯青榄揽过孑来,向关鄂介绍:"这是孑,还不会飞的小蚊子的意思。"

"什么呀——"孑叫道,"是'茕茕孑立'的'孑'。"

冯青榄不和她纠缠,继续介绍说:"这是关鄂叔叔,这是小丁叔叔。巧不巧?关鄂叔叔原来正好是妈妈小学时候的同学。"

子毫不感到意外地说:"你们俩要没有一点渊源才怪。"

关鄂奇怪道:"为什么?"

"我妈妈从来目中无人的,怎么可能和一个陌生人一见如故——碰见了马上就一块儿放粘了卫生纸的风筝。"

冯青榄笑道:"本来就'故'嘛,当然不用'如故'了。"

子狐疑道:"那你当时就认出来了?"

冯青榄道:"我真的没认出来。"

关鄂道:"我也没想到遇上了老同学。"

子老腔老调道:"这就是缘分啰。"

关鄂到公司去开会,安排他离开期间的一系列事务。公司的规模已经相当可观,会几乎开了一夜。第二天,关鄂乘早晨九点的飞机转道香港。他是陪同国内的一个经贸代表团去渥太华洽谈商务,同时处理一下他自己公司的几件业务。八点十分时,他从机场给冯青榄打来电话,冯青榄正好就坐在电话边,所以,电话铃刚响一声就接通了。

关鄂道:"你好。我就要上飞机了。昨晚想给你打电话,不料会开了一整夜。"

冯青榄笑道:"那你只好在飞机上打瞌睡了。"

关鄂笑道:"是的,每次我都是这样,人困马乏地上飞机,一系上安全带马上就睡着。醒来一看,两旁的乘客都被我的呼噜吓跑了。"

冯青榄咯咯地笑起来。

关鄂道:"我有很多缺点。"

冯青榄道:"知道。"

关鄂问:"知道什么?"

冯青榄道:"太喜欢'铁肩担道义'呀,弄得又是结婚又是离婚的。还有,你喜欢和大家共同拥有你的家庭,甚至你的毛巾、你的床。还有,你见到老同学会慌神。你还给人讹去过一只风筝。你还会打很厉害的呼噜。"

关鄂好几秒钟没说话,最后说:"我走了。我只有一句话请你务必记住:请暂时千万不要答应别人的求婚。"他不等冯青榄作出反应,匆匆道了声,"保重!"便挂了电话。

以后的两天冯青榄情绪相当不好,关于她失败的婚姻,关鄂没有问及一个字,可是他似乎已经全部了然。那么,他将来还会"了然"些什么呢?

子放了假,冯青榄学院里的事也忙得告一段落,她俩就自己花钱到普陀岛去玩了一趟,回来的当天晚上,子在看电视,冯青榄在看积压了几天的报纸,忽然听到门铃爆响。子去开门,进来的是小丁。小丁甩着汗道:"我天天跑一趟,今天你们家终于亮了灯——这下董事长可以安心了。"

冯青榄吃惊道:"他已经回来了吗?"

小丁道:"那怎么可能?他天天来电话问呗。"说着把一大摞印刷品放在桌上,说,"这是董事长在香港机场买了托人捎回来的。"

冯青榄打开一看,全是各种各样最新的时装画报和时尚杂志,有一个纸袋特别大,原来是给子买的风筝,是一个眼珠子会转的孙悟空。

子笑起来,道:"马屁精!"

小丁不高兴了,问:"你说谁呢?"

冯青榄连忙替子道歉。

小丁说："你们去打听打听，我们董事长'拍'过谁的'马屁'！"

关鄂的电话是在次日早晨打过来的，在他们那里大约已是傍晚时分。关鄂叹息道："找你找得好苦！不是怕吵醒你，我五个小时前就把电话打过来了——你不是存心要逃开我吧？"

冯青榄踟蹰："对不起，我是存心逃开的……这件事我想了又想，我想你大概在感情问题上还是有误区……再说，你走南闯北，见到的好女人一定很多很多……"

关鄂打断她："青榄，你我两小无猜，我们不要用这种外交语言来对话。我的想法很明确——正如你所说，以前所有的'因'我们都把它抛开，只从明故宫前我们的邂逅分析起——难道我们不是在最初的一瞬间就产生了亲近感吗？我们此后的奇遇难道还不能说明命运给予我们的惊喜和震撼吗？我老实告诉你青榄，我现在才真正像个初恋的男人……而且我相信，我以前付出的所有代价，都是为了让我在今天能够充分地体会到你对于我的珍贵。"

冯青榄叹道："你等听了我的故事再下结论好吗？"

关鄂断然拒绝："'故事'就是已经过去了的事，与我毫不相干——我已经说了，抛开一切的因因果果、善根恶根，我们的剧情只从明故宫前的那一幕开始……除非我是一厢情愿，而你另有所爱……"

冯青榄打断他："你何必要说'除非'这两个字……没有意义的。"

关鄂道："那你别再躲我，安心等着我，我会尽快地回来。"见冯青榄不语，关鄂又道，"你放心，你我都不会再有误区了——我们各自有一次,已经足够了。"

冯青榄岔开话题,道:"忘了谢谢你给我搜罗的那些时装资料了……"

关鄂笑道:"我已经又'搜罗'了一大堆了!我现在好感激这些时装……如果不是世界上有时装设计这一个行当,你我就是近在咫尺也无缘相遇了。"又问,"子喜欢孙悟空吗?"

冯青榄笑道:"喜欢。她见到风筝就放起了厥词,说你是'马屁精',把小丁气坏了……"关鄂在电话那头哈哈大笑,冯青榄赶紧道声"再见",把电话搁断了。

以后关鄂常有电话来。有一次,冯青榄出门去买西瓜,是子替她接的电话。关鄂问子:"妈妈有没有告诉你,关叔叔向她求婚?"

子道:"怎么没有?我们是无话不谈的。"

关鄂问:"那么你意下如何?"

子道:"我跟我妈妈一样,我们一贯是目中无人的。不过,你不同,你一出现,我们就是把你当作自家人的。"

关鄂笑道:"为什么?因为我是'马屁精'吗?"

子不屑道:"我还不至于那么容易被收买吧?"

关鄂便问她:"那么妈妈呢?她怎么想?"

子想想道:"她很怕。在我看来,婚姻也的确是挺冒险的。命运交给别人,总不如交给自己踏实,对不对?"

所以,冯青榄自己接听关鄂电话的时候,关鄂就告诉她说:"你别怕。什么都别怕。相信我。好不好?"

关鄂回来的时候已经是8月的中旬了。下了飞机,关鄂照例是陷进公司全体高级干部的例会,一直到晚饭后才抽出时间来看冯青榄。冯青榄打开门看到关鄂,竟有恍若隔世之感,又觉得关鄂好像昨天还在这里握住她的食指看墙上的风筝。

关鄂依然是那样，停半拍，深深吸口气，低声道："你好！"

冯青榄拧上热毛巾，端上茶，被关鄂捉过一只手去。关鄂把脸贴在那只手上，半天方缓缓吐出一口气，道："想你。"

冯青榄轻轻挣脱那只手，笑道："呀，你又坐到沙发原先的那个位置上去了。上次你走后，子往这个位置上一坐，吓了一跳，说，'关叔叔的体重真够级别呀！'"她把关鄂往沙发的另一端推了推，笑道："你往那边坐一坐，干脆给我们压平衡得了。"

关鄂哈哈大笑，挪过身子去，问道："子呢？"

冯青榄平静道："和她父亲看电影去了——协议书上定下的，今天她该和父亲在一起。"

关鄂敛住笑，摸出一支烟点燃，道："我都忘了，子是有她自己的父亲的。"

冯青榄苦笑道："我们毕竟还是有许多不得不正视的现实的——我们可以忘掉善根恶根，可是我们怎么摆脱得掉那些善果恶果呢？"

关鄂指间夹着烟很疑惑地看她，问："你怎么了？有很重的心事吗？是不是怕他把子夺走？"

冯青榄摇摇头，笑道："我们定个君子协议好不好？一年之内，我们试一试'两大无猜'的相处，能否谈婚论嫁，一年之后再做结论好吗？"

关鄂笑着摇头，道："你还是不敢轻易地把自己托付给我。没关系，试多少年都悉听尊便——一言为定！"

冯青榄当下便拉关鄂出门，说："那咱们别在屋里待着，出门玩去。"

关鄂微笑道:"怎么玩?"

冯青榄道:"散步啊。"冯青榄住的小区在城市的边缘,出得门来,但见夜色中一派笔墨疏淡的远山近水,虽然暑热尚未散尽,两个人心境也还是相当豁朗的。小丁的车停在小区外面的大路边,见他俩出来,忙打开车门。关鄂摆摆手,道:"我们走上一程,你一会儿跟上来就是。"

冯青榄边走边笑道:"我们这样好不好?沿这片湖走上半圈,正好就到了你们公司附近了——你们每天不都是要工作到深夜吗?这样就既散了步,又不至于耽搁你的工作。"

关鄂笑道:"那最好不过了。今后我们每天都走这么一趟。"关鄂说着拉起冯青榄的手,悠悠闲闲地在湖岸上走起来。走了一段,关鄂说:"我唱小时候的歌给你听。"他唱道:"密密的森林里,有一只花狐狸——"

冯青榄笑不可支,道:"关鄂,你实在是个很不错的男中音哩。"

关鄂点头道:"那是当然,所以当年你转学去北京你姑妈家的时候,我就很嫉妒了你一下。我想,要是我也像你一样,给全军著名的女中音歌唱家当孩子,说不定我会成为中国的第二个马国光的。"因之问候道,"你姑妈好吗?"

冯青榄道:"去世多年了——'文革'中自杀的。"

关鄂黯然道:"对,好像听说过的。"牵起冯青榄的手,默默地走着步子。又问:"你是因为她的去世才又回到父母身边的吗?"

冯青榄摇头道:"不,那时我家也不行了。我父亲被打成了反党分子——你知道的,他是很书生气的一个人,从来不会说违心话的。我妈怕连累到我的前途,不让我回来。直到有一天我姑父想欺负我,我在他肩膀上扎了一水果刀,扒火车跑回来,我妈才后悔。

罗　扇

那时候我学校正好在动员插队,我妈就想尽办法在苏北农村找了个地方落户。我是从农村考上艺术学院的,后来留校当了老师,就再没回北京去。"

关鄂很诧异冯青榄说这番话时的平静。他站住,把她扳过来,痛心疾首道:"你怎么可以经历这样的丑恶和苦难呢?你曾经是咱们班最纯真和稚弱的小女孩呀……"

冯青榄拉着他继续往前走,笑道:"不要这么容易伤感好不好?咱们这一代人,没有经历过一点点坎坷反倒就不对了。对于我而言,往事早就如烟了。"

小丁的车,一直很近很近地跟在他们后面。冯青榄打趣关鄂道:"你看,这就是身居要职的代价了——毫无个人秘密而言呀。"

关鄂笑道:"我也无须对这份感情保密。事无不可对人言,君子坦荡荡。"说着,勾过冯青榄的肩膀,揽着她走路,道:"来,我们两个勾肩搭背。"

冯青榄笑道:"你忘了小时候出去郊游时老师怎么说的了?他让我们一律牵着手走路,一再警告我们,不许勾肩搭背啊!"她把关鄂的手从肩膀上拿下来,依然交握在手里,继续走路。

他们就这样牵着手,一直走到了关鄂的公司。关鄂说:"正好我带回来几张好唱碟,刚才忘了带给你了。"他让小丁上楼去拿,他陪冯青榄坐在车里等。他们在车里坐着,依然相握着彼此的手。车里开着小灯,低低地放着音响,两个人静静地坐着,通过车窗看进去,是相当宁馨的一幅画。

这时候,有人微笑着走近这辆车,轻轻叩了叩关鄂那一侧的车窗玻璃。关鄂"哟"了一声,欠身把车门打开,让外面的人坐进来,笑道:"詹老师刚从苏州过来的吗?你看我正要向青榄介绍你呢。"又对冯青榄道："你没想到最初找到你线索的詹老师，就是当年教我们的老师吧？也难怪你没把他认出来，他因为冤假错案吃了很多年苦嘛。詹老师在香炉巷小学教我们的时候，还是个很年轻的小伙子呢。"

詹建伟微笑道："接你们班的时候，我二十六岁。"

关鄂道："二十六岁就已经是市一级的优秀教师了——当年逼我向戴明溪认错的就是他。"

关鄂递烟给詹建伟，又为他点上烟。两个男人吸着烟，关鄂对冯青榄道："詹老师现在改行在我们苏州分公司担任公关经理——你不知道吧？电视台那个职业女装设计大赛就是我们苏州分公司赞助的，詹老师去当了一个多月的组委会办公室主任。活动结束的时候，他把你的获奖设计拿来给我看，我们就在那里猜，这个冯青榄会不会是你的姐姐或妹妹。"

冯青榄强笑道："噢，原来是这样的。"

詹建伟从前排扭头向她，笑道："小冯还是像当年一样清秀——当然，女大十八变，越变越好看。"问，"你爸爸妈妈好吗？"

冯青榄道："谢谢，他们很好。"

小丁下楼来，匆匆打开车门，对关鄂道："董事长，他们请你快点儿上去。"

关鄂边下车边对冯青榄嘱咐道："回去早点休息，你也累了，今天走了不少路哩。"又对詹建伟道："詹老师就请你和小丁一块儿代我送送青榄吧，你们师生也好趁这个机会叙叙旧。"

冯青榄追出去，道："关鄂……"关鄂暗中捏住她的手，低声道："明天还是这个时间，等我一块儿散步，啊？"他就上楼去了。

冯青榄走回来，隔着车窗对小丁说："小丁，你别送了，我自己走回去。"她说走就走,转眼已经走出去好长一段路。

小丁开着车子追上去,道:"那不行的,冯小姐,董事长要怪罪我的。天已经晚了,路又那么远……"

詹建伟摇开车窗探出头来,笑道:"小冯,要不我下来陪你走回家吧。你不想坐车,让小丁先开回去。"

冯青榄听了,只好拉开车门又坐上车去。她一个人坐在车后座,也没有什么话好说。詹建伟在后视镜里看她,笑眯眯的,说:"我就料到你俩会一见钟情。——以后事成了,要好好谢我哟。"

冯青榄打断他,道:"我和关鄂没有什么,以后更不会有'成'不'成'这一说,你放心好了。"

詹建伟正言道:"小冯,你这么曲解我的好意可不对。我的两位得意门生能因为我的薄力巧结奇缘,我只有高兴,只有荣幸,难道我还会不放心不成?"

冯青榄冷笑道:"那么如果我们'不成',你反倒要不放心喽?"

詹建伟笑起来,道:"你这是说的什么呀!你问问小丁看,他是不是越听越糊涂了?"

冯青榄扭过脸去看窗外,衬着夜色的窗玻璃上,映着她眉头拧得紧紧的脸。

詹建伟感慨道:"我真是没想到,我临到老了,还能托上我三十多年前学生的福。关鄂前年找到我的时候,我家里一贫如洗。我在街道纸盒厂当个保管,说是保管,每天和工人一样搬纸板子、搅糨糊。关鄂到我的厂里去一看,马上叫我办了提前退休,到他的分公司去当公关经理……戴明溪虽说和关鄂个性不合,两口子老是在电话里隔着大洋吵架,可是这两年她也没少让关鄂给我关照。他俩没有做夫妻的缘分,这点连我们局外人也都看得很明白,所以,他俩半路分手也没什么可惜的。关鄂对戴明溪，无论是情，还是理，都可谓仁至义尽。他完全可以心安理得地去拥有他真正的幸福。我看得出来你们俩是真心相爱的。刚才我站在公司的院子里，看着你俩握着手坐在车里的模样，我都感动得要落泪。如果你成为了董事长夫人，你一定比戴明溪贤惠得多。你知书达理、举止优雅又天性善良，你对我们底下人，尤其是我这个过去的……"

冯青榄打断他："你不要对我和关鄂的事妄下结论好不好？我倒是对你的事情不理解得很——你说你是'冤假错案'，后来为什么没有给你平反？如果是平了反，有了结论，你为什么不重回教育战线执教？反而甘愿在街道小厂里仰人鼻息？"

詹建伟笑道："这个道理全公司都知道，董事长他也非常理解——我给搞寒心了嘛，教育战线那种文人相轻的地方，人心太是险恶嘛。"

冯青榄冷笑道："我可没有关鄂那么忠厚，我喜欢问'为什么'。所以，我还是不要做你们董事长太太的好。"

车未开到小区门口，冯青榄就让小丁停车。詹建伟下车来欲送冯青榄一程，被冯青榄断然拒绝。

詹建伟无奈，只好道："小冯你留步，我跟你说几句话。"冯青榄仗着街上人来车往，小丁又在车上坐着，且站下来听他说。詹建伟低声道："你放心，我不会跟董事长说的。你们能缔结良缘，多少也算我赎了一份罪……"

冯青榄厌恶道："你不说我也会说的——我非说不可。这辈子我是不准备再和任何人结婚的了，我还怕再失去什么？我倒是不甘心看到一心一意要报答恩师的关鄂如此地受人愚弄！"

詹建伟见她一副主意全定的样子，方始真正地着慌，道："小冯啊，求你务必在董事长跟前多多替我周旋，我做了一件很对不起他的事，万一他不肯留我在公司，叫我回去怎么活呢？我本来就弄了个提前退休，现在原来小厂又早倒闭多日了，回到街道上，我真会是求生无门呀……"

冯青榄转身便走："那你为什么要利用他的善良做辜负他的事？就算是关鄂无眼识恶人，老天也是有眼的。你自食其果去吧！"

詹建伟退了两步："就算我当年是年轻无知犯了错，我也付出了二十多年做人下人的代价呀！你父母已经替你报了仇了，你还不能对我高抬贵手一次吗？到底这一次我做了你和关鄂的月下老人啊！"

冯青榄已经踏上了斑马线，穿过车流往街对面走，詹建伟叫道："就算你豁出去不要你和关鄂的名声和幸福了，你忍心让关鄂遭受这样残忍的打击吗？"但是看着冯青榄的背影，詹建伟知道她真正是义无反顾了。

冯青榄回到家，即往关鄂的公司打电话。公司里的人说，关鄂连夜找律师咨询一件官司去了。冯青榄请公司总机转告关鄂，让他尽快地往她这里来一个电话。总机问她是谁，冯青榄答道："姓冯，他的一个老同学——他知道的。"

关鄂到夜里近十二点才把电话拨过来，说他刚回到公司，听说她打电话找他，心里着急，怕她遇上什么事。

冯青榄道："我没事，子也很好，早回来了，睡了。"问他道，"你怎么样？我是担心你。我刚知道詹建伟在你那里，想阻止已经来不及了——他是不是给你惹了一场官司？要不要紧？"

关鄂微微地有些诧异，道："你也早知道他的人品吗？怎么就是我不知道？我真是想不到他会干出这么恶劣的事——他把我们用作租赁的一件大型施工机械自作主张地卖给了一家乡镇企业。人家信任他,是因为信任我,以为他果真是能做这个公司的主,就把二十五万的定金先付给了他,他老先生把这笔钱擅自拿去炒股,一下子全给套了进去。他也沉得住气,这么大一件事,对谁都只字不提,后来人家听说这种免税的进口机械我公司无权转手,急了,跑去告了我们一个诈骗罪。东窗事发,苏州法院的传票已经来了,坐被告席的当然是我。"关鄂连连叹气,"我真不明白,当年那么优秀的一位教师,怎么就成了这么一个无赖?是不是在底层扭曲了太久才成了这样的?最可笑的是,公司上上下下早看出了他的不对,一个个顾忌我的面子,谁也不跟我说。他们说,这两年凡是他经手的款子,没有一笔是不打折扣的……"

冯青榄道:"这场官司不打行不行?你坐被告席,你和你们公司在信誉上的损失绝非二十五万可以弥补。不如私下里付给乡镇企业赔偿,请他们撤诉。"

关鄂道:"律师也是这个意见。现在的问题是全公司都觉得这样做太便宜了詹建伟,对我很有意见。"

冯青榄道:"眼下要当机立断地辞退他,不给他任何纠缠的余地。"

关鄂为难道:"我何尝不想如此呢?都怪我太重旧情,硬让他在街道上办了提前退休,现在他就跟我咬住了这一点。他倒是一点不担心我会撵他走,他胸有成竹得很,刚才还要我三思而行,口气里居然带上了威胁的意味。"

冯青榄道:"我知道,我知道,他为什么这样有恃无恐,等你把官司打发了我再慢慢跟你说——总之,立刻辞退他,辞掉他再说。"

罗　扇

关鄂想了想，道："那么，好吧。我这就叫他们明天给他办手续。还有一件事，明天我得亲自到那家乡镇企业去疏通一下，让他们撤诉，万一当天赶不回来，我会给你来电话的。你别为我担心。"

冯青榄笑道："那我就真的不担心了。多保重啊，祝你成功！"

第二天下起了小雨，天不再那么热得难受，但光照不好，也影响人的情绪。冯青榄打开灯，摊开一桌子关鄂带回来的时装资料，试图做点研究。可是阴霾很重的白天开着灯，灯光显得分外苍黄，冯青榄感到一种压抑，那些纸张特别光滑厚重的外国杂志，冯青榄一本本地拖过来，又推开去，简直有点弄不动它们。

孖起床以后，也不嫌累赘，睡裙的裙裾上夹了好几只关鄂带回来的长毛绒小河狸去洗漱。冯青榄瞧着她，叹气道："你就这么喜欢洋的玩意儿吗？"

孖捧着一瓶酸奶一屁股坐到她旁边，满不在乎道："我喜欢的是河狸，又不是'洋'。"然后纠缠冯青榄道："妈，下次让关叔叔给我带一只活的河狸来好不好？"

冯青榄强笑道："口气好大！别说人家国家不可能让自己的国宝出国，就算是让，你在什么地方饲养它？"

昨天关鄂拿出这些毛绒河狸给孖的时候，曾讲解过河狸的来龙去脉。他说在喜爱河狸的加拿大人心中，河狸是一种能通过改变环境来维持生存的"智慧而高贵"的动物。为逃避天敌并储藏食物，它需要将巢穴进出口置于水下，因此，它大部分时间都在忙于搬运树枝、石块等来筑堤拦水。当地有种说法，河狸聪明得可以定向咬倒树木，它能将树干插入河床泥中作桩，然后再垒石块、泥土等杂物，它所建造的堤坝可经得起大水的冲刷。它忠诚并热爱家庭生活，一生只有一个伴侣，一窝可生三四个幼崽，并精心照顾到成年。许多加拿大人认为,河狸的这一勤劳品德和改善环境的智慧,恰好折射出加拿大的民族品格。

子回想一番关鄂这段话,叹了口气,对冯青榄道:"那么,妈,假如你和关叔叔结婚,我是不是能跟你们去加拿大看一看小河狸怎样筑坝?"

冯青榄泫然变色道:"子,你怎么乱说?你也愿意人家说你妈是那种'傍大款'的下贱女人吗?"

子捧着空酸奶瓶愣了一愣,悻然道:"如果你们没有爱情,你当然不必嫁他。如果你们彼此相爱,你又何必在意别人说你是'傍大款'还是傍穷光蛋呢?"子快快地坐了一会儿,叹口气道,"完了,我把新闻发布得太早了。昨天爸还说,'让我们为妈妈祝福'呢。"

冯青榄简直不相信自己的耳朵。子的父亲是文化厅的一个公务员,去年底新提了副处。提了以后知道仕途不会再有更大的辉煌,于是才下决心和她离婚。冯青榄知道他尽管一再对人说他们是因为性格不合而分的手,而实际上,他为了撇清自己的责任,是刻意向人透露她的隐私的。

如果这个世界的本质就是自私,你又怎么可能对它的高尚抱以幻想呢?

所有的伤害冯青榄都已经司空见惯了,所以对"祝福"这两个字,她无论如何也无法适应。

"你爸怎么样?准备什么时候正式迎娶他的新人?"

子嘻笑道:"好事黄啦——人家左右掂量,还是觉得嫁个'副处'油水不大。"

冯青榄更没料到原先的丈夫能在鸡飞蛋打的失意状态下为她祝

福,一时间,神情怅怅的。

子说:"妈,我们去喝台湾的泡沫红茶好不好?"

喝着泡沫红茶的时候,冯青榄忽然道:"我和你爸爸复婚,你看怎么样?"

子觉出了事态的非比寻常,噙着一嘴的泡沫怔怔地看她,问她:"妈,你遇到了什么特别让你苦恼的事了?"

关鄂果然当天没能从苏州赶回来。他晚饭时分往冯青榄家里挂电话,冯青榄家里没人。他在十点钟左右的时候又往冯青榄家里挂了一次。这时他已回到了下榻的宾馆,几乎是酩酊大醉。

冯青榄笑道:"哦,是你呀,官司的事怎样了?"

关鄂笑道:"花钱消灾,解决啦!"

冯青榄说:"那就太好了——你现在在哪里?"

关鄂道:"在苏州。本来可以赶回去的,不料几个老同学闻讯赶来看我,我就留下来跟他们聚了聚。刚才一块儿喝酒,说到你,大家急着要和你通话,事先连通话秩序都排好了,结果挂通了你家里没人接……"

冯青榄笑道:"这么巧!今天刚好是我和子在外面吃了晚饭才回来的。"

关鄂酒意盎然,口齿不是太清楚,越发显得憨气十足:"没人接电话,我心里好失落……我忽然就觉得,以后不带上你同行,我可能就无法出门了……"

冯青榄紧张起来:"你今天喝了很多酒吗?你没有在同学面前失言吧?"

关鄂道:"怎么是失言?是正言——正言宣告。我告诉他们我如何爱你,我要让你披上婚纱,把大家都请来喝酒,一醉方休。我从来讨厌夸富,最讨厌排场,可是我和你的婚礼,我一定要隆重……最隆重!"

冯青榄听得怔在那里,半天方叹道:"你怎么可以单方面发表如此宣告?我如实告诉你吧,刚才我是跟子的父亲见面去了。"

"干什么?"关鄂好像有点清醒。

"商谈复婚的可能性……"

关鄂无声无息,隔了一会儿,叫道:"你等一等!我马上赶回去!现在就上车——"听见他口齿不清地叫,"小丁——小丁——"

冯青榄急道:"你别赶,赶回来也晚了——具体情况等我以后慢慢说给你听吧。"

关鄂悲愤道:"你什么都是要慢慢地说给我听,可是事情的结果却是在快快地变,变得我完全摸不着头脑了!你还说是'两大无猜'呢,这不尽是叫我在……猜……吗?"

那边什么东西滚落在地砸碎的声音,然后就什么声音也没有了。过了一会儿小丁来接,说:"冯小姐吗?董事长喝多了,我们把他弄去睡了。没事了,你休息吧。明天见!"

子倚在沙发里看电视,见她搁上电话,用一副无可无不可的口吻发表议论,说:"你们这一代人,专爱把简单的事情弄得复杂。不折腾得死去活来不罢休,真是幼稚。"

冯青榄躲在浴室里洗澡,无声无息地哭了一场。泪尽管泪汩汩地淌,胸口依然堵得死死的,心里真是恨透了詹建伟。

第二天,关鄂一天没来电话。等到深夜,冯青榄觉得关鄂这样一种快刀剪裁的方式未尝不是一剂良药,她便断然熄灯去睡。人一旦到了死心塌地的境地,反而能飞快地入睡,所谓的六根清净,就是这种状态。

罗 扇

次日早晨，子的父亲来送新上市的荔枝。他对复婚大概真的做了一番设想，不但带来了荔枝，还带了一兜菜和几听啤酒。子的父亲进了门就下厨，说："我来包虾仁馄饨给你们吃。"看他带来东西的分量，真不晓得他是不是准备连消夜都在这里吃。

子的父亲过去从未有过下厨之举，对于她们母女，他始终处于一种漫不经心的状态。

冯青榄胡乱地剥了两颗荔枝，听子的父亲在厨房里剁肉，心里很不明白自己——终于有一天能够品尝到被侍奉的滋味，非但不感到温馨，反而觉得屋顶下多了一个人，多了多少的杂乱和拥挤。

子的父亲吃罢午饭也就告辞了。大热的天，衣服都穿得少，混在一起睡午觉显然也是不合适的事。子的父亲走了，没一会儿又回来了，晒得红头涨脸的，给她们抱回来两个西瓜，然后就真的走了。冯青榄只让子说了声"再见"，她实在也是想不起来她再该说什么话。

两个人睡了午觉起来，胡乱地吃了一气冰西瓜，这才把那股子怏怏的感觉去掉。冯青榄从信箱里取了晚报回来，漫无头绪地看。子问她："我们是不是就这样等着吃晚饭？然后就等着睡觉？"冯青榄冷冷道："你还想怎么样？你是普通人家的女儿，你还想夜夜狂欢不成？"

子把一颗脑袋硬从她的肘弯下挤进来，在报纸的中缝里找电影广告，说："我们可以去看夜场电影的——电影院里有冷气。"

冯青榄抽开身子，让她尽兴地趴在报纸上找她的消遣方案——看电影，倒不失为一个填补精神空白的好办法。

电话忽然骤响，冯青榄料想是子的父亲又来"亲和"，摘下话筒直接递给了子。子漫不经心地道了声"喂"，忽然笑起来，招呼道:"嗨!"那边显然问她在干什么,子笑道:"我们在看电影预告呢——晚上和我们一块儿去看电影好不好?有场《新不了情》虽然是老片子,故事倒是很好看的。不过,这种片子只适合两个人看,三个人可就嫌多了一点。但我是可以发扬风格的,我不去看好了,没问题的。"

冯青榄一把夺过话筒,低声怒喝道:"子你'不过不过'地胡说些什么?"命令她道,"跟你爸爸说,说你妈不想看电影——要看你俩去看好了!"

子眨巴着眼睛看她,半天方开颜一笑道:"和爸不看《新不了情》,和关叔叔看不看?"

冯青榄一下子昏了头。

天还大亮着,关鄂从来也没有在这个时候有空闲给她打电话。何况,她已经把关鄂从她的人生内容中排除了出去。

子早已抓起报纸溜之大吉。

冯青榄只好把听筒举到耳边,磕磕绊绊地道:"喂,是关……吗?你怎么在这个时候来电话?我以为是……子太会胡说八道了……你是在那个乡镇厂吗?"

关鄂笑道:"我不在乡镇厂,我在你们家楼外的雕塑下面,没敢贸然闯进来,怕有失礼貌,所以先通报一下。"

"哄"地一下,冯青榄涌出来满头的汗,她强笑道:"呀,那真是……一点思想准备也没有……"

关鄂笑道:"那你'准备'一下好吗?我站在这里等一下。"

冯青榄看看夕阳如火的窗外——雕塑下面哪会有什么阴凉?她叹口气,吩咐子道:"子,你开门到楼外去接一下关叔叔。"她搁上电话赶紧到卫生间去拧条毛巾把汗拭了拭。那里子已经欢蹦乱跳

罗　扇

地把关鄂迎了进来。关鄂晒得黑黑的,一脸毫无芥蒂的笑,进来就问:"有水吗——一口气从乡镇厂工地赶回来,渴死了!"

冯青榄赶紧给他倒上一大杯凉开水,又端来一盆热水,让他擦了汗。

喝完水,洗罢脸,关鄂坐在吊扇下,心满意足地与冯青榄遥遥相对,问:"你好吗?"

冯青榄只好点头,答:"好。"

"我在乡镇厂忙着跟人开会,在野地里跑,也没找着空子给你打电话。"

冯青榄一笑,道:"没关系。"又问,"前天晚上喝醉了是不是?没事吧?"

关鄂笑道:"没事——打碎了人家宾馆一只茶杯,早上起来才知道。"又道,"我一喝酒就醉,一醉就呼呼大睡。小丁对我这一套都已经习惯了。"

冯青榄借口端冰西瓜跑到外屋来,不禁心中叫苦——那晚电话里交谈的一番话,关鄂究竟是听没听进去呢?

关鄂在屋里叫:"青榄,别端西瓜了——小丁的车在小区门口等着呢。我们到公司去好不好?今天我生日,他们准备了一个冷餐会——我们上那里喝果汁去。"

冯青榄又是一个意外:"今天是你的生日吗?我一点儿都不知道!也没给你准备一件礼物。连买贺卡都来不及了……"

关鄂笑着一揽冯青榄的肩:"你和子去出席冷餐会,就是送我的最好礼物了。"

子大大地喜出望外,冲进卧室取了件连衣裙出来塞给冯青榄:"妈,你穿这条裙子最最好看!快换快换!"她把冯青榄推进浴室,紧接着又给自己找衣服,大喊大叫:"妈,我穿哪件好啊?"

关鄂笑道:"冷餐会是不拘一格的,你又是小孩子,穿随便点没关系——穿T恤短裙好了。"

孑笑道:"正中我下怀。"她便给自己找了一件黑色的翻领T恤,一条白色网球裙——又是她妈妈的那种黑白系列。孑是个天性热络的女孩,穿冷色调,显出一种出人意料的帅气。

孑把冲凉的程序也免了,直接在卧室里换上衣服,走出来在吊扇下吹风,问关鄂:"怎么样?"关鄂笑道:"OK。"孑又问:"冷餐会只是吃吗?有没有卡拉OK?"关鄂笑道:"我刚让他们买了一整套音响设备,你尽可以唱个够了。"

孑大喜道:"妈妈怎么还没换好裙子啊?"

冯青榄在浴室里踟蹰了半天,还是草草地淋了一个澡,把连衣裙换上开门出来。冯青榄这条裙子不过是质地非常普通的锦绸,可是它是苔绿底子撒细碎的小黄花,打破了冯青榄一贯的清冷风格,看上去平添一种波光潋滟般的妩媚。关鄂愣了一愣,笑道:"你真是一点儿都没有长大,穿上连衣裙,更像是那个偷偷玩珍珠链子的小姑娘。"

关鄂的这个生日冷餐会完全是即兴安排的产物,具体细节,他一概没有过问。陪着冯青榄母女走进公司的小会议厅,一时间他自己先有了几分感动。知道关鄂不喜欢排场,公司里的人也就只订做了一只大蛋糕,其他的就是水果拼盘和冷菜拼盘,成摞的不锈钢托盘和成筐的刀叉放在一边,采取了一种自助餐的形式。难得的是屋里没有开灯,高高低低一片烛影摇红,音响里流出古筝的曲子,气氛相当的不俗。关鄂笑道:"他们知道今天的重要嘉宾是位艺术家,所以玩起高雅来了。"

罗 扇

冯青榄择张角落的椅子落座,笑道:"想必你们以前过生日都是'大块吃肉,大碗喝酒'的风格。"

关鄂哈哈大笑:"我们以前根本没想过过生日,成天都泡在工程上了。"

有人用托盘送过两杯酒来。关鄂取下一杯递给冯青榄,说:"放心喝,没关系的。这是干白葡萄酒,不醉人的。"

冯青榄只好举杯道:"祝你生日快乐!"又问,"你不向大家致辞吗?"

关鄂回首看看,笑道:"你没见他们都早吃喝上了吗?我们这里废除一切繁文缛节。你别管他们,我们安心坐着说话就行。"

冯青榄一看,果然连蛋糕都有人替关鄂切开了,大家在那里各取所需。子抱着麦克风,和小丁一递一声地唱起了张学友,关鄂喝着酒,看着影碟打出的画面,笑道:"原来这首歌的名字叫作《情网》呀!"

两个人喝着酒,静静地听了一会儿。关鄂突然问:"你会跳舞吗?"

冯青榄摇头,笑道:"我从来不跳——"

关鄂又要了一杯酒,喝光了,伸手拿下冯青榄的酒杯,拉起她就走。冯青榄一瞬间恍恍惚惚仿佛有点儿迷失,竟然乖乖地被牵到了人群中间的舞池。关鄂那样笨重的一副体型,跳起舞来竟出人意料的优雅灵活。

冯青榄笑道:"你怎么能跳得那么好?"

关鄂笑道:"出国前我是团市委的宣传部长——搞共青团工作的,谁不会跳舞?"旋又称赞道,"你也跳得很好呀——说从来不跳就是很会跳。"

冯青榄试图证明自己刚才真的不是在说谎，红着脸急道："我以前真的不会跳的——不信你问子。"关鄂俯身向她那一派纯然无瑕的眼睛里看进去，轻轻把她往怀里揽了一揽，低声道："我不用问，我相信，你我之间的和谐是天生的。"

冯青榄被他揽紧在怀里，有一种惊心动魄的震撼。她糊里糊涂地轻轻往外挣着，低声道："我们不跳了好不好？我有话要跟你说的，你还记不记得了？我们现在去说好不好？"

关鄂凝视着她，舞步依然不乱，道："跳完这支曲子。"又道，"我知道你要说什么——关于詹建伟，对不对？"

冯青榄垂下眼睛，道："对。"

关鄂道："在苏州，同学们知道我离了婚，才把詹建伟的案子原原本本地说给我听了。'文革'中有同学回到香炉巷小学去看大字报，大字报揭发了校领导为了保住詹建伟优秀教师的称号，当初如何竭力压住这个案子……"

冯青榄仰起一张苍白的脸来，带着几分决绝的神情，笑道："这下你全明白了，是吗？"

关鄂道："是。"

冯青榄的手指变得冰凉。关鄂无限心痛地握紧它们，道："所以我要告诉所有的人——青榄，我爱你！"

冯青榄失声道："不！"她全身心地往外逃离。这时候一支曲子完了，关鄂如来时那样把她领回座位。安顿好她，关鄂亲自到吧台那里用托盘端来了整瓶的葡萄酒。虚脱感很重的冯青榄，此时也只有用酒来填补自己了。

关鄂陪着冯青榄连喝了几杯酒之后，方开口道："青榄，你知道我在听说这件事后是多么敬重你的父母，还有你——你们宁可作出最大的自我牺牲，也要告倒那个衣冠禽兽，将他绳之以法，以免更多年幼无辜的女孩落入詹建伟这个'优秀教师'的魔爪，而戴明溪，她也是受害者，她们母女的做法却是……"

冯青榄以手支颐，用不锈钢的小餐叉叉着血红的草莓一颗颗地往嘴里填。

孑跑过来，一头一脸的亢奋，叫道："妈，小丁叔叔他们说要玩个通宵——我可以跟他们玩通宵吗？"

冯青榄抬起头来，轻飘飘地摆摆手，强笑道："去玩吧，你这样大的孩子，不尽情尽兴地开心，还等什么时候？"

孑呼啸而去。

关鄂扶住冯青榄的双肩，两眼直视着她，道："告诉我，你的姑父欺负你，还有你的离婚，是不是都和这件事有关？"

冯青榄凄然一笑，道："还用说吗？"

关鄂摇着她的肩膀，道："那你还要和他复婚？这是你真实的决定吗？"

冯青榄看着晃动的烛光，从肩膀上取下关鄂的手，平静道："是的。那么你现在要做的事就是彻底地离开我，否则的话，詹建伟一定不会善罢甘休。他会给你两个选择，一个是重新聘用他，另一个是破罐子破摔，满世界去张扬他的那件丑行，说你爱上的两个女人都是他当年……"

关鄂冷笑着打断她："料他不敢。不过，我已做好了对他后一个选择的回答！"他站起来，一把拉起她："来！"他再一次把她拉到人群的中间，告诉她，"你知道吗？今天并不是我的生日，是我特地安排的订婚的日子。"他抓过麦克风，宣布道："大家听着，此时此刻，我与冯青榄小姐郑重订婚。我宣誓，今生今世，我将永远以冯青榄小姐的正直、高贵和她绝无仅有的圣洁为骄傲,任何邪恶的力量都不能把我们分开!"

他当众拥紧冯青榄,俯首向她深深地吻下去。冯青榄被吻得几乎透不过气来。她的脑袋,她的心,她的耳朵,一片轰鸣,只听见众人的欢笑声中浮凸着子的叫嚷声,又亮又脆。

关鄂居然带上她和子连夜去珠宝商场订购戒指。从珠宝商场出来,子说:"小丁叔叔,我们可不可以把他俩扔在电影院门口?他俩谈恋爱,总不能连一场电影也没看过。"

小丁吃吃地笑,果然按照子的指示,把车停在电影院门口,赶他俩下车。关鄂把冯青榄的手往自己的胳膊肘里一夹,豪气干云地拾级而上,道:"看电影谁不会?看我的!"

子在后面喊:"别买普通票啊——买'鸳鸯座'的票!"

这家电影院上映的就是那部子所推崇的老片《新不了情》。售票窗口倒还有当场的票卖,就是人挤得成了疙瘩。关鄂偌大的一条汉子,挤在那些毛头小伙子中间,喊啊叫的,其画面实在是既可笑又感人。挤了半天,关鄂挥汗如雨地空着手出来,道:"怎么办?'鸳鸯座'根本没有,只有普通座。"

冯青榄叹道:"普通座就普通座嘛,怎么这么傻气的。"

关鄂认真道:"那可不行!子那里肯定通不过的。"

旁边一个票贩子听到了他们的对话,马上挤过来招徕生意:"雅座正好我这里有,两张票给我二十元手续费就行。"

关鄂正弄不清"雅座"和"鸳鸯座"的区别,冯清榄已经不由分说把那两张票买了下来,拉着他就走。

关鄂笑道:"原来'雅座'就是'鸳鸯座'吗?"

上了楼一看,"鸳鸯座"原来就是包了红丝绒的双人小沙发。

罗　扇

关鄂相当满意,拉着冯青榄坐下来,道:"老婆,来,我们看电影。"说着自己也很惊奇,笑道,"咦,一转眼老同学变成了老婆,传奇不传奇?"

冯青榄一本正经道:"不管是'老同学'还是'老婆',反正躲不过一个'老'字呗。"

关鄂哈哈大笑,凑着幽暗的灯光将冯青榄看了看,道:"我怎么觉得中间像根本没隔着三十多年呢?两小无猜的伉俪就是这点最好——没有岁月感。"

冯青榄听出关鄂的口齿已经很有几分不清楚,料想他刚才还是喝过了量。她便把他的脑袋扳到自己的肩膀上,道:"别管它什么岁月感不岁月感了,你要是感到困了,这会儿就安心地睡吧。"

关鄂挣扎着道:"我怎么会困呢——第一次和未婚妻来看电影……"说着他的脑袋还是落到冯青榄肩上,并且马上起了鼾声。

电影正好开映,周围的嘈杂声一停,越发显出关鄂的鼾声非同小可。

冯青榄肩上扛着关鄂越来越沉重的脑袋,听着他的鼾声一声比一声更入佳境。

她目不斜视地看着银幕,决定对周围雅座上小姐们送来的侧目坚决不予理睬。

花　雕

　　俞寄傲离休之前死了老伴。离休以后了无牵挂，房门一锁，由大女儿接到休斯敦去作心理调整。女儿也忙，女婿也忙。女婿是个纯美国血统的金发碧眼。外孙子长得非常帅，可是几乎说不来一句完整的中国话。

　　俞寄傲参加革命之前学过世界语，英语是完全不行。有一次，人已经走到了第七街，向路人打听自己所住的第八街在哪里，叉开右手的拇指和食指，用个大大的"八"的手势，起劲地比画给人家看。大女儿恰巧驾车经过，乐不可支地把他接回家，告诉他美国人绝对不懂中国人比画数字的这套手势。

　　大女儿写了一张密密麻麻的英文纸片给父亲带在身上，教他迷了路时拿出来给人看。俞寄傲得了这张纸片，不但耻于拿给人看，连街也不想去逛。憋闷的时候走出家来，在楼前的绿地里坐一坐。绿地虽然点缀在闹市，却寂寥得叫人不敢放心地拿脚踏上去试。俞

罗　扇

　　寄傲小心翼翼地端坐在仿佛被滤色镜滤过的长空之下，心里回想以前带队出访东欧的日子，使馆安排妥了一切，所有的交涉都由专职的翻译去办，与那种形式的出国相比，感觉到底是不可同日而语。

　　熬不到签证期满，俞寄傲便草草回国。回到家一看，好好的一座庭院，挖掉了一架藤萝一片竹林，方方的一个大土坑里，密密麻麻雨后春笋似地长出了一片冷酷无情的钢筋。很好的一幢法式两层小楼，委委顿顿地伏在坑边的泥土堆里，活像一只灰头土脸的蛤蟆。

　　廊下原先摆一套白柳条编织的桌椅，是老伴刻意制造气氛，读书喝茶的地方，如今竟堆满了成捆的锈钢筋和摞成墙似的水泥袋子，窗子遮严了不说，被雨雪蓦然洗褪了色的前厅大门上，赫然贴了交叉的旧封条。虽然这一对封条是为了强调俞寄傲的公民居住权不受侵犯，但一眼看到这对封条，俞寄傲的神经还是受到了很大的震动。

　　生罢一场肺炎，重又把昼夜包围在工地喧闹中的屋子锁上，逃到苏州的二女儿骢家去避难。

　　住下便落雨。春雨绵绵，无休止地在窗外织一张烟纱。檐漏的水滴声别是一种节律，当啷当啷，滚豆子般把无数个单调无聊的句点浪掷在昼与夜的盘子里。

　　放晴的这一天，俞寄傲立在阳台上看晨霭袅袅的山。清晨的山，比其他的时候看更为婉约。

　　这片住宅楼选取的位置很好，离市区不太远，又像是远离人寰。新建的小区满目都是簇新，连作为背景的这座山，也显得颇为新鲜。只见楼群外漫坡的野蔷薇，粉红浅白，星星点点，跌跌宕宕，一直铺陈到郁郁的山岚里。衬着深黛色的底子，这点点的粉白，显得淡雅而又热烈。院墙里面的几株野蔷薇，仿佛是绣女随意抛落在绣架外的碎线头，"红杏进墙"，一种说不尽的落寞。

隔着玻璃看屋里，最醒目的便是那一盆君子兰，齐匝匝十来支硕壮的箭蕾托着硬邦邦的叶片，没有魏晋之风焉能自居为君子？一盆君子兰冷铁似的，满盆盛的都是娇气霸气。

据说，君子兰买来以后久无开花的意思，被骢寄放在单位的花房里好生冷落了几年。今年刚一开春，憋足了气似的剑拔弩张，演成了这般居功自傲的模样。开了花，自然是要得胜回朝。来客见了这盆花，断不了交口夸赞。会说话的便说，花发则人发，二位还要走大吉。

小女儿和女婿中年以后相继有成。女儿的书画、女婿的仕途。两个人直到这时候才松口气，说爸爸实在要退可以退位。俞寄傲冷眼看这对夫妇，实在是很像这盆君子兰，失意的时候太阴郁，得意的时候太张狂。

俞寄傲瞥一眼玻璃窗上自己的影子。年轻的时候他也张狂，得意失意全是一个样。世人对他做评价，说他是个雅士型的官，发乎情止乎党性。俞寄傲没有一般文官的那张苦脸，可谓相貌堂堂，同时又很合他的名字，堂堂正正下面有一种挥洒的意气。俞寄傲年过六旬的时候，一头乌发变成了纯正的华发，都说他老也老得颇有几分辉煌。

此刻玻璃窗上再看自己，不免多了几分诧异——怎么大洋彼岸奔波了一回，就变成了这样的一种干瘪？俞寄傲觉得自己像棵几近脱水的老葱，顶了一个结了葱籽的银白色的大花冠。

女儿骢在当隔扇用的博古架那端做一种非常有趣的动作：走两步台步，向后一回首。这叫作什么功，俞寄傲始终没弄明白。主要

罗　扇

特征是上身不动下身动。以前有个花旦改花脸的票友，是俞寄傲父亲的同辈，上台去，上面稳稳地端着靠，下面一迈步一扭腰，像是腰里装了只活轴。父亲笑他是半截花旦半截黑头。璁的这个功，就有那么点"半截"的味道。

人到功德圆满的时候，就惜生。璁做的功有好几种，早餐以前顺手来几下"半截"，仅仅是一种健身的辅助。女婿明勋讲究的是饮食文化，豪宴、好酒，一年到头总不间断的应时鲜果。早晨的一餐也不求太好，一小碗莲子银耳却是保留节目。到外面开会，一盒速食冰糖雪耳塞在旅行箱里，也不怕影响不好。

俞寄傲想起"文革"后主持文艺界的大型座谈会，熬了几个通宵赶写总结报告，虚火上来犯了便秘。会议上一个叫程秋千的打字员满世界去找新鲜蜂蜜，拿着他交给她的一只装过咳嗽糖浆的瓶子。买了回来，连瓶子带蜂蜜往他书案上一放，笑道："堂堂的部长大人，怎么还买零打的蜂蜜吃？"

俞寄傲迂腐到不知道蜂蜜还可以用别的方式去买。在陈毅元帅麾下打仗的时候，他是有名的"书呆子"，戎马倥偬写一两首七绝，老是苦恼"枪弹"不如"刀剑"有字面上的雅致和韵味。"文革"后期他戴着"帽子"在农村劳改，槐树和紫云英花开的时候，流动的养蜂人在他的小土房边搭起帐篷，摇下整桶的蜜来，五毛钱就卖给他一大碗——那真是他记忆中最廉价最温馨的奢侈。

在仕途上的那些年，俞寄傲过得磕磕绊绊。混得好的人，要么是纯粹的文人，靠作品去铸就他万夫不敌的价值；要么是纯粹的政客，在官场上用兵如神。最忌讳他的这种不伦不类——庞杂的政务蚀掉了他的才华，使他不足以征服文众；他的心智又玩不过专门玩弄心智的利欲小人。

俞寄傲推开玻璃门进屋，到盥洗室去照镜子。照罢抚着蓬散的白发出来，走到骢旁边的衣架那里去取自己的薄呢风衣。风衣穿进一只袖子，脸对着墙，道："不知道如今理个发涨了多少钱？"骢"唔？"了一声，走着"半截"，走到魏紫熙的《黄山》跟前，一丝不苟地转身，又走。骢走"半截"时低眉顺眼，全身心进入角色。

俞寄傲穿好大衣换好鞋，手按在门把上，说："我看街口那个'发廊'倒不怎么排队，不知道贵不贵。"骢做完最后一个动作，停下来，眉眼立刻竖起，道："去'发廊'理发？送您这颗脑袋去给他们'宰'？"目光如炬地从他的头顶上掠过，又道，"您这种老头儿的发型能有多少名堂？自己家里修修拉倒吧！"俞寄傲不吭气，也不脱风衣，心里面自尊，想，这种发型？这种发型省委服务处的权威老张师傅岂不是"专人专头"给我精心剪了三四十年？就现在脑袋上的这茬子头发，也还是回国前在纽约剪的呢！这一头头发除了长得长了点儿，哪里就土到了只配让保姆随便动几剪子的程度！

俞寄傲仿佛找钱包的样子，走进自己暂居的东间小屋。桌子上花镜、镇纸、一方歙砚、一只搁了毛笔的龙形铜笔架，挪一个开来，下面就是一个淡淡的印子——江南的春天，料不到也自有它的干燥，一夜之间，桌上哪里就落下这么一层灰？

俞骢探进头来，诧道："怎么还不走？生气了？真想去就去呗！钱可带足点儿，没准敲您个三百两百的——老爷子穿的都是外国的正宗名牌，没准兜里揣的都是美元大钞呢，此翁不敲更敲何人？"说罢笑起来，笑得咯咯的。保姆也笑，专管干粗活的安徽小姑娘也笑。小姑娘说："老先生像个美籍华人。"骢追到楼梯口，笑着叫："您别叫那些小姑娘按摩啊，脑袋上揉两下，至少让您加付五十！"

罗 扇

　　俞寄傲出了电梯,手杖急急地点着石阶,不吭气地往外走。死去的老伴一生要强,家里闹个红脸白脸,高高低低理都在她那边。人前人后,一旦使起性子,伤人的话脱口便出,从不忌讳他一个大男人的尊严。骢到了中年,越发在性格上像足了她的母亲。休斯敦的大女儿,礼数周全,恰恰从不知道在里面加上一份情感。俞家的女人们,为什么统统没有慈悲心怀?

　　走了好一截路,才把脚步放慢。住宅区的这一条大路顺着地势呈缓坡下去,路两侧一处处的台阶通往这里那里的楼房,楼房间一个个圆形的小花圃,远远看去像是彩色苎麻编织的精致茶托。晨风里鸟语花香,仿佛有一只筛子滤去了人间的喧杂。这一带是高知居住区,环境自然非常的幽雅,假如楼房的造型完全摆脱了中国化,脚下走着散淡的步子,倒也与人在异域的景况无甚大异。

　　发廊对他倒是并不冷落,坐好了,细细地一点一点试探着剪,没有一上来就用电推子呼啦啦地伐。剪刀剪在发上的声音,竟是一种特有的悦耳。围在脖子里的白围单发出浆洗熨烫过的好闻味儿,令他想到雨中急行军后身心松弛的夜——在老乡的大缸里洗罢了热水澡,跳上厚厚的新麦秸铺就的铺,钻进被窝儿,这才发现,这家房东第二天就要娶媳妇,他盖的正是人家那床里外三新的未来的合欢被!

　　纤纤的手指头在他的头发上一下一下地捋,说不清是粗暴还是温柔。普通话说得很好的女师傅俯身探手到他面前的大梳妆台前,往录音机里摁进一盒磁带,笑道:"老先生别睡,听听咱们中国传统的京戏好不好?海外人听起京戏来,就跟把玩文物似的。"

　　说话间京胡吱吱呀呀地响起来了,是马连良的《空城计》。俞寄傲的父辈绝对信仰的诸葛亮几乎是古今中外罕见的一个大完人。

俞寄傲在解放后涉足了意识形态这一行，就没少过坐在剧院的前排审戏。父亲那时还活着，矜持地微笑着，道："京戏这东西，学问大得很呀，就连几件行头，那些个讲究，就够你研究一辈子。"可不是，俞寄傲一直到办离休，也还是个中国传统艺术的半外行。政治上"把关"他行，演员穿错了行头，他并不觉得不对；台上错了板眼，周围的人喝起了倒彩，他也还在茫然之中。俞寄傲倒是看熟了舞台上的那些个热闹场面，闭上眼睛听锣鼓音乐，仿佛看到了满台的红白战袍，"旋子"打起来，露出了战袍下玉色的灯笼裤和娇艳的战袍里子。一杆杆缠了锦带的红缨枪飞过来飞过去，女演员的一排贝齿佻达地叼住了两根雁翎的翎梢子。

拍板敲出了一连串的紧张——诸葛亮是在紧张地思考，还是在猛醒中惊出了一身冷汗？俞寄傲看着自己胸前一绺绺纷落下的白发茬子，心里替诸葛亮感到了深不可测的凄寂。诸葛亮抛下了卧龙岗的散淡生涯，出来替别人舍生忘死地争夺天下，南征北战忙白了胡子，只为了"先帝爷"的那一点点知遇之恩，他有没有觉得背地里的不值？既为"先帝爷"知己，他又为何要哀叹"面前缺少个知音的人"？

想起自己的父亲，安心当他的"革命老太爷"，偶尔玩个票，在家乡的小城里会活得多么惬意！偏偏听不得当地文化部门的一两句恭维，兴致勃勃地要替他们写剧本，结果付出的代价又岂止是"白了胡子"！听了一辈子的《空城计》，临死的时候会不会也在心里唱一句"面前缺少个知音的人"？

有多少人在活了一辈子之后，面前还会有一个知音的人？

锣鼓喧天，女理发师嗤嗤地往他头上喷发胶——忘了阻止她了，一介老夫，喷什么发胶？平白地回去惹骢儿的笑话。

罗　扇

白围单下的手挣扎了一下，还是没有采取断然措施。"百动不如一静"，由她吧。

白围单扯下来，啪啪地抽打他肩上的发茬子。一个女子斜斜地倚着镜子里的门框，笑道："耶，今儿这张脸，漆得不错。"白围单哗地就甩过去，啐道："呸，你那张脸才是漆的哪！"

俞寄傲扣着衣领站起来，含笑看镜子里一眼。白围单的脸果然化妆得恰如其分，从美国回来看中国人，许多的妇人女孩脸上化成了卖笑的广告。门框边倚着的一位淡扫蛾眉，更是高明之辈，蛾眉一扬，诧异道："是俞部长吗？"

俞寄傲奇怪自己怎么偏偏在今天想到了那瓶盛在咳嗽糖浆瓶子里的零打蜂蜜。老辈人惯说中国的地皮子浅——要不怎么会说曹操曹操就到？程秋千的感应大概更是了得，冥冥之中刚一动念，她就从长长的一段空白里跑了出来。

留存在记忆里的程秋千究竟藏匿了多少年？七年？八年？

程秋千笑道："九年没见了，俞部长，您怎么跑到咱们这儿的小发廊里理发来了？"

俞寄傲道："怎么这么巧？我女儿家住在这儿呢！"又道，"你到苏州来已经九年了吗？只听说你回老家了。"

程秋千笑道："苏州可不就是我的老家吗？"又指着白围单笑道，"鲁羽白您大概不记得她了，在艺校的时候我俩是最要好的朋友，她学京剧的老旦，毕业后分到了省京剧团。好好的演员不当，跑到苏州投奔我来了——偏要'生死与共'呢！"

"又胡说！"

"是了，不是'生死与共'，是'共同富裕'。瞧，人家连一座发廊都挣下了！"程秋千笑得咯咯的，眼角一抹细碎的皱纹。程秋千那年二十二岁,那么现在她已经三十出头了?

鲁羽白早把磁带换了一盒程砚秋。这会儿,若无其事地坐在俞寄傲刚刚坐过的理发椅子里修指甲。鲁羽白十指纤纤细细,轻轻巧巧,不似她的脸那般宽厚,那般漠然。对这个鲁羽白,俞寄傲真是毫无印象可言。

鲁羽白闻言道:"得了,对这位首长我可只担了名分。他哪里会记得我?即使是演出完了上台合个影,咱们盼水妈妈勇奇娘之类的也只有靠边的份儿,何况,我又总是派个B角!戏不好,也怨不得别人。"

程秋千笑道:"你哪是戏不好?你是一颗心只忙着谈恋爱了。"

鲁羽白拿兰花指指着镜子里的程秋千,斥道:"呔,骂人还不揭短呢!"

程秋千笑着从衣帽架上摘下风衣来伺候俞寄傲穿上,说:"得罪!我还得上班,你还得做生意,咱们改日再理论吧。"说着推开茶色的玻璃门,"俞老,留心门槛!"

俞寄傲伸手在风衣里摸钱夹,道:"等等,等等,等我付了理发费。"

"走吧!"程秋千拉他一把,外面"哄"一下涌来好一派明媚春光。脑袋轻了,脚也飘飘的。鲁羽白追出来喊道:"你跑来一趟做什么的嘛!别一见老领导就慌得把正事都给忘了!"

程秋千跌脚笑道:"对了,明天我上山去看我妈妈,你要不要一块儿去踏踏青?"

"当然,还用问?哪年不是老身我给小姐你护驾来着?"鲁羽白白她一眼,跑回去。鲁羽白略矮略胖,初具中年妇人形态。

"忙不迭地拉你出来,是怕鲁羽白失口说出不好听的来。这人最不待见跟我过去那段有关的当官的。"

俞寄傲讪讪地笑道："哪儿还是官？出国看了一趟外孙子，回来家都差点给一个基建队占了。办出国手续的时候硬要给我销户口，等到回来，光为上户口就不知道跑了多少趟腿，生了多少气。好像我就不该回来。现在带了离休金来小女儿家讨生活，小女儿也是一脸的不高兴——为什么出了国又要跑回来？"

程秋千笑道："您这一辈的老同志大概都是真爱国，不像一般的老年人，只是热土难离。"

俞寄傲含笑摇首："也不尽然。在国外主要是寂寞。当然，在国内也有在国内的寂寞。人一旦离了任，才发现连真朋友也没来得及交上几个。世态炎凉，已不过在其次了。"

程秋千扫一眼俞寄傲头上的白发，道："你爱点琴棋字画什么的不？或者钓钓鱼？"

俞寄傲苦笑："都试过，都不行。"

程秋千笑道："没关系，每天散散步也挺好，闲了写点回忆录。鲁羽白父亲写了一本回忆录，眼看着就要出书了——她的父亲是原警备区副司令，您还记得不？"

俞寄傲拍拍自己脑袋，笑道："原来鲁羽白就是鲁大头的女公子？倒是听说过有这么一回事。传说她辞艺经商去了，还说她在香港办公司——闹了半天，她在这里开发廊。这岂不是太委屈她了吗？"

程秋千微微叹道："硬是不听劝，有什么办法？当初她爱上我们艺校的一个文化教师，两年后老师的妻子找到厅里来，头头脑脑怕得罪鲁家，硬说没有第三者，老师的妻子就拿出了我和鲁羽白合影的照片，肯定说第三者就是我俩中的一个。她指鲁羽白，众口一词都说她不是，剩下我，谁都不置可否——如果否定了我，岂不是又暴露了鲁羽白？这一来她什么都不再问，一家伙就打到了我的门上。一时间满世界沸沸扬扬，由我又牵扯到我的父亲，好像由此可以证明我是个天生品质很坏的女孩子。为了一个鲁羽白，我又无法辩白，辩白的本身就带点乞讨的意味，而讨世人的理解对于我又有什么意义？我也就不辩了，辞职回了老家。出事的当口鲁羽白在旧金山访问演出，那位文化老师别无他法，也就只好将错就错。等到鲁羽白一回来，她就与她的老师和父亲决裂——她觉得这一切的丑恶都和她父亲的权势有关，就毅然跑到苏州来了，一是陪我受难，二是重新做人。我想逼她走，不给她提供任何帮助，结果她躲起来打了两年工，挣下了这间发廊。"

俞寄傲听了在心中连连称奇。这两个女孩子做出的这番事情是不是要令天下的诸多须眉汗颜？侧目去看程秋千，一脸的古井无波，仿佛是说了一个别人的故事，走着路说着话，手里还剥就了一枚以冬青树叶脉络为材料的小小书签，剥完了合在掌间把它压平。程秋千的手指头跳跃在打字机键盘上的那番利落劲，俞寄傲依然记忆犹新。

发廊走出去几步便是小区的商业街，热闹的农贸集市已经意兴阑珊，卖熟菜的售货亭里，正有新出炉的烤鸭烧鹅一筐筐地运到，纱布下面支叉着油汪汪的烧成琥珀色的肥鹅腿。面包房的各色面包明晃晃地堆满了货架上的一只只白铁格子，香气飘散出老远——面包这东西也真是奇怪，闻着香，一买到手香气就没了！卖舞台灯光音响设备的商店响着热闹的音乐，门槛下那一大片用小灯泡织成的霓虹网络，被音响里的沙锤轻轻地击打着，筛下闪闪烁烁的光晕，

罗　扇

没有个稳定的时候。门厅旋转的彩色灯球下，坐着个面容呆滞的老店员——置身于如此夸张的声色中，一张枯槁漠然的脸比什么东西都叫人心中一紧。俞寄傲不由自主地把手杖提起来挂在臂弯里，腰板尽量挺直地跟着程秋千的步子走，程秋千迈步的姿态依然不减当年。

俞寄傲想，假如此刻我再独自返回发廊去，鲁羽白会骂我些什么？

程秋千停下来，买了几斤蜜柑几袋软包装罐头，加上两只烤得焦黄的大枕头面包，等着找钱的时候，程秋千解释似的一笑："私营企业和国家机关最不同的地方就在这儿——上了班，别想再有时间溜出来办私事儿！鲁羽白最喜欢野餐的味道，吃起来胃口不知道有多好！"

俞寄傲半倚着商店里的乳白色冰柜，吸着刚买的云烟，笑道："原来是为明天准备的。明天去看妈妈？她住在东山吗？爸爸呢？"

程秋千笑道："不是啦，明天清明节，到东山去看看妈妈的亡灵。我爸爸'嫁'了个唱京韵大鼓的演员，早在北方另筑爱巢了。倘若不是'文革'中爸爸移情别恋，我妈妈哪会为一些莫须有的冤屈自杀呢？她本是个很洒脱的人，肚子里分明已经怀上了我，她还爬到秋千架上打秋千，一家伙把秋千蹬得翻过了秋千架，旁边的人都吓傻了，她连笑声都没打个咯愣。"

俞寄傲听得半天才想起来弹烟灰。怎么就忘了程秋千的这段家世呢？文艺座谈会开完的那一天大家聚餐，所有的人都匆匆地吃完去参加舞会——那是"文革"后举办的第一场舞会呢！俞寄傲被冷落在餐桌边，乐得在浅斟慢酌中任疲惫的大脑闲置。程秋千加班打印会议公报，打完了交给各报社发消息，这才赶来吃伙房为她补做的一小盆金针香菇蛋丝面。端着面条走进餐厅找座位，狼藉的盘盏间俞寄傲举杯相邀："小程喝不喝酒？不喝上这儿来吃菜！"

程秋千端坐在俞寄傲一侧，一根一根往嘴里挑面条，静静地听俞寄傲谈古论今。俞寄傲说得告一段落，朝程秋千的面条盆里扫一眼，皱眉笑道："面条怎么能如此慢条斯理地吃？瞧瞧，都挑碎沤烂了！吃面条嘛，应该快刀斩乱麻，呼啦呼啦速战速决！得了，别吃它了，吃馒头。"说罢从大餐盘里夹一个馒头递过去。程秋千掰下一块馒头，夹上一筷子菜，仔仔细细地吃，笑道："我要快快地吃完了离席，您的酒兴可就无从发挥了。我猜喝酒的人喝了酒都爱说话，说话没人听，心里就该失落了，酒也就会喝得不痛快。"

俞寄傲手里端着酒杯，诧道："小程，世上怎么还有你这样善解人意的女孩子？"说罢想起自己的两个女儿，何曾有谁想到过要陪他在酒桌边坐上一坐？程秋千垂着眼帘一点一点地吃馒头，淡淡一笑，道："我要是早早地善解人意，我父亲或许就不会去爱别人——我妈太好动，从我记事起，就光见我爸爸一个人喝闷酒，我妈飞快地收拾完桌子，只给他留下一小碟折在一起的剩菜，她就忙着排戏去了。她总有排不完的戏。您大概想象不到，她是儿童艺术剧院的导演，总是童心不泯，直到发现父亲要离开我们，她才像是换了一个人。"说罢谈到了母亲的死和父亲的出走，自然也谈到了她自己的出生以及她母亲在秋千架上的那一番无邪风情。

俞寄傲听罢仿佛要排解程秋千的一腔情绪，向空中点着筷子，朗朗地笑道："却原来你的名字是从这里来的！我还以为是来自苏轼的'墙里秋千墙外道'呢！"程秋千微微一笑，道："这么说也没错。我妈妈本是个非常热爱生命的人，可是她的结局反倒是'多情却被无情恼'。她给我取的这个名字好像成了谶语，我常常会从

罗　扇

我名字想到——何必有情？"

俞寄傲越发地感到吃惊，料不到他遇到的程秋千是这么一个极具品位的谈话对手。文艺圈子里的人，各种情绪的表达都可能来自表演方面的天赋，孰真孰假，多少需要打上点折扣。偶尔听到一些深刻的言谈，多半来自对台词的改头换面，往往使用欠妥，贻笑大方。程秋千十岁辍学，学工学农学军学做孤儿，十四岁考入艺校进入文艺圈子，她有多少文化积蓄有多少思考空间？程秋千无意识的脱颖似乎只能解释为一种天意。

俞寄傲偶尔听说程秋千卷入了一场绯闻。当时程秋千在电影公司的打字室上班，一个乡下女人闯进去砸坏了打字机，一地的碎纸片、一地的铅字，还有血——程秋千的额角冷不防被她打开了一道口子。公司里上上下下声讨程秋千，公司经理更是口口声声要严惩不贷，而文化厅方面的态度又很暧昧。绯闻传到俞寄傲这一级，俞寄傲欲传程秋千本人来一叙——否则公司经理的那一方岂不是成了一面之词？底下的人便力劝他不要单独与程秋千面谈："俗话说会叫的狗不咬人，比起那些疯疯癫癫的女孩子，恐怕程秋千这样貌似清高圣洁的女孩子更不可等闲视之。她的手腕您也该有所见识——开座谈会的那一次，她不是还陪您喝过酒吗？"俞寄傲勃然大怒。什么意思？盯他的梢不说，还敢当面来这么一番"听话听声，锣鼓听音"？想讹诈还是想干什么？

恰逢全省电影广告宣传工作座谈会在电影公司的招待所里召开，俞寄傲去参加了半天会。进得会场，就见程秋千额角上的伤口被一卷烫过的刘海儿遮挡着，坐在会议室门口的一张桌子后面做记录，脚边一大溜暖水瓶，想必添茶续水的活儿也归她干了。俞寄傲与众人打了招呼，一屁股坐在程秋千旁边的一张椅子上，拿过程秋千钥匙圈上的旅行剪刀剪指甲，笑着指点大家："接着谈、接着谈，我先洗耳恭听，然后再发言。"一屋子人赶紧把怪怪的目光收回去，把开会的注意力重新收拾起来。程秋千埋头做记录，记了一阵，推过记录本，里面夹了一张字条："您不可以坐在这里。"俞寄傲推回本子，安之若素。等到发言的人结束，早有底下的人借口麦克风的线拉不了这么长，连推带拥地把俞寄傲弄到会场当中的沙发上去"做指示"。

他想等程秋千自己来找他申诉，但程秋千始终没有制造谈话的机会，偶尔眼光碰上他，立刻跳开去——她是心存顾虑呢？还是确实心中有愧？俞寄傲想起底下人说她为他陪酒的话，终于没有再去主动找她谈个明白。心想，我当众坐在她的身边，总也算是一种不信邪，总也算是一种表态了吧！

不料，不信邪的是电影公司经理，他反而变本加厉地把处分升了级。材料报上来，决定开除留用，到基层的乡电影放映队以观后效。为了说明事态的严重，把砸坏的打字机也归罪到程秋千头上。处分本来无须经过俞寄傲批准——他不分管人事。等他得知消息，程秋千已经辞职而去。

俞寄傲知道这里面一定有什么不对，他这方面的不对。但终是忙碌，久而久之，心里的负疚和疑惑也就慢慢地被岁月的风沙埋没了。

俞寄傲把烟蒂扔在冰柜前的垃圾筐里，挂着手杖和程秋千一块儿从食品商场的大门里走出来。程秋千手里又多了小小的一陶坛花雕，古朴的彩釉陶坛用鲜绿的丝绦穿成了双提梁，配了菱形的大红商标，提在程秋千手里，有一种非常的效果。俞寄傲记得那一天他浅斟慢饮的就是一瓶花雕，装潢很是简单，味道也不怎么讲究，是从餐厅的服务台货架上买来的。俞寄傲对程秋千道："你记不记得有一次会议聚餐，你坐在旁边陪我说话？你那一次说的就是你的父母。"

程秋千好像有点吃惊地看他一眼，摇摇头，笑道："有这样的事？怎么我一点儿印象也没有？"

这一瞬间俞寄傲看到了她那对大而黑的眼睛里比往日更丰富的善解人意。她如此持重而从容地掩去心中久藏的苦衷，是因为在这些可称为沧桑岁月的人事变迁里，那过去的苦衷已足以成为弹指一挥的尘芥呢，还是她看到了他这个老头子已经落到了更可供人垂怜的地步？尽管她刚才的那一笑相当明朗，俞寄傲还是感到人生的不快像阴影一样附着在她的表情里。过去她不施粉黛依然明眸皓齿，现在她化了很高明的妆，仿佛只是为了遮盖那层岁月存积的幽暗。

程秋千马上转开脸回避了他探索的目光，一扬脑袋，道："我到了上班的地方了。进去坐坐？"

这是一家外资的服装企业，连车间带写字间合成了一座算得上巍峨的大厦。大理石台阶的两侧，用一弯一弯悬垂下来的粗铁链围出种植了棕榈的绿地。俞寄傲胸中"哦"了一声，程秋千这些年来是当了外企的雇员。对于一个失去了铁饭碗的女孩子，这或许是眼下最可行的一条佳径。

大约正是交接班的时候，外资企业的大门口相当热闹。程秋千怀里抱着刚购来的那一大包食品，同阶梯上上下下的人招呼，看得出她的人缘不错。程秋千穿一袭冰绿色的薄呢套裙，低低地绾了一个髻，耳廓边隐隐约约两粒盈盈欲滴的水晶。阶上下来的人到了她的跟前立刻就矮了一截——程秋千的腿真是长。

俞寄傲笑道："你在这里干什么？辅导女工的业余芭蕾？"

程秋千笑道："我哪里还跳得来芭蕾！当初就是韧带坏了才转业学的打字。我在这里也就是打打杂啦，要说有明确的事务，也就是调理一个时装表演队。外资老板的经营头脑就是不同于咱们国企的领导，搞这个表演队他真可谓不遗余力。过一段要有一个时装展示会，请您来'审查'好不好？"

俞寄傲笑道："'审查'？哈！当观众是可以的，外行看看热闹。"

程秋千"咦"了一声，眼神活泼起来，笑道："其实您倒是不妨来我们这里客串一下的——我们恰好有一批中、老年时装要打入国际市场呢。您的身材、气度、风采，还有您对舞台、对灯光的适应能力，都挺是难得呢。"

俞寄傲接口道："可不是！这样的后备军，拉上去就能打仗。"说罢低头打量自己，自以为说了一句笑话。

程秋千问俞寄傲家的地址电话，拉住旁边走过的一个熟人，抽出他别在口袋里的笔，记在食品的包装袋上，笑道："那咱们改日再聊？"

"你去吧，你的事要紧。"俞寄傲挥挥手杖。

程秋千把那坛酒塞给他，笑道："一坛好花雕，您提回去慢慢地喝吧，也算是我们小辈的为您洗尘。"说罢跑上台阶，走进自动门，头也不回。这个女孩子，内里的情感，长的是长，短的是短。纤柔的是她，果决的也是她。这么好的一个女孩儿，为什么老天爷让她做了孤儿？

俞寄傲捧着那坛花雕，胳膊上挂着手杖慢慢地转身。程秋千闲站时倚凭过的那段铁链子几乎看不出痕迹地微微晃动。路边的一排杨柳正抽着金丝似的叶子，牛奶站的灰粉墙被连续几天的淫雨洇湿

罗 扇

了小半截。天蓝蓝的,远远的东山仿佛泊在清冷的海水里。世界这么大,年轻好,年纪大了,不免一寸寸地陷入了习惯的泥潭。哪怕是不结婚、不生孩子、不当官、避免所有固定的规范生活模式,也还是不管用。孤独的人永远有他们自己的泥沼,一步步地走不出去。

程秋千下了班又加班。公司有一个夏季服装新款展示的业务谈判,港商外商济济一堂。下午看夏款的服装表演,程秋千照例是忙了个脚不沾地。程秋千不喜欢呵斥人,着急起来就拍两记手掌,表演会结束,手掌泛红色,人也累得头晕,这才想起中午连饭都没有吃,忙中只吃了半份三明治。

晚上加班是去陪宴——总经理照例是在苏州饭店举行盛宴招待来宾。程秋千赶着上车前把中午剩下的三明治填在嘴里,又在电梯里急急地吃了一只上午买来的蜜柚。没有食物在胃里垫底,陪酒的时候哪有抵挡的实力?宴会上程秋千照例尾随在总经理后面去挨着桌子敬酒,宴罢进入舞会的程序,音乐一起,时装表演队的一帮小家伙都被打点上了场,程秋千搽了红色蔻丹的纤指点着太阳穴对港籍总经理笑道:"我先告退,再一旋转,保不住就要吐出来了——那明天我就去东山了?"总经理酒宴上已经乘兴谈妥了好几笔交易,内心似乎有歉疚,忙道:"可以可以,要不要车?"

程秋千走在路上,觉得酒涌上来,依然是微微笑着,走着一字步。路灯下纤长的影子咔咔地被鞋钉踩着,仿佛要踩住影子的轻飘。

鲁羽白在她寓所的灯下织着马海毛。正宗的马海毛,英国产的骆驼牌,是一种沉甸甸的猩红色。这种红很奇怪,也只有纯正的超长纤维的澳毛才能够染得出来。

鲁羽白在灯下举着织好的大半截马海毛贴上来，仰着脸仔仔细细地研究挂在程秋千胸前会产生怎样的质感和颜色效果。

程秋千虚虚地把毛衣推开去，扶着墙换鞋，笑道："怎么织红的？红的一衬，岂不更是三宫粉黛无颜色？"

鲁羽白道："我的小姑奶奶，你怎么一会儿一个美学主张？前不久你还说，人过三十，就该多穿点红的了。"

程秋千在镜子里用软纸卸妆，抚着脸说："我那是说你呢——你的脸白而丰润，穿件红的正好看，别年纪轻轻的就总做老旦打扮。你瞧我，卸了妆脸色这么个暗法儿，哪里还能再穿件红的把它衬得更暗？"

鲁羽白扔下马海毛，仰靠在壁灯的光晕里，说："谁让你吸烟？酒也当真往下灌！晚上加班不是烟酒交际就是陪客跳舞打麻将，累不累？"

程秋千道："入乡随俗累什么？玩清高才累呢！不吃不喝不玩不笑，树敌无数，脑袋掉了都没人给你捡。在电影公司的那几年，我真是太领教啦！"

鲁羽白折起毛线往兜里塞，道："就知道你今天要旧话重提！那老头儿打哪个鬼地方冒出来的？何苦又来破坏你我的平静？当初他老先生干什么了？一盆面糊，面糊一盆！他好歹做点调查研究，也不至于闹成这么一场冤案。你们电影公司的经理，那个老色鬼，他要不是上面有这么些个糊涂长官，又怎能形成气候？"

程秋千把沾了粉污的软纸团往镜子上一掷，道："别提这些，提起来我平白地再来一场心口疼。"

鲁羽白凑上来，道："哎，我们那口子买了一瓶吉士苗条霜送给我，我看看说明，倒也有些道理——喏，霜经按摩溶入肤下，化

罗 扇

解了脂肪，就把脂肪变到大便里排出去了。"

程秋千接过图文并茂的说明，刚看了两行便觉得字在跳。猛地一俯身，便呕出酒精味很浓的几口胃液，一时间涕泪交流，伏在梳妆台上一声声地发出呻吟。鲁羽白吓得又拧毛巾又沏浓茶，不知道怎么着是好。程秋千摇摇摆摆地站起来，趔趔趄趄地摸进浴室，只说洗个澡就好，啪的一声便落了锁。

鲁羽白心里道"不好"。试着推推门，果然是推不开，只听见里面手脚很重地在放水，鲁羽白急得拍门道："程秋千，脚底下站稳，可别烫着啊！"

偏偏电话铃炸响，是俞寄傲，问："是小程吗？"

鲁羽白没好气地回答："是鲁羽白。您是俞部长？"

俞寄傲道："是我。请问问小程，明天去东山，能捎上我这个老头子不能？我自己能爬山，不会给你们添麻烦的。过去打仗日行百里，如今二三十里总还不成问题——想借此散散心哩。"

鲁羽白心里不悦，暗道："瞧，惹上了不是？这么一把年纪的人，一点儿脸色不会看，谁还待见他不成？"心里怨着，嘴上只管推托，"程秋千不太舒服，等我听听她的动静，看她怎么说，好不好？"

听筒里不知道俞寄傲在急急地说着什么，鲁羽白只管放下听筒去听程秋千的动静。只听见浴室里水声哗哗，掩得其他声音一概听不见。鲁羽白心里着急，勾下身子从浴室门下方的百叶孔往里看，就见程秋千两条光腿晃晃悠悠地立在浴室的瓷砖地上，连鞋也没有穿，正担心她摔倒了可怎么办，就见半空里哗地落下睡袍的裙裾。鲁羽白心里一松，赶紧退回来，只听见浴室的门啪地打开，程秋千光着脚走出来，蓬着一头湿发倒在床上。鲁羽白捂着听筒小声道：

"俞部长,她喝醉了呢,躺下了。"

程秋千挣扎着爬起来接过听筒,声音立刻清晰,连鲁羽白也吃惊她的自持能力。"俞老吗?"程秋千道。听了一会儿,轻轻地笑道:"您千万不要有任何顾虑,我们欢迎还来不及呢!那么,明天见?"

俞寄傲搁下电话,忙忙地找从美国带回来的耐克鞋。明勋在电视机前悄声问老婆:"老爷子忙活什么?"骢撇嘴道:"出去理发遇到两个老下属——原来街口那发廊就是其中一个开的。明天要跟着人家去登山呢。"明勋笑道:"老爷子有个伴出去走走也好,关在家里憋坏了。"骢把手里嗑过的瓜子壳哗地往小筐里一扔,道:"现在老年人离了休,简直就差给他们请家教了!老了老了又活回去,叫人操不完的心,他那里还总吵着说没人跟他说话!"

第二天正是清明,满山皆是提着酒菜果品祭坟的人,一家大小笑笑嚷嚷,倒像是举家郊游。走一段,看一处风景,倒也不觉得累。走到半山腰,山道临渊的一面省略号般地排开了一连串的石礅子,他们便选了两个坐下来歇息着。程秋千和鲁羽白合坐一个,俞寄傲自己坐一个。石礅子有方桌面大,俞寄傲收上腿去,盘腿打坐,一时间,所有的俗念皆无。

春天的晴天,野外高高低低、深深浅浅的绿,无一例外地笼着若有若无的一片氤氲。脚下腾地飞起一只鸟,突然间又传来山谷里一两个人的呼喊回应,打破了的氤氲又合拢来,显得更加浓稠。阳光下的睫毛不由自主地半垂下来,目光所及,无不恍恍惚惚,如在梦境。

鲁羽白迟到了半个钟点,坐定下来,喋喋不休地诉说早晨按摩

罗 扇

苗条霜的麻烦。抱怨了半天,说:"也不知道几时能见得出效果来。"程秋千穿一身纯黑色的羊毛套裙,类似不开衩的旗袍,外面随随便便地罩一件淡百合色的丝织料风衣。那风衣不知怎么会有那么多的褶皱,走动的时候并不明显,一坐下来,所有的裥都纷泻在石礅子上,被风吹得兜将起来,和程秋千长长蓬蓬的一头卷发相呼相应。程秋千的形象衬着蓝得虚幻的背景,有一种不真实的感觉。

程秋千双手环膝,嫣然一笑,道:"要检验苗条霜的效果吗?去研究你的大便呀——看它有油没有。"

鲁羽白一掌拍过来,笑道:"程秋千,你怎么不讲'五讲四美'?"

程秋千道:"怎么办?把'大便'这个词也粉饰一下吗?"

俞寄傲呵呵地笑起来。他应该不应该笑呢?程秋千在电影公司的时候,有个外号叫"瓷观音",可见任何粗俗的谈吐和念头都有亵于她的形象。水至清则无鱼。要不怎么那么多的人有种一触即发的要砸碎她的邪恶快感呢?程秋千如今大雅若俗,是不是反而到了一个更加非凡的境界呢?

三个人喝了点饮料继续走,上到一处悬崖边,有卖茶的亭子,沏了三杯明前茶凭栏小坐,山风一阵阵吹来,甚是惬意。这一处山势豁然开朗,仿佛舞台上的绿色纱幕拉到半中间突然停了电,留下一道颜色反差很大的空白,只见铁链子下面白茫茫一片烟水,水对岸钢厂的烟囱濡没到云和烟的背景里,只剩下烟囱顶上那一点红彤彤的火,像凭空镶了一颗耀眼的珊瑚珠子——这一片的苍白,仿佛只为了烘托这一颗有质有感、有形有色的珠子。程秋千蹲到了铁链子跟前,点小小的一堆火,正诧异间,烧了半边的一页宣纸借着风吹过来,俞寄傲用手杖把它点住,俯身捡起来读,却是李贺的句子:"幽兰露,如啼眼,无物结同心,烟花不堪剪……"鲁羽白努嘴道:"程秋千祭她的母亲呢。她妈妈就是从这里跳下去的。"

俞寄傲把半边宣纸拿过去,放在惨淡的火苗上。程秋千卷发上缀着灰黑色的纸灰,仰脸一笑,道:"怎么吹走了半边?差一点我妈妈就读不全她喜欢的李贺了——那个世界大概没有现成的诗集卖呢。"

俞寄傲走回亭子坐下,摸出手绢擦汗——喝下去的热茶被崖上的风一吹,变成了额上的一抹冷汗。程秋千的母亲,一个秋千架上欢笑着不解风情的女郎,到幽幽地读李贺以求解脱的怨妇,其间是什么东西使它们拉开了如此大的距离?鲁羽百提起暖瓶边续水边说:"程秋千样样事情都由着她自己的意思来——人家清明节给亡人祭烟祭酒祭果祭菜,她年年祭几首老掉牙的诗,也不嫌迂得慌!"

程秋千掸着身上的纸灰走过来,笑道:"你不懂。"遂坐下来接着喝茶。

鲁羽白嘴里嗑着瓜子,倏地一笑,说:"你有没有见过福建那一带的冥器店?喏,纸扎的电视机,分明两个扎得一样大,一个就比另一个价格高出两倍,原来贵的那个纸电视用墨笔写了两个字——'彩电'。"

程秋千一笑,拈起一颗瓜子轻轻一嗑,依然只说:"你不懂。"

俞寄傲想起自己的父母来了。父亲反"右"的时候出了问题,发配到贵州的大山里当乡村教师,母亲执意要跟着去,结果两个人都染上了伤寒,病死在当地。俞寄傲当时带团在国外参加国际青年艺术节,拍电报请当地政府把他们火化了事。听说骨灰合葬在贵阳郊外的山上,俞寄傲后来有出差路过贵阳的机会,抽时间去看了黄果树瀑布,也没有去找一找父母合葬的那个荒冢。

罗　扇

——明着去也不好，暗着去也不好，莫若不去。

清明节，假如别人家的亡灵都能得到世间的馈赠，那么他的父母是不是已经沦为了乞丐？

三个人在山上的寺庙里吃了中饭。菜谱上印的"三元及第""全家福""佛跳墙"，端上来的不过都是些香菇面筋藕丸之类，配上白的荸荠、红的番茄、绿的豌豆、黑的木耳，倒也显得五色纷呈，浇上明晃晃的一层麻油，煞是香气袭人。程秋千笑道："到了山上本该俯瞰红尘的，结果反又掉到红尘里去了——且看这些菜的菜名，简直是俗愿求全求满唯恐不及呢！可见求得超脱实在不是清规戒律能帮得上忙的，弄得不好却是造成了一种精神上的反动呢。"

俞寄傲颔首道："对的，禅宗讲究的不过是'一念'二字，它倒是颇能给士大夫们玄妙潇洒的风度、淡泊宁静的思绪和透彻了悟的心境呢。"

程秋千轻轻地一拍手，笑道："俞老，您怎么和我是一个思路？"

俞寄傲笑道："惭愧惭愧，纸上谈兵耳！说是'革命'了大半生，我等又岂是免俗之辈？俗，这个字，经过离休以后的反思，反倒在自己的身上看得更分明一些——如若不是如此，你那个冤案又如何能够成立？拿我这个有一定权力的人来说，当初态度暧昧，岂不就是往绝路上推了你一掌？"

程秋千笑道："当初还真是'一念之悟'救了我。'一念之悟'的最大作用是取消了人主观意识里的一切确定性，使人不再成为自己的奴隶。当初我几乎想在这里削发为尼，可是再返红尘的时候，我已经如鱼得水。俞老，一个人得了悟，不但可以'随所住处恒安乐'，而且对世事游刃有余，嬉笑怒骂皆成文章，您推我一掌，令我修成正果，何其善哉？"

俞寄傲笑道："那你也拉我一把，别任我在迷津里沉浮。"

程秋千笑道："所以拉您去当模特儿呀——您敢不敢？"

俞寄傲道："大丈夫枪林弹雨都不怕，何惧当模特儿乎？何况又不是裸体模特儿，穿的还是时装哪！"

鲁羽白一边早不耐烦了，以箸击案抗议，说："你俩的禅宗还有完没完了？还'一念之悟'呢，废话说上这么多，一百个'念'也不止了！"

程秋千揽她一揽，笑道："这才是一位不露相的'真人'哪！瞧人家鲁羽白活得多么自在，打从娘胎里出来，就没有'执'过。"

鲁羽白撇嘴道："要想学我还不容易？回去把你妈妈留给你的那橱子破书给烧啦——就怕打死你也不会肯。"说罢知道言重，忙忙地把话题扯开去，"今天的菜怎么比往日的好吃？莫非这寺里掌勺的姑子也去念了一期烹饪班？"

只听得邻座一帮男人在向同座的女客竞相夸耀自己的厨艺，都在那里说，假如我去做这道菜，我就如何如何，味道一定比这个强得多！

程秋千笑道："怎么回事？如今女人们大谈禅宗山林，男人们反倒进了庖厨了。俞老，你会做菜不会？"说罢"噢"了一声，笑将起来，说，"您会烧开水还是我教的呢。"

开大型座谈会的那一次，秘书组弄了一个电炉给俞寄傲开夜车的时候取暖烧水，程秋千把电炉插好坐上水，告诉他水开了自己沏茶。过了一个钟点俞寄傲跑来敲打印室的门，问壶里的水何谓开何谓不开——"寂乎？响乎？"程秋千撂下打字机跑过去看，只见电炉丝烧断了，壶里的水烧剩了半壶，早已搁成了温水。

罗　扇

俞寄傲自尊道："烧开水那是雕虫小技,在美国的女儿家,我还学会了煮荷包蛋哩,白天他们去上班上学,我自己在家煮两个荷包蛋,吃两片土司当午饭。"

"喝酒呢?"

俞寄傲一挥手:"喝不来那种冷冷清清的洋酒,三口两口喝完,又没菜又没话。喝酒喝成了吃药的形态,还有什么情趣可言?"又道,"还没有谢小程的那一坛花雕呢。花雕在我们浙东老家又叫'女儿红',是嫁女儿的酒。远年的花雕,在国宴上很能酿出浓郁的情绪,仿佛小女孩手腕上的红丝线、小媳妇发髻上的红榴花、小新娘脚上的红绣鞋和顶上的红盖头,还有叮当的环佩、热烈的唢呐,全融在这一杯好酒里了。真是美不胜收!"

程秋千笑道:"如此说来,有机会我是一定要陪俞老喝一次花雕的。"

俞寄傲扬眉道:"原来小程是有些酒量的。"还有半截话,想想又咽了下去。早知程秋千真的能喝酒,当初不如真的请她"陪酒"一番,何至于"枉担了一个虚名"?

当晚回到家,程秋千洗罢澡,穿着宽大的睡袍蜷在椅子里吸烟——脱了鞋,蜷腿坐着,用袍裾把自己裹起来,有一种回到了母体的安实感。这种不拘一格的坐姿,也是这些年里程秋千渐渐习惯的。

电话铃响,是俞寄傲:"是小程吗?"

程秋千摁灭烟,急道:"怎么了俞老?累着了吗?有什么不好吗?"

"不是的,我非常好,晚饭酣畅淋漓地吃了满两碗,我突然间就想问一问，你住的是什么样的房子？是租的私房吗？我想，外资企业不大可能安排宿舍给你们。"

程秋千把玩着烟灰缸，环顾着自己的房子，笑道："我吗？我起先是寄住别人家里，后来租了一间附近农民的房子，现在在公寓楼买了一个小套，一间半居室加一个小厅，一个人住，足矣。"

"那么、那么……"俞寄傲沉吟了一下，"你以前租住的那种农民房，租金贵不贵？"

"房东是我母亲过去的保姆，每月只收50元。"

"噢？现在还有人住吗？离这儿远不远？"

"远倒不远，那个村子抬眼就能看见。有没有人住倒不知道了，待明天去问一问——俞老，怎么了？"

"没什么——请替我打听一下，谢谢！"说罢挂了电话。

第二天晚上，程秋千打去电话，俞骢接的，问："找我父亲？请问你是哪里？尊姓？——程秋千？"

俞寄傲正在烫脚，踩翻了洗脚盆光着脚跌跌撞撞地扑过来，抢过电话，道："小程吗？怎么样？"

程秋千笑道："您真是吉人天相，那家人家去年翻盖了小楼，房子多了愿意腾一间出来，租金涨了一点，80元，不知可不可以？"

俞寄傲道："可以、可以，等我明天去瞻仰一下再作决定，好吗？"

两个人遂在电话里约好了第二天上午碰面的时间地点。程秋千积存了不少的休假，正好现在拿来派用场。

次日来到那座农家小院，主人打开门，把一大群鸡轰出去，留下一地一窗台的鸡屎。一张破网床上堆满了去年的干豆秸，窗外有一口机井，小院的短篱上爬满了密匝匝的金银花，开满了野蔷薇的山岗下面，遥遥可见小区簇新的楼群。俞寄傲临窗而立，吟道："众鸟高飞尽，孤云独去闲。相看两不厌，只有敬亭山。"

程秋千诧道："原来俞老想一个人住在这里？"

俞寄傲并不作答，付给房东50元定金，笑道："是不是总得添置一两件家具？"

程秋千环顾小屋道："假如仅仅是用作写作和小憩，一床一桌一椅也就可以了。"说罢又疑惑道，"您在女儿家住得好好的，何必又流落到外面来？就算您觉得好，他们又如何会同意？"

俞寄傲挥手道："这事与他们无关。假如住得好，很习惯，我可以把省城的藏书和一部分家具也运了来，就在这里安度余生。"

程秋千当下便陪俞寄傲进城去选购家具。考虑到他很可能是一时兴起，未尝能够意兴持久，便力劝他只买几件简单家具，比如行军床、折叠桌椅，万一将来不用，放在家里也不会占地方。俞寄傲道："也好，我也的确没有准备置下一份家当的钱，"

两个人转了半天，已经很累，行军床、折叠桌椅与俞寄傲的高大身躯又不甚相宜。程秋千便对俞寄傲笑道："又渴又饿，先找个地方稍稍填一下肚子好不好？我有一个很好的去处，但愿您不要嫌弃它的简陋。"

俞寄傲呵呵笑道："悉听尊便。我想，你的安排绝无不好的道理。"

程秋千引俞寄傲横穿过一家商场，遥远的大街上，挑出一竿牙边杏黄酒旗，上书三个大字——"老万茂"。程秋千笑道："还是去喝点温热的花雕好不好？活血解乏又不伤身体，老年人喝它最是合适。"说话间已经走进了"老万茂"，难得一间洋楼做中式传统酒楼装潢，楼梯桌椅全是雕花的仿红木，墙上挂了不少字画。挺好的一座酒楼顾客倒不多,由此也少掉了许多世俗的浊气。程秋千叫了几份现成的下酒小菜,无非是些卤鸡卤牛肉卤豆腐之类,最叫俞寄傲喜欢的是一小碟茴香豆,可谓俗中之大雅的下酒物,豆子上扎了牙签,煮得酥烂入味,嚼来满口生香。当下两人各自喝下一小碗花雕,只觉得腿底下微微地发酸发软,一个上午走动的乏全发散出来了。喝罢酒,一人吃了一碗清汤鳝丝面,汤面上撒了青青的一把蒜花和玉色的胡椒粉,赏心悦目。俞寄傲吃得满头大汗,连连道:"美哉美哉,好久没吃得如此舒服自在了!"

程秋千打开一包纸餐巾递过去,笑道:"以后自己可以买一坛花雕放在小屋里,备一只小炭炉温酒用。想喝一杯时就买点现成的卤菜下酒,然后趁着炭火少少地煮一束挂面,上房东的菜园里去采几片菜叶讨一枚鸡蛋,那种舒服自在,可谓举手可得。"

俞寄傲眯眼笑道:"如此,那我真要说一句——'夫复何求'了。"

"老万茂"的街对面是一家委托行,从窗子里望过去,店堂里新新旧旧似乎堆了不少家具。俞寄傲道:"何不上那里去看看?我是很爱逛旧货市场的,常常就会发现一些很好的东西。我有一个装《二十四史》的红木书箱,就是用五块钱从旧货摊上买来的。"

两个人逛过去,倒也发现不少红木家具、书案、八仙桌、太师椅之类,价格都相当惊人。俞寄傲不慌不忙地在旧家具堆里挑出了一架小棕绷床、一只小圆桌,很满意地拍着手上的尘灰,笑道:"今天先买下这两件,明天再找找看看有没有合适的座椅和书案——怎么运回去?"

程秋千想一想,笑道:"那得麻烦一下鲁羽白的先生了——他开出租车。"说罢走到"老万茂"的大堂里,拨了柜台上公用电话,

罗　扇

又借人家的长条凳歇脚,笑道:"您也坐一会儿。要不要再喝一杯茶?"俞寄傲听了这话,自告奋勇到柜台前买了两杯龙井。服务员沏上水,程秋千轻轻吹着盖碗里的水汽,沉吟道:"鲁羽白的丈夫是她在打工的那两年里自己物色的,人很好——一个男人,他的好与不好并不是由职业和身份决定的。鲁羽白在所有的问题上,实在是一个有大智慧的女人。"说罢,眼里流露出淡淡的哀婉。俞寄傲静静地喝茶,并不把心中的洞察表现出来。

茶喝了两杯,出租车便到了,却是一辆大红的小面包,八成新,擦洗得锃亮。也是苏州城的水土好,无风无尘。鲁羽白的丈夫说不上英俊,但是颇有沉甸甸的丈夫气,举手投足比别的出租车司机多几分大气。

程秋千道:"这是俞老——我和羽白过去的老上级。"

司机道:"听羽白说了。"一句话说完,厚厚的嘴唇合紧了,动手搬东西。

一架棕绷床好不容易塞进去,推让了半天,程秋千挤进车厢,半边肩膀扛着棕绷,俞寄傲坐在司机旁边的座位上。

运到地方,司机帮着把东西搬进屋,便开车走了。屋里已被房东收拾干净,程秋千支起床来,看那光秃秃的床、光秃秃的屋子,有种说不出的凄凉,心里涌上了几分后悔。俞寄傲宽慰道:"没啥没啥,等铺设好了,枕边再放上几册书,就像个模样了。"当下两个人便来看那张圆桌,发现桌面不平,两侧已然变形起翘。这张桌子是很考究的紫榆木料,大概是20世纪40年代的产物,直径和高度都很独特,不知是欧式还是日式。抬到井台上冲洗了一回,便见圆桌的木纹经络一般显现,给人一种清癯的感觉。骨架疏离,很是硬铮,这张圆桌很像是俞寄傲的东西。

发现桌面不平，程秋千不免跌足，心想，怪不得原先的主人要卖了它哩，这种桌子如何放得平稳东西？便到房东的屋里去搬了工具箱过来，摸出一把榔头，道："没关系的俞老。我把两头轻轻地敲一敲，就给它敲平了。"俞寄傲未及阻拦，程秋千一榔头下去，桌面砰然裂为两半。俞寄傲哈哈地笑道："别急别急，看我的。"说罢找出两枚铁钉，把钉头砸掉锉尖，嵌进桌面开裂的两侧，居然又把桌面拼合了。

"怎么样？"俞寄傲满脸是溢于言表的得意。程秋千笑道："生姜还是老的辣呀——俞老在干校是不是干过木工？"俞寄傲诧道："你怎么知道？"转而又笑道："慧心一点，这岂不就是程秋千？"

程秋千次日又与鲁羽白夫妇去了趟农家小院。带去一块常熟花边的抽纱台布，配上打磨得很好的圆桌面玻璃，下面的开裂凹陷处用旧报纸细细地垫平，看上去也就皇皇然宛若一张极漂亮的新鲜家具。空荡荡的没有窗帘的屋子里，伴着骨骼裸露的单人床，这一张堂皇的圆桌，实在显得突兀。

忙完了屋子，俞寄傲去当模特儿。穿了一件白色磨砂的真丝茄克，风度翩翩，在排练大厅里走着规定的步子，毫无初次下海的拘束。转眼间又换了一件大红的T恤，扛着钓竿，精神焕发。俞寄傲本来就气度不凡，一头华发又给他平添了几分风采。

还没有正式开始演出，俞寄傲就已经像是换了一个人。回家说给女儿女婿听，说在一个很高档次的时装表演队充当顾问，秋季要随队上广交会，春节赴香港。女儿女婿笑道："想不到您的下属还有这么大的造化。"

没有排练的日子，俞寄傲便到农家小院去读几页书，写几封信。天渐渐地热起来，房东帮他在窗上挂了一扇精致的新竹帘子，

罗 扇

远山近树映在青幽幽的细竹帘上，如诗如画。阳光被竹帘筛过，变得清韵无限。俞寄傲管这间小屋叫"不厌小舍"，自己动手刻了一枚印章，又专门买来一盒贡品印泥，每写一封信，便在信尾印上一方印，觉得满纸的文字都鲜活起来。大女儿来信问爸爸的"不厌小舍"是不是骢的那间东小屋，骢自然觉得毫无疑问，俞寄傲便也不置可否——保留一个大的秘密在心里，有一种小小的罪恶感，为什么不可以有一点反动？为什么一定要"事无不可对人言"？

有的时候也乘车去市内的"老万茂"坐一坐，一碟茴香豆，一碗花雕，一碗清汤面，一杯好龙井，非常之满足。程秋千很少光顾"不厌小舍"，也没有再陪同俞寄傲去"老万茂"，每日她自去忙她的事，俞寄傲每有新的感想和新的发现，总会有电话随时拨到，从不见外。这一日程秋千正在七层的办公间里草拟一个端午节的公关活动计划，听到有她的电话，拿起来一听，却是俞寄傲的。电话里道："小程啊，我想用粮票换一套景德镇餐具——还带温酒的套杯呢，只是完全不知道如何个换法才算经济？瓷器贩子可是狮子大开口，我是完全不得要领。"

程秋千笑道："这我倒不太清楚了，我知道同样一块点心，付粮票和不付粮票差额总在四五分钱。你那套餐具假如价值三十五元，折合成粮票应该是多少呢？"

两个人换算了半天，也还是不得要领。程秋千道："您先找近处的一位家庭主妇问一问，问清楚了再去和瓷器贩子交涉，好不好？"俞寄傲呵呵笑道："这个法儿好，我这就去试一试。"俞寄傲没有解释为什么要用粮票去换餐具，但程秋千料得到他是把离休费全部交给了女儿，不愿意再开口去讨一部分回来。那么那套餐具是准备搁在"不厌小舍"里用的吗？程秋千不免好笑起老年人的那种新鲜劲,一个人用来临时闲坐的小屋子,哪里就用得着这一整套阖家大宴用的餐具呢?

程秋千伏在七楼的阳台上看着,不一会儿就见老爷子手提一纸盒捆扎结实的瓷器从农贸集市上走出来,手杖的弯把上串着一卷筒卫生纸,得意扬扬地往农家小院的方向去了。看得出来他很是喜欢这种有相对独立性的生活方式,也对自己的适应能力感到满意。

端阳来临。程秋千的公司懂得抓住民族气息很浓的这个节日扩大知名的程度,除了投资龙舟赛、举办粽子节以外,重点放在那个色彩浓烈的"端阳时装节"。这一期推出的服装吸收了大量湘西服装的地方特色,轻盈高贵的江南丝绸用大红、大绿、土黄、纯黑四种颜色表达,用强调阴阳浓淡的湘绣手法绣上艾叶、菖蒲和"五毒"的装饰,配以美丽的香袋,活泼的老虎肚兜,满台的浓墨重彩,效果真是一鸣惊人。俞寄傲只在满台的少男少女中做短暂的一次亮相,银发银髯,一身银白的真丝衫裤,飘逸非凡。转过身去,背后赫然一幅雄黄色的虎图,平时威风的虎,此时仿佛衬着一片闲云,平添了几分逸仙之气。行家推测这一身集高贵与清雅为一体的老年衫裤今年在海外的流行趋势绝对不可轻视。

骢在"端阳时装节"的表演会上一眼就认出了俞寄傲,虽然他装了一副长及胸口的假银髯。骢接到观摩邀请函的时候,具备的是女画家和文化局长夫人的双重身份,她怎么能受得住如此沉重的打击?骢稳了一稳才往外走,所幸的是周围的熟人一个也没有认出老爷子来,到了剧场外面,就往时装会的后台打电话,老先生来接电话,果然就是俞寄傲!

骢冷笑道:"爸爸,您是缺钱花还是离休以后找不到地方出风头?别的且不论,您的党性到哪里去了?一个共产党的原宣传部长

罗　扇

去给香港的资本家当模特儿，这条新闻拿到西方去可以卖个大价钱！"

俞寄傲皱眉道："偶尔客串一下角色，跟报酬问题和虚荣心问题大可不必往一块儿扯。你说的党性问题，我倒是有所忽略，不过，这里的人根本不知道我过去的身份——他们又不搞政审！"说罢哈哈一笑。初次体验到一种全新的人生氛围，浓烈色彩和紧张节奏反馈在身心之中的亢奋情绪依然挥之不去。俞骢只觉得一口口的气涌上来全塞在喉间，锐声叫道："爸爸！"抱着话筒只有喘气的份儿。半天，方颤巍巍地道："您没有了廉耻之心，我只有送您回去。我这就去找人买车票！"说罢"咔"地搁了电话。

次日正是端阳。中午，程秋千赶到"不厌小舍"，带了一袋自己包的金丝小枣糯米粽子。粽子是用微波炉煮熟的，香味扑鼻，粽叶碧绿如故，看上去一枚枚玲珑清秀，宛若工艺品。程秋千还带去一坛花雕和几盒下酒的罐头。俞寄傲果然在小屋里摆开了设宴的阵势。小圆桌上餐具摆得整整齐齐，除了几样卤菜，还有一盘剥好的洁白如脂的煮鸡蛋和一盘糖渍西红柿，看上去，这一桌食物令"不厌小舍"满屋生辉。

程秋千笑道："俞老，您的手艺实在是长进得太多了！"

俞寄傲道："我很高兴我也可以为别人安排一次节日小宴，尤其是你这样从不抱怨人生的苛刻，总是付出真诚、善良和同情心的女孩子。"说罢启开花雕坛口的木塞子，倾出殷红的酒倒入两只杯子，举起一杯，递给程秋千一杯，道："我从你这里得到了很多，学到了很多。来，真诚地谢你一杯！"

程秋千喝了那杯酒，又把两只杯子斟满，举起来，道："俞老，您不必这样看重我。我也有连我自己也轻看的地方。来，这是祝您健康长寿！"说罢一饮而尽。喝得太急，呛得连连咳嗽，直咳得流出泪来。

俞寄傲端着那杯酒，静静地看她擦眼泪，"小程，我以为可以以一个父亲的姿态从此以后常常给你一点温暖，分担你一些心灵上的负荷，同时用以表达我对你一腔宽容和友爱的感念。可惜，这一餐可能只能是告别餐了——我的预感，我从此将不再能留在这个地方。"

程秋千睁大了惊异的眼睛看着他，一句话也说不出来。泪濡湿过的眼睛多了许多清纯，酒晕由脸颊渐渐地染上去，越到眼眶越浓。俞寄傲看着这张脸，摇头叹息道："我不管你在颠沛流离中遭受过什么样的感情挫折，我只要求你放弃那些对男人、对爱情的成见，再去好好地作一番尝试——举目无亲的境地，不应该总是属于你程秋千。"

程秋千垂首道："只恐怕我已没有能力再作尝试。"

俞寄傲举着筷子，道："第一，你可以原谅你的父亲，他会加倍地给你父爱；第二，你不要轻易地拒绝别人对你的爱的表示——我看得出来，你周围爱慕你的年轻人很多。"

程秋千欲言又止。

俞寄傲涌起满脸的恳切，道："我此去前景未卜，或许再也没有和你交谈的机会，你就好好地答应了我吧。"

程秋千抬起眼睛，一脸的平静如常："好，我答应您。"

俞寄傲非常高兴，重新斟上酒，道："来，这一次高高兴兴地干杯！"

两个人举起酒来，便见窗外鲁羽白匆匆地领来了俞骢。俞骢掀开门帘进来，笑道："果然是别有洞天呀！瞧这里连床都铺上了

罗　扇

哩！"俞寄傲脸色苍白，搁下酒杯低低地喝道："璁儿，别放肆！"

俞璁拍拍鲁羽白的肩膀，"谢谢你给我带路，否则我上哪儿去找我们这位糊涂的老爷子？"

鲁羽白一脸错愕，扑到程秋千身边，急道："秋千，我怎么又害了你？她骗我说家里有急事要通知俞老，现在这可怎么说得清？"

程秋千淡然一笑，推开她，道："没事儿，说不清就随它去好啦！"

俞寄傲离开"不厌小舍"后，一连几天没有消息。程秋千和鲁羽白轮番往俞璁家打电话，接电话的人一听是她俩的声音，立刻就把电话挂了。程秋千找上门去，见到俞璁，说道："您是要软禁他吗？他并没有任何错，他只是想体验一下平民式的生活方式。他年纪大了，没有几天可以由自己去随意安排的日子了，您真的连这点恩赐也不给吗？"

俞璁满脸的沮丧，道："对不起，或许我错怪您了。但是他革命了一生，总不能在最后来个粉红色的句号——这太不值！我想，您也不会想要嫁给他吧？他现在无职无权，甚至连一点像样的储蓄也没有……"

程秋千道："请恕我直言，如果您多给他一些父女间的亲情，他也不会对那间农民的小屋那般眷恋。至于我，我不过是对俞老这样困惑中的长辈略表寸心罢了。男女之情对于我来说，早就如同天方夜谭了——您大概还不知道，我做我们那个公司总经理的秘密外室已经很多年了。我并非是图他的经济实力，我只是在没有找到归宿的时候以他作了我的归宿，因为相比较而言，纯粹地建立在金钱基础上的关系，比其他的人际关系都要简单得多。"

俞寄傲在东屋听到这一番沥胆剖心的独白，禁不住涕泗滂沱，大放悲声。哀哀地哭那些百姓子女人生的艰难，哭一个至清至纯、洁身自好的女孩子的艰难。

程秋千走到东小屋去，看到俞寄傲躺在床上，容颜枯槁了三分，那头华贵的银发蓦然之间仿佛又该大大地梳理和修剪。程秋千欠下身去手指插进那丛白发梳弄了几下，笑道："您快好好地吃点儿东西，走出屋子去，先让鲁羽白给您理个发，然后再去参加我们的排练——这次真的请您做顾问。我们新近请来的那位老先生虽然也是个小有名气的教授，那几套衣服经他一穿，怎么看也是味道不对。我们总经理直发愁，只怕刚刚有点热销趋势的那套虎图服又要冷下去呢。您去指点指点，看他毛病在哪里。"

俞寄傲双手按着胸口，只觉得那里刀绞一般的疼——那个已经做了祖父的总经理，他怎么能够配得上冰清玉洁的程秋千呢？

俞璁指挥保姆端了文火细熬的红枣百合冰糖粥进来，道："爸爸，您是不是觉得这会儿松快一些？您也该饿了，尝尝这碗粥好不好？熬得挺好的粥。"

程秋千接过粥来，粥果然熬得很好，熬得近乎透明，红枣依然晶莹美丽，一颗便是一颗，散发出好闻的香味。程秋千笑道："熬出这碗粥的人，那可真是大手笔。来，俞老，尝尝大手笔。"俞寄傲接过保姆递来的毛巾擦了擦脸，半坐起身子，由程秋千喂下了这碗粥。

吃罢了这碗粥，俞寄傲觉得有了几分精神，坚持要到阳台上去坐一坐，大家赶紧手忙脚乱地在阳台上支撑起一张沙滩椅，扶他坐上去，腿腹间搭上一块薄薄的浴巾。路过客厅的时候，看到原先放君子兰的地方换搁了一盆枝繁叶茂的名贵雀舌，坐定下来便问："那盆君子兰又让你们放到哪里去了？"骢忙着在他脚边安插电蚊香，笑道："早送回花房了——开罢了花留在屋里徒占一块地方，等明春有了花蕾再搬它回来吧。"

程秋千凭栏站着，轻轻地叹道："同样是一座楼，从我的阳台上看出去，就没有这么好的一番视野。平时看熟了的一座东山，怎么也变得这么虚幻如仙境了呢？"

程秋千穿一件式样非常简单的粉蓝色直筒袍子，因为连一道褶子也没有，纯粹是修长的直线条，所以没有办法称它为连衣裙。程秋千虽然穿这么一件毫无曲线的袍子，她的优雅和纤秀还是一览无余。阳台上的风微微地掀动她的长发，在烟云暖暖的苍茫暮色之中，冷冷清清地升起了一颗星，那颗星缀在她剪影般的面颊上，仿佛一粒水晶泪。

俞寄傲道："小程，你该回去了。这里很好，容我一个人静静地坐一会儿，好吗？"

程秋千俯下身来握了握老人的手，道："您今天一定能好好地睡一觉。等您精神一恢复，我就来接您去理发。别忘了好好地吃饭哦？"

俞骢送程秋千出来，程秋千道："您务必注意一下他的痰罐儿，刚才我以为他是吐了一片红枣皮，仔细一瞧，却是痰里咯出来的一小块血。"

俞骢说："老爷子好着急，一着急就上火。你放心，我明天请个医生来给他看看。"

俞寄傲坐在仿青铜镂空栏杆的阳台上，能清清楚楚地看到脚下那条被路灯镶亮的水泥甬道。天上的星一下子多了起来，天色渐渐凝重，果然宛似一块钉了银钉的青石板。阳台底下一阵清脆的脚步声，程秋千从楼道里出来上了甬道。扑啦啦一只鸟从路灯下飞过，一头扎进路边的桂树林里，程秋千似乎吓了一跳，停住脚步看了一看，又慢慢地向前走了。

那套房子，那套她给自己买下的公寓房子，那能算是她的归巢吗？

俞寄傲仰面躺在沙滩椅上，听着屋子里伴着《新闻联播》传来的碗勺叮当声。骢的一家总在晚上七点开饭。又吃饭又说话又听新闻，这是老伴留下来的习惯。伴着这么多的声音吃了大半辈子的晚饭，好像每一餐吃下去的都是"仓促"这两个字。

人生何其匆忙，总是在途中，在驿站。对于他这样一个诚如俞骢所言"就要画上句号"的老人来说，更是没有归巢可言。

程秋千在路灯下站过的地方，鸟也不飞不叫了，树荫仿佛墨染的一般，高高低低地向山野里漫延开去。

俞寄傲垂下皓首，阖目低吟："玉阶空伫立，宿鸟归飞急。何处是归程？长亭更短亭。"

这四句是说程秋千，也是说他。他俩的结论都是相同的——不得归也。

或许程秋千的态度倒是可取的——"随所住处恒安乐"，不得归便不归。

俞寄傲临睡前由明勋帮着洗了一个澡，洗罢吩咐俞骢把红枣百合粥热一小碗来吃。粥端上来，已经微微地热煳了，粥不再白，枣子也不那么完整。俞寄傲勉力地吃了半碗，直吃得出了一身淋漓的汗。

程秋千随总经理去了一趟广交会，回来带了很好的燕窝来探俞寄傲的病。按了门铃门打开来，俞骢站在防盗门里面，急急地悄声说："你可回来了！今天晚间的飞机就要送老爷子走呢。医生确诊是肺癌晚期，他的医疗关系在省里，要动大手术，只好送回去。"说话间已经打开防盗门，把程秋千让到客厅里去坐下，吩咐小保姆端上水果和咖啡。

程秋千不像是游历了一番豪华世界，周身上下没有增添任何珠光宝气。听了俞骢的话，脸上并没有显现惊奇之色，静默了片刻，道："您陪着去吗？他在那儿谁照顾？"

俞骢说："两个保姆都去。我大概可以陪他动完手术——再有十天我在新加坡的画展就要开幕，我丈夫的职务又不允许他离开这里……"

程秋千第一次流露出焦躁的情绪："很奇怪，您和您的丈夫为什么不调到省里去工作？即使不为解除您父亲的晚年寂寞着想，水往低处流，人往高处走，难道不也是一条众所周知的道理？"

俞骢捧着咖啡杯笑起来，摇头道："难怪我父亲说你太单纯。你想想，我的画到了省画院能排第几位？明勋他在这里是一方土地，到了省城只能是一个跑前跑后的处级，别的不说，这么好的超大套住房就绝对轮不到我们。所谓'宁为鸡首，不为牛后'就是这么个道理。"

程秋千默然不语。顿了一顿，道："谢谢您的坦诚。我想，您的确有您的道理。"又问，"我可以去看看俞老吗？"

走进东小屋，俞寄傲由枕上仰起一张笑脸，道："来得好，正想请你替我办一件事情呢——能不能把鲁羽白的那盒《空城计》替我转录一盘？"

程秋千看他情绪好，脸色也很清朗，遂笑道："那有什么难的？

她那盒磁带还是我给她弄来的港澳版呢。您要带着听吗？"

俞寄傲的小屋里到处是捆扎好的书籍、衣物和药品。臂上扎着点滴的吊管，俞寄傲半靠在床上笑道："惭愧，我想遥遥地祭一祭我的父亲呢。他生前迷马连良，假如他活着，送他这盘磁带，他大概会非常的高兴。"

程秋千立刻打电话让鲁羽白转录了一盘，由俞骢派保姆取了来。俞寄傲披衣坐起身，闭目听了一会儿，微笑道："很好。"遂由保姆扶下床，走到阳台上，面朝西南划了一根火柴，把磁带点燃了。磁带哗哗地笑着，跳动着，姿态非常的生动。

晚上，程秋千和鲁羽白夫妇赶到机场去送行。程秋千扶着俞寄傲的担架安慰道："我已经告了假了，只差把手里的事情处理妥当。鲁羽白那里更是好办，找个帮手来临时顶一顶门面。等这边安排好了，我俩一块儿到省城陪您去——这么些年了，我和鲁羽白也该回旧地温温故人故事。"

俞寄傲微微笑道："好的。"遂伸出手去，一一作了告别。

三天没到，俞骢打来电话，说俞寄傲并发心肌梗塞去世。俞骢说："也没见过去得这么快的，倒也没熬很多的痛苦。"

俞骢从新加坡办完画展回来，在省城办父亲房子的交涉。也是她不屈不挠的精神办得成事情，交涉结果是用法式小楼换了一套新的单元房空在那里，除了父亲的藏书，只留了几件简单的家具。这套房子，可以用作俞骢姐妹旅居省城时的别墅。

俞骢在农历正月初二的这天与明勋从郊县的新春庙会看了热闹回来，俞骢因为在庙会的古玩摊上看到一堆价格昂贵的玉石印章，想起了父亲自己治的那方"不厌小舍"的印。那印的石料是品位很

罗　扇

高的一块鸡血石，兼之上面留有父亲的篆刻作品，流落民间毕竟可惜，便令明勋的司机返程的时候把车弯到"不厌小舍"去。

房东的一家，想必也去逛庙会了，新贴了梅红洒金春联的短篱院门虚虚地掩着，静悄悄的只有鸡在覆了雪的菜畦上刨草籽的声音。推开"不厌小舍"的门，却见程秋千守着暖暖的一炉炭火，坐在椅子里面吸烟。小圆桌上盘盘盏盏放满了下酒菜，其中有一盘扎了牙签的茴香豆。一望可知是从"老万茂"买来的正宗货色。一碗清汤面条已经冷了，板结的面条上，青青的蒜花看上去依然很诱人。

俞骢笑道："真是冒昧！忽然想起我父亲亲手治过一方'不厌小舍'的印章，不知还在不在这里？"

程秋千点头笑笑，道："我找找看。"一只手夹着烟到床头的书堆里翻了一番，便连同那堆书和印泥盒一块儿交给俞骢："请都带回去好吗？如果今天方便，也可以把这张床和这只圆桌也一块儿带回去——这都是俞老生前留下的东西。"

俞骢抱着书和印章连声道："这两件家具就放在这里吧，拿回去也是没地方放——只不知房东肯不肯通融。"

程秋千笑起来："房东是我——我把这间房子买下来了，也就是图个想清静的时候有个地方坐一坐。这两件家具，我会好生看管的，你们可以在需要搬走的时候通知我，我来给你们开门。"

俞骢连连道谢，笑道："怎么过年没出去玩？"

程秋千吸口烟，徐徐地吐出来，笑道："鲁羽白上她婆家团聚去了，我那位总经理自然是雷打不动地回香港祭祖，我是逢年过节才得以充分享受清静的人，哪里还需要再往热闹堆里磨耗自己？"

俞骢笑道："也是，程秋千活得比我们这些俗人潇洒多了。"

俞骢的车刚走,鲁羽白就来了,进门来笑道:"哇,这么多的菜!有客人?"

程秋千"嗯"了一声,捻灭烟蒂,欠身提过炭火上温热的一坛花雕酒,用一方雪白的手绢托着坛底,把酒徐徐地倾在地上。

罗　扇

陪　床

恰恰那一天梅宜村回家比往常晚。

快到家的时候,他感觉他住的那条小街比往常闹。卖煎炸点心的、卖水果的、修理自行车的,林林总总的临时摊子把小街挤窄了一半。收购旧家具的平时偶尔见到一两个,这会儿聚了一大堆在街角,吆三喝四地甩扑克。看看他们的三轮车,几乎没有什么收获,梅宜村心里想,这伙人莫不是从事偷盗业吧?白天走街串巷,真正的目的也许只是"踩点"。

他想起了梅紫的创举:前几天趁他到北京去出差,她叫来工人做了防盗窗,还把临向院子的阳台封闭成了一个防盗的阳光室,阳光室里搁了大型的盆栽,还有一张白色的沙滩椅。

这间阳光室镶嵌在近似破败的一座旧楼上,实在太不和谐了。

梅宜村住的是电视台的老宿舍楼,楼老,住的人自然也都是些明日黄花。那些电视行业的后起之秀,早就都住上了高级公寓,住别墅的也不在少数。他们创办的栏目，一个比一个收视率高，拉来的广告赞助，在梅宜村看来，简直就是天文数字。

当今的电视人有没有能耐，看收入足以说明问题。

梅宜村们扮演的只能是拾遗的角色。比如，目前他们经营的这个《文学MTV》，说白了，就是拍一些唯美的乡愁类电视散文，这种节目即使拍得再经典，也只能排在深夜档播出，有兴致收看它的人，大概除了作者，也就是失眠者了。

这样的节目怎么可能拉得到赞助呢？

台里不景气的栏目不止他们一个，但人家好歹有一两个美女可以拉出去公关，他们这里不用说美女，就连化妆师，也都是半老男人。

事情到达极致，也就趋于相对稳定。他们这个班子里的人火气褪尽，个个安贫乐道，拍出来的片子倒也多次在电视行业获奖，海外观众尤其表示欢迎，为此，梅宜村个人还被评上过"先进工作者"。

可是电视台近来大吹改革之风，有消息说，台领导准备把赔钱的栏目统统取消。万一《文学MTV》折戟沉沙，梅宜村们的前景就只能是下岗——就算你是"先进工作者"，这种阳春白雪的思路，无论去哪个栏目摇唇鼓舌，都注定是枉费心机。

梅宜村所以晚下班，就是在和同仁们商讨拉赞助的良策。

如果再不能签到一两份合同，《文学MTV》必死无疑。

梅宜村到了家，开锁进门，马不停蹄地打理晚饭。炖上一锅梅紫爱吃的鸭舌小萝卜汤，煮上一锅泰国香米饭，一条鲈鱼放进微波炉解冻，两样蔬菜浸进清水解农药。厨房间告一段落，又忙忙地去打扫院子，收取阳台上洗净后晒干的衣物。

罗 扇

梅紫今天也回来晚了。不过,即使她先一步到家,也肯定是不动烟火,到家就上网,然后掏钱请老爸出去吃一顿洋快餐。

梅紫的闺房满床满沙发堆着衣物,满地扔着鞋。梅宜村快手利脚地收拾一番,拉上窗帘打开灯,梅紫的大幅照片立刻在墙上洋溢起灿烂的笑。

梅紫高中毕业以后几乎就没见长,怎么看都是豆蔻年华。已经离休的老台长偶尔见到梅紫,仍然会很权威地拍拍她的脑袋,说:"嗯,又长高了!"

梅紫过了年,就是实打实的27周岁。

看到女儿的大照片,梅宜村总会下意识地在镜子里看一眼自己。他和梅紫实在是太不像父女了。自从一头乌发变成了七零八落的杂毛,梅宜村就变得很难看,受头发的连累,他连眉眼都像是落了灰,怎么掸都掸不干净了。

梅紫的母亲也不能算是个美人,除了身段窈窕、皮肤白皙之外,她的疏眉淡眼也乏善可陈。

可是梅紫不同。梅紫美得没有道理。梅紫很小的时候,在电视上主持过一档少儿节目,长大了,她反倒从骨子里排斥影视圈。漂亮的女孩子多半学业潦草,梅紫不,她学心理学,从本科读到硕士,毕业后从事儿童心理学研究。熟悉的人都说,这么一个绝色佳人去做老气横秋的学究,可惜了。

所幸梅紫的研究对象是儿童,她就无论从外形到心态,都像是进了保鲜盒。每当电视台那些被名声和美色所累的女主持闹出了绯闻、遭遇到不测,梅紫的态度就更是淡定地作壁上观。

日子这样从从容容地过,梅氏父女很容易就忽略了岁月的残酷。梅宜村拥有正高职称,总认为到六十五岁退休,还有很长的路要走；梅紫则是从来不乏追求者，总被男孩子包围的结果，便是轻易迸发不出两性相悦的火花，越是往三十岁上走，在情感问题上就越是趋于理性了。

没想到，退休这道门槛有时并非被动地等人去迈，它会自己长腿，纵身一跃，转眼间到了当事人脚前。而梅紫的岁月紧迫感，是由她的母亲带来的。

梅紫的母亲多年前配错过一剂药，导致一位患者的死亡。服完两年刑，出于一种赎罪心理，她常去照顾死者的家庭，日久天长与死者的儿子互生情愫，最后不得不与梅宜村离婚，转而嫁给小她近十岁的男人。

梅紫母亲因为生存环境的改变，审时度势小了以前的胸襟，尤其在梅紫的婚事上，越来越期望母以女贵。梅紫偶尔去母亲家吃顿饭，在座的必定有前来说媒的七姑八姨。男方的情况，不是私营老板就是海外白领。最近这一次，她居然答应了街坊的一个白铁匠，他们家的儿子在日本读博士读到35岁，高度近视，个头还不及梅紫，在国内找对象的宗旨是：要找最漂亮的！白铁匠的老婆找到梅紫的母亲，满口人事干部的口气："我们一家人研究下来，只有你们家梅紫的条件可以考虑……"

梅紫听来，这些话根本就是搞笑剧对白。梅紫的母亲声泪俱下："你就守着你爸做老姑婆吧！你们这么耗着，是存心要让人看我笑话啊！"

婚嫁本是缘分，梅紫的母亲把它上升到恩怨的高度，也叫梅紫觉得不可思议。不过，从那时候开始，她和一个男孩子有了交往，很难说她是真的喜欢那个男孩，还是刻意要给她母亲一个心安。

和男孩的初次见面，是在清明前的一个周日，梅宜村和梅紫到

罗　扇

郊外去踏青，男孩子举着一只大风筝迎过来，叫了一声"梅老师"。梅宜村只凭第一眼便认定，这个男孩子适合梅紫。

风筝飞上天，梅宜村父女坐在草地上，看男孩子整理手上的线轴。梅紫抿着嘴笑，问："他像不像你？"

梅宜村捋一把晒得暖洋洋的乱发："我哪有他那么帅气？你找的不就是个名副其实的白马王子吗？"

梅紫脸颊在他肩头上蹭："你年轻的时候不是也很英俊吗？"

梅宜村笑道："帅气还在其次，我看他这人不错——好男人这一点是最重要的。"

梅紫兴高采烈道："这下你该放心了吧？妈说的话也对——我有了着落，你也就好去安排你的生活了。要不然你什么时候才能卸下对我的责任呢？"

梅宜村有他的崇拜者，但不是男女相悦的那一类。电视剧部有一个绰号"雌雄同体"的女剪辑，为人粗犷，剪出的片子却简约清婉，手笔极具品位。梅宜村经常请她剪他的《文学MTV》，她不但从不驳他的面子，而且剪得特别精心，嘴上却说："你那点劳务费太降低我的身价啦！"

"雌雄同体"只有四十来岁，嫁了个丈夫是个瘾君子。好不容易离了婚，前夫一旦走投无路，还是要找她讨钱买白粉。"雌雄同体"挣钱不少，家里始终一贫如洗。同事看出他俩之间的小苗头，好意提醒梅宜村不要去蹚这个浑水。梅宜村心里也很矛盾，难得一个女人活得如此困顿，内心依然透着某种澄澈，而且她对前夫的姑息，与其说是软弱，莫若说是慈悲——以她的体力，对付一个只有半条命的吸毒者，难道不是轻而易举的事吗？——男女的事，随缘吧。

梅紫的床头柜上新添了一个相框，里面放了一张放风筝那天他们三个人同骑一辆自行车的照片。

照片上的梅宜村满脸紧张，风撩起了他的一绺灰发，一双手紧抓住最后一个位子的把手。

他看不见前方的任何路况，这种对事物完全丧失把握的体验，对于他前所未有。

领头的男孩笑得明朗，中间的梅紫笑得放肆。

梅宜村想起自己在画面上的角色定位是准岳父，内心里有点五味杂陈的意思。

梅宜村烧好了鲈鱼，不见梅紫回来，打电话到梅紫的手机上，想告诉她，如果正和男孩逛街，不如一块儿回来吃饭。

电话响了好几下才通，梅紫在那头故作轻松，说："爸，我在医院——医生说我宫外孕，要手术，你能不能帮我把洗漱用品送到医院来？"

梅宜村见到梅紫的时候，梅紫若无其事地坐在床沿上，男孩子和她并肩坐着，两个人手勾着手。

梅宜村觉得一屋子的人都在看他这个不称职的父亲。

梅紫的母亲知道了会怎么想？

可是对梅紫说出的第一句话却是："怎么住这么个医院？住你妈那个医院不好吗？"

梅紫笑，说："你觉得我住妈那个医院好吗？"

梅宜村拿起床头吊的牌子看一看，上面写着：梅紫，26岁，未婚。"宫外孕"三个字后面打了个问号。

"没有确诊吗？"

罗　扇

"也有可能是盆腔异物——要等开出来才知道。"男孩的目光坦然地迎上来，神态十分沉静。

梅宜村坐在椅子上，那两个年轻人坐的床沿比椅子高，俯着头看他。现在，在这个突发事件中受到惊吓的是他，而不是梅紫。梅紫伸出手按了按他的肩膀，她的手指刚取过血，掠过淡淡的药水味。

梅宜村把怀里抱的广口保温瓶递给男孩："都还没吃饭呢吧？"梅紫从小到大没生过什么病，探视病人用的这种保温瓶，是他出门前临时去超市买的。

梅紫盛了一碗鸭舌小萝卜汤递给梅宜村，梅宜村摆摆手，梅紫便自己一口一口地喝着，男孩用鲈鱼的卤汁拌饭，夹了两筷子蔬菜，吃得很香。他们这么做的目的，是配合他抵御慌乱吧。

梅宜村叹了一口气，夹了大块的鱼肉给小伙子——不知为什么他就是喜欢他。

他能帮助他们的，也就是让旁观人知道，他们的"禁果"并非是偷吃的。

值班的医生不能说出关于梅紫病情的更多情况，具体的手术时间，要等次日上午主治大夫查房的时候决定。梅紫想跟着梅宜村回家："反正还没给我用药，我也没有什么明显的不舒服——明天查房之前赶回来就行了呗。"

梅紫睡觉认床，睡前洗澡护肤护发，有一整套麻烦。梅宜村真也不忍心把她一个人扔在这间大杂院般的病房里，可是想一想，他又转过来说服梅紫："医生要你今天就住进医院，必定有他的道理——你小姨年轻时也是宫外孕，半夜里输卵管破裂大出血，她又是一个人在家，差点丢了性命！"

邻床一个陪护的老太太一拍巴掌，道："喏，15床就是大出血！她已经提前住院呢，还是没有逃过这一劫——吓人哩！"

他们三个扭头去看15床，那女孩脸色白得近乎透明，有气无力地朝他们笑一笑，她的丈夫埋着头玩手机。

老太太又宽慰他们："没关系的，你们留一个人下来陪床好了，有情况直接报告值班医生。"又拍拍怀里的厚毛线外套，"喏，我也是陪床的。我女儿同你们小姑娘是一样的，尿检弱阳，不能确定宫外孕。恐怕她们两个要同一天做手术呢。"

"万一不是宫外孕会是什么？"梅宜村瞬间表情凝重。

"那就可能是炎症引起的囊肿。喏，13床手术打开是良性肿瘤，格么趁机拿掉它了。"

13床是个粗线条的妇女，扶着床栏慢慢地走动，挥挥手道："你们两个条件这么好，不会有啥事，放心好了！看见14床吧？刀都不用开，打三个眼做个腹腔镜，宫外孕就拿掉了。"

"这么简单？"

"腹腔镜贵一些，恢复得快。"14床是个欢眉笑眼的女孩，戴着耳麦玩手机，自顾笑得咯咯的。

"那我们就做腹腔镜——不管它多少钱。"梅宜村心中的块垒又一点一点地化开。

"腹腔镜是不是很疼？"只剩下这一个问题了。

"不疼。"14床戴上耳麦又摘下，"隔壁病房昨天夜里有一个宫外孕的急诊腹腔镜，你去问问她呗。"

梅宜村顾不上冒昧，马上到了隔壁病房，这间病房没有那间病房热闹，灯调得很暗，各人躺各人的。做腹腔镜的那位病人一动不动地平躺着，被子下几乎看不出身体的轮廓。枕头上是染得很讲究的金发，脸小小的，是个超精致的小美女。

这孩子大概只有十六七岁吧？

女孩子也没有人陪床。梅宜村走过去，女孩睁开眼看他，眼神里有一丝戒备。"对不起，打扰你——我想问一问腹腔镜疼不疼？我女儿也是宫外孕，她还没有做，有点怕。"

女孩想一想，说："我不知道——我麻药醒过来的时候，就已经躺在这儿了。"

梅宜村心情很好地回到梅紫的病房，对梅紫说："她居然完全不知道如何做的手术——现代医学进步太大了！"

梅宜村走的时候，梅紫和男孩挽着手出来送他。他们商量好了分工的方法：今天夜里男孩陪床，明天一早梅宜村赶过来见查房的医生。

虽然一个晚上的见识让梅宜村不再对梅紫的宫外孕心惊胆战，但他仍然主张这件事不告诉任何人，也不动用梅紫的公费医疗，无论手术费多少，都由他来支付。

梅紫的母亲经常指责他太宠梅紫，他不以为然。如今梅紫出了这样的事情，他开始自问，对于梅紫而言，他究竟是好父亲还是坏父亲？

梅宜村回到家，翻遍橱柜找到半盒烟，坐在沙发上吸。吸了一会儿觉得饿，用开水泡了碗冷饭搁在沙发扶手上，吃一勺饭，吸一口烟。

梅紫母亲去服刑的时候，梅紫只有六岁，两年后她回来，梅宜村刚好分到这套房子，一家人搬过来，借此离开了过去的环境。然而梅紫转学到了新学校，各方面不能适应，一度成绩大幅度下跌，家长经常被老师叫去学校训斥。梅紫的母亲那时要重新从医院最低一级的护理做起,心情恶劣,每每从老师那里挨训回来,便拿梅紫出气。后来才知道,那时候使梅紫母亲受到折磨的,除了自卑,还有爱情。

没有帮梅紫母亲很好地度过人生的低迷期,梅宜村内心一直有自责,但是年幼的梅紫走出了被老师歧视和被母亲遗弃的双重阴影,长成一个有着阳光般心地的健康女孩,梅宜村自认为是尽了全力的。

但是,难道梅紫没有反过来赋予他生命的阳光吗?

应该说,他们是彼此的太阳。

梅紫有了另一轮太阳,梅宜村感到了一种从梅紫生命中剥离的疼痛。

宫外孕的冲击,缓解了这种疼痛。

等到梅紫出院,她和男孩的婚事,应该尽快地提上议事日程。

梅宜村睡下了,又开灯起来,深更半夜地上网搜索——宫外孕是怎么形成的?是先天的隐疾,还是后天的偶然失调?

梅宜村找到理想答案,他决定次日去咨询主治医生。

梅宜村第二天早早地赶到医院,病人们正在走廊上围着餐车打早饭,男孩高高的个子夹在穿病员服的女人之中,清清爽爽,看不出一夜未眠。梅宜村给男孩带了一客鸡汁汤包,给梅紫带了新鲜豆浆和蒸糕,他自己把男孩从餐车上打来的米粥和馒头三口两口地吃掉了。

从梅宜村进来,病房里的女人们就对着他笑:"看,有爸爸疼多好!"早晨的阳光从窗外照进来,白色的人造丝窗帘随风轻轻拂动,这间病房全然消退了昨夜的不堪。男孩一定要去洗碗,洗了碗回来用热毛巾给梅紫擦擦手、擦擦脸。男孩是中学物理教师,梅紫

罗　扇

催他上班:"学生要上早自习,老师不能迟到的。"

梅紫从病床上滑下来,穿上鞋子去送他。邻床的老太太也在吃稀饭馒头,她女儿吃的是一份鸡丝面。老太太的女儿有近四十岁的样子,身材保养得很好,是个素面美人,从衣物的质地看,家境算是不错。

老太太的女儿主动找梅宜村说话:"他们小两口看起来真舒服。"

老太太也说:"两个人老般配的。"

梅宜村尴尬道:"照理说姑娘27岁了,早该结婚了……"

老太太善解人意地打断他:"没什么的,现在年轻人都这样的。感情好就好啦。"

梅紫回来,脱了鞋上床。梅宜村便和她聊到了传说《文学MTV》要取消的话题。梅紫说:"他们不会这么短见识吧?"又勾着他的肩膀宽慰他,"没关系,小韩学校要制作一整套语文教学光碟,你去帮他们做,他们要高兴死的!"

正说着梅宜村的手机响了,是梅宜村的副手打来的,问他今天人在哪里。梅宜村到走廊上去和副手通话,要他们把昨天聊到的几个头绪先捋捋清楚。"我和梅紫在外面……"他不知如何措辞,"我们有点事要办……"一群穿白大褂的医生擦身而过,进到病房里去。

梅宜村匆匆结束通话,关上手机。查房的医生们围着11床的素面美人问长问短,为首的一个,老太太称她"林主任","林主任,我们的手术什么时候可以做?"

"先消消炎吧。"林主任看看素面美女的B超报告,"估计是输卵管异形——这么多年没怀上嘛。"

"那做了手术就可以把输卵管矫正了?"

"那当然。"林主任笑容可掬地拍拍素面美人的肩,"明年保证有宝宝抱。"

梅宜村已经准备好了笑容,一群人却绕过梅紫的病床去了13床。

"你思想怎么还是不通啊?"林主任忽然放大声量,"你都已经全部粘连了,不拿掉怎么办?不拿掉等它病变啊?你小孩已经那么大了,你也不可能生二胎,留着它干什么?为你着想你还不领情!一劳永逸不好吗?"

13床捂着肚子上的伤口争辩:"全部拿掉不是小事——你多少也要征求一下我们的意见嘛……"

林主任叫道:"你上了麻醉怎么征求?手术协议书上你丈夫签了字的——有意外情况医生有权全权处理!解开纱布看看伤口!"边看伤口边对助手下指示,"继续观察。"

14床坐在椅子上啃苹果,笑嘻嘻道:"林主任,我今天可以出院了吧?"

林主任看看观察记录,道:"情况还不错——今天再挂两瓶水,明天出院,怎么样?"

15床平和地在枕上微笑,林主任扒开眼皮看一看,皱眉道:"叫你输血不肯输——慢慢养着吧!输血贵还是没完没了地吃补品贵?真是!账都算不清楚!"

一伙白大褂对梅宜村父女视而不见,绕开他们去了隔壁病房。15床笑道:"他们的血我怎么敢输?万一不干净怎么办?"14床抱着手机打电话:"钱海来帮我办出院手续——医生同意我明天出院。"13床对梅紫长吁短叹:"先交了5000元手术押金,又叫我们补交了3000元——结果我彻彻底底不是女人了!我丈夫比我小好几岁，年纪轻轻就叫他做'和尚'。这个日子怎么过啊？"

梅宜村问梅紫："你的主治医生是谁？"

梅紫说："就是林主任啊。"

"她怎么不理我们呢？"

梅紫也不得要领。

梅宜村追到隔壁病房去，林主任正在呵斥金发女孩："术后六个小时就要翻身走动了，你总这么躺着不怕肠粘连啊？陪床的呢？来，扶她起来，下床走！"闻声过来一位妇人，一看就是女孩的妈，忙不迭地给林主任赔笑脸，又去低声下气地哄女儿起床。梅宜村看得心里酸酸的——可怜天下父母心啊！

梅宜村好不容易有了插话的机会，恭恭敬敬地询问林主任梅紫的病情。林主任斜睨着梅宜村半秃的脑袋，道："你是她家长？"边往下一个病房去，边命令道，"过一会儿到主任办公室来签手术协议！"

等到医生们把所有的病房视察完，梅宜村已经在主任办公室等了好一会儿。林主任进了屋依然是看也不朝他看，对助手道："给他看12床的病案！"

梅宜村抱着夹在白铁夹子里的病历报告糊里糊涂地看了一遍，女儿的初潮、女儿的性生活史、女儿器官检查的所有数据。他不明白在父亲面前，女儿有没有权利保留她的这些隐私。从潜意识里，他感觉到林主任的恶意——她存心要伤害一个年轻女孩的自尊。

梅宜村合上铁夹子放到桌上。

林主任交代完此次查房的相关医嘱，回过头来，看到他脸上端然的表情，微微有些诧异："看完了？"

梅宜村点头道："我注意到您的诊断结论——基本上可以确定是早期宫外孕。那么今天能否手术？腹腔镜的费用对于我们不是问题。"

林主任拿过铁夹子翻了翻，口气略有缓和："你女儿身体素质不错，宫外孕又刚刚形成，下午可以手术。那么你现在签这份手术协议书，中午之前把 5000 元手术押金交到住院处，上午我先给你女儿挂两瓶水消炎。"

梅宜村仔细看手术协议书，上面果然有一条写明：万一发现意外情况，医生有权做相应处理。梅宜村立刻觉得手中的笔难以落到纸上，有东西顺着耳后爬进衣领，抹了一把竟然是冷汗。

"这样的手术会出现什么意外情况？"

"这很难说。"

"我女儿马上就要结婚的，你能不能不要对一个年轻女孩的未来如此轻飘飘地讲话！"梅宜村突然间情绪失控。

办公室里的其他医生过来劝解，有医生看了梅紫的病历安慰梅宜村："你女儿情况很明了，一般来说不会有什么麻烦——放心吧。林主任是腹腔镜专家，手术半个小时就能结束的。"

梅宜村告诉自己要冷静——梅紫的手术毕竟是林主任做。他说了声"对不起"，在手术协议书上签了自己的名字。林主任拿过笔在手术医生的一栏里签名，看到他的名字一愣，"你是电视台的吧？我女儿的散文被你们拍过——她外公在美国都收看到了呢。"

梅宜村绷得太紧的弦松弛下来，人变得很累，脸上强笑道："真的吗？那真是太荣幸了。"拿过手术协议书下面附的一份输血协议书，问，"这血是不是很可靠？"林主任意义不明地微笑，道："那谁敢打包票？一层一层从底下收上来的。"

罗 扇

梅宜村放下笔,道:"那我就不签这份协议书了——万一要用血,我们自己家人输给她。"

林主任笑着拍拍他的肩:"自己家人输血给病人是你们电视剧里的事,国家规定任何人都不得私自用血。"

梅宜村眼前浮现出15床那张几乎透明的脸,咬咬牙,说:"那我们还是宁可不输。"

回到病房,梅紫已经吊上了输液瓶,梅宜村笑道:"摆平了,林主任正好是我们一位作者的母亲,下午给你做手术不会有问题了。"

梅宜村出去这么一会儿,病房里每一个病人都添置了吊着瓶子的输液架。梅宜村检查了梅紫床头的呼叫开关,效果很好,便对梅紫道:"我出去一会儿——手术押金中午前得交掉。"

梅紫笑道:"还真让你出这笔钱啊?小韩说这件事他去办就行了。"

梅宜村想一想:"那我去台里交代几件事,完了立刻回来——你中午想吃什么?"

一房间的人都笑起来,纷纷说:"手术前要禁食,你就让她饿一顿吧。"

梅宜村为了节省时间,打辆的士去了电视台。

乘电梯上到15楼办公室,办公室竟然所有的人都不在,以往只有他的办公桌有条理,现在也好像刚有人打过扑克,一片狼藉。打开茶叶听,里面没有茶叶,倒塞了几只烟蒂。这伙人,真打算破罐子破摔了吗?

他从隔壁办公室要了点茶叶,把茶沏上,然后打开电脑,调出《文学MTV》的存盘看,之后找到了一位女作者的散文,叫《行走的风景》，写的是三月水乡的船娘，文字不算特别讲究，意境不错，加上拍出来画面感特别强，效果可算是比较好的。作者的名字叫"司林"，想必是取自父母的姓——估计这就是林主任的女儿了。

为了保险，梅宜村又调出另外几位女作者的MTV作品，合起来制作了一个光盘，小心地放进包里，准备在手术前作为礼物交给林主任。

听说手术后的病人只能喝鸽子汤，他又到熟悉的饭店预订了鸽子汤。

梅宜村在路边等公交车的时候，手机响，是梅紫的母亲打来的。

"什么事？我这里忙着呢。"

梅紫的母亲发难："你俩干啥去了？打家里的电话一直没人接！"

"我拍外景，梅紫出差。"

梅紫母亲气道："出差？出差都不告诉我，打她手机也不接！"又道，"有人说她找了一个工作没几年的师范生，家里穷得叮当响，要车没车、要房没房，她是存心要气死我呀？"

梅宜村疲惫道："我昨天一夜没怎么睡，今晚还要加通宵班，你这事不急，以后我再跟你聊。"

梅紫母亲喉咙拔高了："你说不急是不是？万一弄出孩子来，就算是打掉了，也是一个污点——以后那些条件好的男人谁还会再要她？"

"梅紫不会拿她的终身大事开玩笑的，她早不是无知少女了。"

梅紫母亲哭起来："她这是要惩罚我呀！"

梅宜村不耐烦道："你不要老是这样好不好？你闹得我们无所

适从、不得安宁——你好好过你的日子去,你放过我们,你也就放过了你自己,OK?"

他先挂了手机。

回到医院,梅紫的病床已经空了。梅宜村赶到病区治疗室,小韩正贴壁站着,怀里抱着梅紫的衣服。梅宜村大吃一惊:"已经进去做手术了吗?"

小韩看上去就是一只拆单的孤雁,没来由地叫人心疼。小韩反过来宽慰一个乱了方寸的父亲:"没事的,她进去做术前准备,马上就出来了。"

梅宜村生怕术前见不到女儿的心落回到胸腔里,一溜小跑,敲开林主任办公室的门,把那个《文学MTV》的光盘递到林主任手里:"巧了,我办公室正好有您女儿的作品光盘,你帮我捎给她吧。"

回到治疗室门口,梅宜村喘着气,站在小韩身边,也是贴壁站着,好像不这样就没有支撑。

小韩垂着头看自己的脚尖,良久,说:"别怕,有我呢。"小韩个子比梅宜村高许多,声音从上面下来,仿佛一轮光环。

一个年轻的孩子,懂得慈悲。

治疗室的门开了,梅紫一手提着裤子,一手提着尿袋,趿着鞋走出来,手术服太大了,松松垮垮的和尚领里露出纤细的脖子,显得梅紫格外的稚气未脱。梅紫狼狈道:"居然还插导尿管,真不像话。"

手术室的推车到了,梅紫提着导尿袋欲往车上爬,被小韩一把抱起。把梅紫往车上放的时候,小韩有一瞬间把脸埋在梅紫的长发里,梅紫抬手抚了一下小韩的脸颊。

"爸，一会儿见！"梅紫朝梅宜村招招手。

送到7楼电梯口，穿蓝色隔离服的手术室工作人员示意梅宜村和小韩止步，说："家属在楼下前厅等。"

梅宜村没想到这就要和梅紫告别，他只来得及握了一下梅紫裸露在白被单外的脚。

电梯轰隆隆地向上开去，小韩拔脚顺着安全通道的楼梯往8楼奔，过了一会儿一步一步地下来，说："上不去，铁栅栏挡住了。"

7梯的前厅有一排排蓝色的塑料椅子，病人的亲属们坐在上面，彼此交换着病人的信息。一个胖墩墩的男孩坐在手术室栅栏前的楼梯上，怎么叫都不肯下来，叫急了男孩大吼一声："我在上面等我爷爷，不行吗？"

下面的人一下子停止了聒噪，小韩三步两步跑上去，和男孩一起坐在楼梯上。

梅宜村瞧着墙上的钟，秒针一格一格地走。梅紫进去八分钟了，她是否已经进入麻醉状态？梅紫升初中那年，后背上长了一个痈疽，梅宜村带她上医院，医生心狠手辣一刀切下去，脓血飞溅，医生用一只探条将长长的纱布往创口里塞，梅紫趴在他的腿上，一声不吭，可是她小小的身体瑟瑟抖动，汗水把他的膝盖都沁湿了。

梅紫这孩子，再怎么娇气，骨子里的坚毅，不是一般女孩能比的。

手术室的铁栅栏哗啦一响，有人在上面喊：妇产科12床的家属在不在？

梅宜村和小韩同时喊了一声："在！"两个人都像装了弹簧一样弹起来。

"来，在麻醉协议书上签字！"

罗　扇

梅宜村跑上去。抓起笔隔着栅栏就签——这个时候再去斟酌协议书上的条款，还有什么意义？

"不要紧吧？我女儿？"梅宜村眼巴巴地瞅着穿蓝色手术罩衫的麻醉师。麻醉师是个似乎很开朗的小伙子，唱歌般地回答："没事——小手术！"海绵拖鞋啪嗒啪嗒地打着地，不见了。

这个小伙子把冷森森的手术室变成阳光下的海滩了。

回到塑料座椅上，听到那个家族的人又在小声地拉家常，手术台上的老爷子好像是胰腺癌晚期，即使是做手术，也只是尽人事。一大家人除了那个胖墩墩的孙子，看不出有什么悲伤。

墙上的钟不慌不忙地又走过了两分钟。

梅紫开始手术了吧？梅宜村不知道腹腔镜是个什么原理，但至少它现在可以认定，梅紫腹腔里的那个东西不是肿块了吧？

一个父亲最不愿意的就是女儿的失贞、女儿的未婚先孕，可是现在，他祈祷女儿的结论仅仅是宫外孕。

13床不在屋的时候，他听说了13床的真实病情——宫颈癌晚期。

那也是个生命力正好的女子，在火车站售报亭卖报纸杂志，对那个一头天然卷发的小电工丈夫，从里到外洋溢着火辣辣的爱。她喜欢宣告："我们是一对蓝领！"

她不知道自己的病情，她不知道前方已是悬崖。

小韩感受到他神色里的哀戚，从楼梯上跑下来，坐在他身边。他的腿真是长，一双蓝白相间的大跑鞋，伸到了离椅子老远的地方。

"你和梅紫是怎么认识的？"

"她到我们学校来开讲座，问大家最喜欢的老师是谁，同学们都说是韩老师。说我坐在讲台上讲课，跟同学们下棋坚决不让子，说每天批改作业的时候，会在最满意的作业后面贴一个小贴纸。说班上的女生为了这枚小贴纸，几乎都成了优等作业狂。梅紫结束讲座出来，正好看到有个年轻男孩子夹在学生中间买小摊上的贴纸，梅紫就这样认识了我，我们又合作过一些活动。后来，我约梅紫去看芭蕾，信封里除了芭蕾票就是一张小贴纸，她一看就明白了约她的是谁。"

梅紫接到过的最昂贵的约会票是飞机票——飞巴黎。那时追求她的是她导师的儿子，赴法多年，已经在塞纳河畔拥有一间画廊。梅紫的油画肖像据说占据了画廊的不少位置，导师的儿子希望喜欢这些肖像的法国人，能看到一个真实的梅紫，梅紫没有给他们机会。

梅紫只把机会给了这个学生心目中的大男孩。

她甚至甘愿为他躺上这样的手术台。

"你们是不是觉得自己正好是对方生命中的另一半？"

"真的是这样哎！"小韩惊奇地看向他。

楼上的铁栅栏咣当一响，有人探头朝底下喊："12床的家属在不在？病人的电梯直接下去病房了。"

这么快？两个人不敢相信地朝电梯指示灯看，红色的阿拉伯数字一路跳着，往2楼去了。

梅宜村和小韩，撒腿就往楼下跑，小韩腿长，一步就是三级台阶。梅宜村落在后面，听到他们刚才坐过的地方传来了哭声，胖男孩大概还在使劲地摇铁栅，喊着叫着爷爷。

人下楼要是能赶上电梯，那大概也就是出现在电视剧里了。他

罗 扇

们下到 2 楼，送梅紫的平推车已经把素面美人推进电梯了，跑进病房一看，梅紫好好地躺在床上，一切均已尘埃落定。

梅紫仍在麻醉中，面色苍白，肢体沉重。梅宜村第一次见到小韩气急败坏——早就听说手术后的病人要好几个人的力气才能抬上病床，没想到他偏偏错过了抱她回到亲人身边的机会。

邻床的老太太笑道："幸亏我们有三个陪床的男子汉，大家搭了一把手。"

梅宜村赶紧一一道谢。13 床的电工丈夫长得本本分分，眉宇间有一点点书卷气。14 床坐在椅子上玩手机，她的床上大模大样地躺着个皮糙眉重的小个子男人，想必就是那个在外轮上当二副的钱海。

素面美人的丈夫是这间病房里最后出场的、最重要的男主角。此刻他正背着众人坐在 11 床的床沿上吃病员饭，吃得津津有味。老太太殷勤地为他张罗汤水，这两个人，一个也没有到手术室外面去等。

听到梅宜村致谢，男主角转过身来扬一扬手中的筷子，笑道："不用谢、不用谢，等会儿要劳你也帮我一把呢。"

梅宜村道："您夫人一出手术室，你们就要抱上宝宝了。林主任打了包票的。"

"借您吉言。我们也就是冲着林主任来的，虽然病房条件差一点，毕竟是熟人，多有关照。"

梅宜村提醒："你们手术室外面有人守着没有？麻醉师可能要面见家属签麻醉协议。"

"我这就去、这就去。"男主角把餐盒里的剩饭用汤一泡，三口两口打扫干净，"妈。我去了啊。"他朝大家点点头，用纸巾揩着嘴去了。

"您女婿是领导干部？"

"我也搞不清，是啥'三梯队'？忙得顾不上家啊，刚刚开完一个会，饭也顾不上吃。他倒是不咋挑食的，啥都吃得来。"

梅宜村笑道："您老好福气。"

梅紫的尿袋不知不觉就满了，小韩从洗漱间拿来了接尿用的小桶，把尿袋上的塞子轻轻拧开，尿液溢出来，经过小韩的手哩哩啦啦注入了小桶。小韩仰脸笑着对梅宜村道："我爸爸胆结石手术也用了几天尿袋。"

小韩涮完尿桶回来，梅宜村挥手赶他走，道："趁着梅紫这会儿不缠人，你赶快回去补一觉，你有二三十个小时没合眼了吧？"

小韩说："我就待在这儿——我不困。"

那梅紫虽是昏睡着，一旦她的手触到小韩的手，立刻就一把逮住。梅宜村叹气道："这丫头真是不知道心疼人。"又道，"那我先回去一趟吧，我预定了鸽子汤，等拿到汤，我回来换你。"

梅紫六个小时后可以进流质，喂她喝鸽子汤正合适。

梅紫半睁着眼，抬手摸一把梅宜村腮帮子上一夜之间长出来的胡子，梅宜村的眼泪几乎下来。"爸，对不起！"梅宜村的眼泪真的就下来了。

梅宜村出门，正好碰到素面美人的平推车从电梯里出来，想到"三梯队"从楼体上往下跑肯定也是赶不上趟，便折转身回到病房，到了那里早有小韩鼎力相助，不用说二副和电工也都放下手里的报纸又跟着辛苦了一回。

素面美人的情况要比梅紫严重，她脸色蜡黄、目光呆滞，什么表情也无法传达，老太太看了也大吃一惊。算算手术时间，她比梅

罗　扇

紫多用了二十分钟。

梅宜村再次出了病房门，看到"三梯队"拾级而下——让一位领导干部飞奔下楼梯，的确也是不太合适。"三梯队"笑着跟他打招呼："你好！"不慌不忙地进病房去了。

梅宜村取了鸽汤回家，架好自行车开院门。楼上有人伏在阳台栏杆上叫他："老梅，你和梅紫干啥去了？一天不见你人！"那是他的副手老廖，住三楼。

"梅紫发烧，在医院挂瓶。"

"今天下午开机构改革动员会，雷台还问到你怎么没去。"

"会上怎么说？"

"嗨，没有做大节目独门招数的老家伙，恐怕都得下岗。"

"别轻言放弃。"梅宜村开锁进屋。

"老梅呀，楼道邮箱上有你一个大邮件，国外来的，邮箱塞不下，邮递员就给你搁邮箱顶上了，你看看还在不在？别弄丢了。"老廖又叫了一嗓子。

梅宜村找到那个寄自多伦多的邮包，拆开一看，是一本介绍当地中餐馆的广告画册，其中有一家装潢古朴的小馆子，挂的招牌居然是"梅村"，专营苏式菜点，老板是一位干干净净的婉约女人，名字叫"吴侬"。

吴侬！

那是梅紫读初中时的一位音乐老师，学校每有庆典，她都会通过梅紫向他求助摄制设备，有一年她还专程上门，请他修改她撰写的节目串联词。作为酬谢，她给梅紫捎来件漂亮的小大衣，说是托人从香港捎来的，无论如何不肯收钱。后来梅紫生日，他请她和他们父女一起去吃西餐大菜，吴侬说："我想吃您做的爆鱼面。"原来她送小大衣来的那一次，看到了他们那天的晚饭是一人一碗爆鱼面。

吴侬果然心满意足地吃了他做的爆鱼面。

梅紫后来到重点中学去读高中，有次放学回来，带回两盒心型的巧克力，说是吴侬已经和一个香港工程师结婚，因怕叨扰他们父女送结婚礼物，干脆选择了不告而别。巧克力是直接寄到梅紫学校的。

梅宜村渐渐淡忘了这个吴侬，毕竟只是萍水相逢，有几次到香港去出差，偶尔会想到，"吴侬在这里过得好不好？"

仅此而已。

吴侬在画册照片上略显沧桑，但也仍然顺眼，可能香港女人多修眉画眼影，而她清淡如故吧。

吴侬附有一信，写在印有多伦多雪景的明信片上，文字也很干净：

梅师您好，我已移民多伦多，先夫去年病逝，我自己经营一间小餐馆，看家点心是爆鱼面，请了苏州籍厨师，做得仍不如您。

一直都很想念您和梅紫。

想把下半生交给您。愿意来多伦多吗？餐馆离艺术远一些，而文学是没有国界的。

梅宜村把信放在一边，用小火热鸽汤。他站在煤气灶前，一直站着，直到鸽汤溢出好闻的香味。

罗　扇

梅紫知不知道多伦多有个吴侬存在？

如果知道，并且介入了这件事，意外怀孕事件是否也有一番用心在里面？

梅宜村又觉得他需要一支烟来帮他澄清混乱的思绪。所幸昨天那半盒烟还在，他抽出一支来点燃，手里托着烟灰缸，身体靠在冰箱上，香烟的烟与鸽汤的蒸汽交融在一起。

他想起有一次吴侬站在他的身后，看他批改她的节目串联词，她又直又长的头发垂下来，挡住了他的视线。这种头发，女孩子们管它叫"清汤挂面"，梅宜村顺手抓过梅紫的一只发夹递给她，说："暂且把你的头发夹起来吧，闹得我眼晕。"

他这样说梅紫说惯了，料不到吴侬听了却感受到一份亲近。临走的时候，她特地晃晃脑袋给梅宜村看，说："这只发夹归我了啊。"

梅宜村用夹着烟的手拿起吴侬的广告照片看，吴侬果然还夹着那只发夹。发夹的式样其实很简单，仿玳瑁的半月形状，斜斜地拢住一侧头发，露出一只秀气的耳朵，耳垂上干干净净，连耳朵眼都没有扎。

吴侬是特意戴上这只发夹拍的广告，还是这么多年她始终戴着它？

梅宜村把鸽汤舀进保温瓶，拧紧盖子，躺倒床上去用胳膊挡着脸，不久就起了鼾声。

梅宜村好像是卸下了什么烦恼，又好像是烦恼接踵而至，他无从捡拾，干脆就先放自己一条生路。

人在睡着的时候，也是一了百了的。

梅宜村觉得他这一觉睡得很长，其实不过 20 分钟，醒来的时候那只长长的烟蒂还冒着淡淡的一缕轻烟。

梅宜村打开淋浴器洗了一个澡，又仔细刮了胡子。浴室的镜子他很少照，这时候发现，朦胧的水雾里，镜子里的他脸部线条柔和了许多，其实进入中年以后，使梅宜村形象减分的主要是他过于潦草的头发，眼下湿发比往常熨帖，眉眼立刻变得清爽。

难怪梅紫喜欢把他的头发往后捋，然后纤细的指尖沿着他的鼻梁滑下来，说："我爸爸是个好看的好男人。"

梅宜村把他和梅紫换下来的衣服分别洗好，换上鞋子正准备动身，梅紫的电话打了回来："爸，我醒了。您多睡一会儿，小韩在这里订了他的晚饭，我术后六个小时要翻身，他怕您弄不动。您晚饭后过来换小韩，正好可以喂我喝鸽汤。"

梅宜村笑一笑，道："那也只好这样吧。"

"别生气爸——小韩一步都不想离开我，这是好事，如果他闯了祸连人影子都不见，您不会更觉得安慰吧？"

"什么话！"梅宜村笑起来。他想问问她吴侬的事，终究还是忍住了——等父女俩单独相向的时候，再提这件事吧。

梅宜村闲下来，拨通台长的手机，台长正在录音棚监制一个新综艺栏目的主题歌——歌词出自台长手笔，作曲是国内颇有影响的名家，演唱者是位享誉京城的大腕。台长情绪亢奋，问："有事吗？"梅宜村道："您也为《文学MTV》写首主题曲呗。"台长哈哈大笑，"得有实力啊，老梅！"反过来问他："今天这么重要的会，你怎么不来？"梅宜村道："我女儿病了。""要不要紧？""没事了，没事了。"

台长也听出他声音里的疲惫，关切道："我看你情况也不太好——别累着了，不年轻了嘛。就这样吧，有空再联系。"

梅宜村挂上电话，一抬头看到自己在镜子里叼着烟，也叼着一

罗　扇

抹笑——居然笑！自己也不明白为什么笑。

梅宜村给自己煮了一碗面，前一天红烧的鲈鱼剩了不少，将就用它做浇头——自然比不得爆鱼面。

梅宜村是姑苏人氏，自小从外婆处学得了做爆鱼面的技艺。自己觉得比外婆做的差很多，别人品来已是地地道道的姑苏风味。有时想想，女人与女人也真是千差万别，有一次"雌雄同体"为他加班，他把家里做好的爆鱼浇头带过去，现场泡一碗速食面，加上浇头，味道也还是可圈可点的。"雌雄同体"吃着面，眼睛还盯着屏幕，皱眉道："这么甜！没加浇头的速食面还有没有？"

梅紫的母亲倒是爱吃爆鱼面，可是那人吃鱼怕刺，好好的酥鱼浸了卤，硬要拆成碎鱼肉堆在面上，没吃几口就一碗狼藉。

偏偏爆鱼面到了吴侬那里，被她做足了文化。"梅村"。她的店名叫"梅村"，为什么叫"梅村"？难道经营爆鱼面的目的什么都不是，只是为了寄情？

他竟值得她这样？

他对自己完全失去了判断。

梅宜村跨进病房的时候，梅紫已经能靠着摇出坡度的病床仰坐着。

"爸，能不能求求医生，把这劳什子去掉？"梅紫深仇大恨似地指着挂在床侧的尿袋。

小韩笑道："闹了一下午了。"

"医生不让摘总有他的道理。来，喝鸽汤。"

据说手术后喝鸽汤，可以防止伤口长肉芽，也就是俗称的"疤瘌"。小韩看不出有多少困乏，梅宜村把大块的鸽肉捞给他吃，他也吃得很香。

梅紫喝着汤，冲梅宜村神秘地招招手："爸，想不想看腹腔镜打的三个眼儿？"说着掀开被子，撩起她病员服的下摆。

梅宜村伸头看看，梅紫的肚子上，绷带敷料一概没有，只贴了拇指大三块小小的消炎药膜。梅宜村诧异道："还真是三个眼儿！看来连拆线都用不着了。"

梅紫笑得咯咯的，说："没缝针哪儿来的线要拆？"

梅宜村叹道："从你上小学，我就没再看过你的肚皮，这么些年了，怎么没个长进？"梅紫的肚皮依然薄薄的，透着淡淡的粉红。女儿依然是个娇嫩的小妞儿啊！

小韩走后，病房彻底安静下来——今夜医生只允许刚做完手术的病人家属陪床。梅紫勾着梅宜村脑袋，坏坏地笑："陛下没有什么新闻要告诉儿臣吗？"

梅宜村拿出吴侬寄来的广告画册和明信片，说："哼，我正要问你呢——这是不是你暗箱操作的产物？"

梅紫笑道："我还真没见过这画册！不过，你上次去北京出差的时候，她来过电话，问咱家有没有变化，我说一如既往，她说，'那我就放心了。'她说你拍的《文学MTV》，她看到过好几集，有次有个什么电视颁奖节目，她看到你，她说她眼泪都下来了，止都止不住。"

"物是人非对不对？"梅宜村苦笑。

"错！情人眼里是无风霜的。"

梅宜村大骇，放低声音道："什么'情人'？她那点心思，我根本从头到尾蒙在鼓里。"

梅紫笑道："从现在开始，你可再没办法说自己是局外人了——

罗　扇

答应她呗，还犹豫个啥？"

素面美人的丈夫走过来，彬彬有礼道："对不起，打扰一下——这只尿袋是不是满了？"

两个人一看，尿袋果然岌岌可危。梅宜村立刻手忙脚乱，尿桶拿来，好不容易拧开尿袋上的塞子，温热的尿液顷刻间淋了他满手。

强烈的情绪冲击着梅宜村的心扉——梅紫像一团凉粉颤巍巍地托在他掌心的一幕又出现在眼前，从那时候起，他们父女唇齿相依，须臾不可分离。如今，女儿即将从他身边离去，上天是为了补偿他，才给了他这个亲近女儿的机会吗？

他把尿桶拿到盥洗室去冲洗干净，自来水哗哗地奔涌，心境逐渐平复，走出盥洗室的时候，脸上已经抹去了伤感的痕迹。

"谢谢你呀——你看，我刚接班，就差点误事。"他不好意思地向"三梯队"致谢。

陪床是个苦活儿，普通老百姓也就罢了，难得"三梯队"这样的职业官员也要彻夜枯守于病榻，喂汤喂水、端屎端尿。"三梯队"一副要好好表现的姿态，就连吊瓶水输完了，他都要亲自去请值班护士，说是按铃固然方便，难免会吵到大家。

素面美人的术后恢复显然比梅紫慢，梅紫喝罢鸽汤又吃了一碗紫米粥，素面美人只抿了几口参茶，一双眼睛刚刚能聚光。素面美人在丈夫面前竟也显出几分娇态，比如嫌热用脚顶开一角被子，"三梯队"赶紧左哄右哄地把被子塞严实。

夜深了，梅宜村父女不便再出声说话，梅紫睡意渐浓，入睡前碰碰梅宜村的手，低声说："忘了告诉你——吴侬说她下个月回来……"说完就睡着了。

217

梅紫喝了鸽汤和米粥，尿袋满得很快，梅宜村几乎是不错眼珠地盯着尿袋和吊瓶，忙完这个忙那个，到了凌晨三点，四只吊瓶输完，尿袋的充盈速度明显变缓，他终于可以不必把弦绷得那么紧。

他拿了烟和打火机走出去，想找个地方吸支烟，路过素面美人的病床，他轻轻拍拍"三梯队"的肩，指指手里的烟，又指指门外，"三梯队"笑着摇摇手，他饱满而又光洁的天庭一夜之间有了皱纹。

梅宜村穿过静静的走廊，在楼梯口的塑料椅子上坐下来。他忽然觉得困——尼古丁仿佛释放了他所有的疲惫。他夹着烟觉得睡着了一秒钟，有人碰他的手，睁开眼一看，眼前站着"雌雄同体"，她手里也夹着一支烟。

梅宜村一瞬间有今夕何夕的炫惑——他怎么坐在这里？这是什么地方？

"雌雄同体"则自吸着烟，用手指指他的烟，他低头一看，烟蒂已经只剩指间的最后一截。他赶紧把长长的烟灰弹落，且掐灭烟蒂。看看墙上的钟，他竟然睡着了七八分钟。

梅紫！梅紫怎样了？

"雌雄同体"俯下身子关切地看他："你们家有病人？"他第一次发现，她长着双鹿一样温良的眼。

"梅紫做一个小手术。"反过来问她，"你也有麻烦？谁？什么病？"

"雌雄同体"扶着椅子坐下来，他俩第一次坐这么近。"他煤气中毒——我做的手脚。现在他解脱了，成了植物人，毒品再不能把他怎么着了。"

梅宜村震骇地看向她。

罗　扇

"我跟他复婚——我养着他。养一个痴呆人能花多少钱？""雌雄同体"轻轻地笑起来，"你知道这些年他吸掉了我多少钱？80万！"

梅宜村点头："你愿意这么做，必定因为你们之间有什么因缘无法割舍。"

"雌雄同体"捂住脸。

她到底是什么也没说，掐灭烟蒂站起来，走进了楼梯另一侧的病区。那个病区的玻璃门上写的是"脑科"。

梅宜村回到病房，梅紫睡得非常沉。对于她而言，人生完成了一次交接，和父亲的、和她自己的；对于梅宜村而言，也许他目前完成的程序只是"交"，他未来的人生轨迹，又将"接"向哪里呢？

梅宜村伏在梅紫身侧的床沿上，睡着了。

早晨小韩来接班，梅宜村回到家，把路上买的一条乌鱼收拾好炖上。打开电话答录机，好几个是梅紫的，多半是小朋友们找她聊天。电视台的办公室主任有过一个电话给他，通知他下午部门负责人开会，论证现有栏目的取舍——其实取与舍，还有论证的必要吗？

还有几个电话，挂通了却未留言，梅宜村隐约猜到那是谁挂来的。

乌鱼汤的香味开始弥漫，梅宜村和衣躺在沙发上，半寐。

梅宜村猛然惊醒——电话铃大作。他摘下听筒送往耳边，近乎虚弱道："喂？"

那边也道了声："喂？"

梅宜村蜷缩着的心脏猛地开始舒张，血液嘭嘭地击打他全身每一个细胞。

是吴侬。

"梅紫刚才给我打电话，说你这会儿在家。我想告诉你，我明天就回来。"

"为什么？"梅宜村觉得血液瞬间倒流，呼吸变得艰难。

"我一天也不想再等了。我想当面问你，要不要移居多伦多？这里虽然冷，人情味不见得比中国少。"

"别别别……"梅宜村不知所措，"事情来得突然，可否容我三思？现在我，家里和单位都出现了突发状况，我我我……"

"我知道这是你的非常时期，可是人生不能总是这样被动——你不能总是让别人来选择你，你不去选择他们。"

梅宜村哭笑不得，道："喂喂喂，在你我的这件事上，你也把我放到了被动位置上好不好？"

吴侬的声音变得娇嗔，道："这件事不能算的。"

梅宜村提着乌鱼汤又顺道跑了两家曾经对他们栏目表示过兴趣的单位，一家是丝绸进出口公司，中国加入WTO之后，丝绸进出口配额取消，该公司"皇帝女儿不愁嫁"的地位一落千丈，重重危机之际，表示已无暇关注文学；另一家是快递公司，因为弄丢了客户一份重要信函，目前正在打官司。

他们草草打发梅宜村，说："不好意思。以后、以后吧。"

梅宜村在医院门口停好自行车，提着乌鱼汤往里走，一路苦笑着对自己道："也许只有投降了——到大洋彼岸去卖爆鱼面，这是不是一出悲剧的喜剧结尾？"

刚迈进病区，便看见了梅紫，她和小韩挽着手，慢吞吞地在过

罗　扇

道里遛弯儿。

"都已经下床了？"

"我们都走了十来趟了。"梅紫撒娇道。宽大的蓝白条子病员服穿在她身上，显得她像一棵保鲜口袋里的水葱。

梅宜村进了病房，见前来探视素面美人的人一拨复一拨，花篮摆到了盥洗室门口，各种精美包装的盒子满塞在铺底下。"三梯队"不在，老太太忙得不亦乐乎。

梅宜村无法在人堆里容身，趁着梅紫散步未归，快步走到脑科病区，跟护士打听有没有一个煤气中毒的病人。

"31床。"

梅宜村站在"雌雄同体"无法放弃的那个男人面前，久久伫立。他不知道这个人潦倒的时候是什么样，此刻的他，头发胡子被刮得干干净净，像一个熟睡的婴儿，脸上有圣洁的光泽。

他很秀气，有艺术家的气韵。

"雌雄同体"雇了老家的亲戚来陪床，亲戚告诉梅宜村："以前他是个摄影家，在云南一个荒凉的地方病倒，当地人喂他吃白面——说那个地方的人都是这么治病的，结果就把他害了。"

梅宜村点点头。

梅宜村在医生办公室找到负责31床医生，问他："31床一旦醒过来，是不是也能把毒品忘掉了？"

医生笑道："如果他能把毒品忘掉，那也就意味着他把一切都忘掉了——他等于重生一次。"他又补充，"我是说如果他能醒来——这个概率微乎其微。"

回到梅紫的病房，小韩打来了预订的鸡丝面和三丁烧卖，两个男人分着吃了，居然吃得很舒坦。梅宜村道："下午还得偏劳小韩——台里开栏目取舍论证会，我们的栏目找不到赞助方，看来只好寿终正寝了。"

梅紫拍了一下巴掌，笑道："嗨，都忘了告诉你了！11床有办法！11床，是不是呀？"

素面美人的脸色已经完全恢复正常，自己操着小勺吃燕窝粥，闻言点头道："你们那个栏目我们常录下来给团干部看——我们团校有电教中心。我先生刚才也说，他可以以团市委的名义与你们合办这个栏目，经费不成问题，他们有这方面的专项资金……"

梅宜村不相信他就这样的绝处逢生。

正好"三梯队"开完了一个什么会进来，进门便对大家挥手："诸位午安！""三梯队"笑态可掬的时候，完全不见中规中矩的官样儿。梅宜村朝他抱拳，道："我正在这里涕零——您可以算是《文学MTV》的再生父母了！你知道，海内外会有多少观众感谢你吗？"

素面美人忙道："您别客气，这种事做起来他是有赚头的——字幕打出来上了卫星电视，就是全球共睹的业绩，比搞什么植树、演讲动静大多了！"

梅紫哈哈大笑。

梅宜村一时不知如何接话，满脸尴尬。

"三梯队"用毛巾擦着满脸的汗，笑道："没关系，没关系，她今天没说我捞政治油水，已经很给我面子了。"

这一下梅宜村也笑了。

他喜欢这两口子。

他同时看到了权力可爱的一面。

下午梅宜村在台里的栏目论证会上，大爆了一个冷门。被团组织"包养",对于一个低成本、小规模的品味栏目来说,不要说牛奶面包,连全羊宴都能吃上了。

会议完了梅宜村在车棚里取了自行车,准备往医院去,看到"雌雄同体"从出租车里出来,站在路边付司机钱。梅宜村还没有在光天化日之下如此全方位地打量过"雌雄同体",他感到诧异的是,她其实并不太魁梧,充其量只能算是高挑。她付完钱摘下男士遮阳帽一甩脑袋,居然飞扬起一头流畅的长发。

她以前给梅宜村的印象一直处于工作状态,戴着暮气沉沉的眼镜,头发绑扎到五官都显出了狰狞。梅宜村推着车子走过去,道:"嗨!"

"雌雄同体"看他,不苟言笑:"你好!"

"我去医院。你呢?"

"我暂时顾不上那头——我得先找妥一个饭碗。"

梅宜村惊道:"他们连你也要裁掉?"

"雌雄同体"一笑:"未雨绸缪。"

梅宜村架好车子追到电梯口:"喂,到我们栏目来,我们有钱了!"

"你们养不起我!"电梯门关上了。

梅宜村扒着电梯门的门缝朝隆隆上升的电梯喊:"我们的活儿少,你可以再揽别的活儿啊!"电梯一层层地上去,他相信"雌雄同体"是听到他的话了。

梅宜村到达医院,一进病区就看到了林主任,她凶巴巴地站在主任办公室门口,跟13床陪床的小电工说话。见到梅宜村,努力调整出一个笑容:"你好!梅老师,我女儿感谢得不得了。"

"应该我谢您——太谢谢了!"

"他们通知你们没有？梅紫明天查房后若没有问题，就可以办理出院了。"

"真的？"梅宜村喜出望外。

进了病房，迎头碰上捂着肚子在窗前溜达的素面美人，见到他，忙不迭地告诉他："我们那口子赶回去开一个会，他会争取尽快和你签协议，签下来之后，第一笔款很快就可以往你那里拨。这是他留给你的名片。"

梅宜村感激不尽地收下。素面美人的手机恰好响起，她接了之后转手递给梅宜村："他自己要跟您说话。"

"三梯队"在电话里道："很感激你呀梅老师，我们同陪了一夜床，你对你女儿的亲情忽然让我对人生有了许多新的理解。我一定要亲口对你说一句：幸会！"

素面美人收了线，笑道："这人这些年来第一次在我眼里不像个政客。"

14床人去床空，梅紫说她转去了三甲医院的特级病房，那里是星级标准的双人间，家属也拥有一张床。

13床吊着输液瓶躺在床上，焦灼地看着门外——她的丈夫还没有和林主任交涉完。

梅紫听说即将出院，东西收拾了一大包，不过是自己用的瓶瓶罐罐。这些天别人的小柜子堆满了吃食和鲜花，唯有梅紫的小柜子不见铅华。梅宜村曾想让小韩买一束花给梅紫，梅紫不屑道："谁要那玩意儿！"

梅紫异想天开，说："爸，咱们上街去吃饭！"

她的伤口虽然愈合了，行走还是不能如常，她便堂而皇之地腻在梅宜村身上，边走边得意扬扬，问："爸，这叫不叫吊膀子？"

罗　扇

　　这条街他们父女俩从未一起在夜间走过，穿过一个音乐隧道，好风扑面，满耳鼓荡着孟庭苇的歌：

　　　　圆圆的、圆圆的月亮的脸；
　　　　扁扁的、扁扁的岁月的书签……

　　"太好听了！"梅紫居然席地而坐。
　　梅宜村怕她着凉，蹲在一边拥住她。梅紫随着音乐的旋律晃动脑袋，她的发辫快乐地触碰他的脸，像她小时候拍在他脸上的小胖手。
　　梅紫的手机响，是小韩打来的，轰鸣的音乐里，她完全没听见。
　　梅宜村则把晚上要等吴侬电话的约定也忘光了。

情　节

　　故事的开头，文艺出版社的编辑言小慈站在位于住宅小区中心的幼儿园门口，遥遥地朝大路上眺望。下午三点，太阳应该是有点西斜了，但幼儿园门口的廊檐之下，也还是只有窄窄的一道阴凉。一步开外，便是骄阳肆虐的世界。

　　夏天不知为何变得越来越热，如果三十年前的夏天是煤球炉子周围一圈烘烘的热浪，现在的夏天，就是不锈钢灶具上灼人的炽光——现在的热，是带着金属光泽的热。

　　言小慈在室外的高温里，已恭候多时。

　　言小慈身后的幼儿园门厅里，置了一只票箱和一只冷饮柜。暑假里的幼儿园大活动室，改成了全天营业的小型舞厅，屋里传来的舞曲节奏闷闷的，门口检票的那位已经是昏昏欲睡的样子。这边的廊下，还有一个卖西瓜的，也是躺在西瓜车下睡着了。

　　言小慈很奇怪淳于晶为什么一定要到家里来见面，淳于晶工作的胸科医院离出版社很近，淳于晶却宁愿舍近求远。

远远的大路上，时而有一辆孤零零的自行车驶过。大路朝西，人和车迎着烈日前进，好似赴汤蹈火。有一个全身披挂遮阳设施的女孩子，车篓里放一束花，在言小慈的视野里作惊鸿一瞥。

又等了一会儿，却看见那女孩从大路上折回来，直奔幼儿园。到了幼儿园门口停下，女孩摘下墨镜来，两个女人彼此盯着看。

言小慈觉得她要到等的淳于晶应该稍比这位年长，大约四十岁上下，这女孩看上去也就是三十岁多一些。她没有亲睹过淳于晶的相貌，所以一时也难以判断。

两个人都四下看看，看有没有更接近目标的对象。两个人又都抬腕看看表——这抬腕看表的动作倒似乎确证了什么。言小慈试探道："是淳于晶吗？"

淳于晶立刻仿佛缓过了一口气，先摘掉了墨镜，然后伸手与她热络地握着，毫不生分地诉说着旅途的艰辛："言老师，好热好热，我刚才还在绝望地想，再沿着这条路骑下去，我就要烧着了——先从草帽着起。"

言小慈笑道："你真富于想象。"

淳于晶致歉道："累您久等，我刚才走错路了。"她说一口不太纯正的普通话，但在本地人中也还是比较好的。

言小慈笑道："我看见你骑过去。"

淳于晶吃惊地挑起眉毛："十五年前您见过我？"

言小慈道："没有。很遗憾那时我在部队，不大涉足地方上的事情。不过，我很容易猜想到你的样子——虽然你看上去年轻得多。开始我以为你是去哪儿约会的小姑娘。"

淳于晶用握着纸巾的手虚虚地在言小慈肩膀上拍了一拍，笑道:"瞧您说的!明年我就整四十了。"

言小慈只比淳于晶大一岁。正当她觉得有必要检讨一下自己的未老先衰时,卖西瓜的壮汉恰好醒来,满眼赤红地翻身坐起,冷不防大吼一声:"真正的赛蜜罐沙瓤嗨!"言小慈的检讨被这声吼吓跑了,赶紧带着淳于晶往自己住的那幢楼去——新建的小区规模惊人,主人不引路,客人很难摸出门道。

淳于晶在车棚里锁自行车的时候,言小慈看了看她那条编得很紧的带着上世纪遗风的独辫子,辫子里竟然未夹杂一根白发。

言小慈自己,两鬓倒还太平,但是每一次梳头,梳齿所到之处,总有刺目的白色短发从发根处直射出来。她专门配备了一把镊子,让丈夫帮忙捉拿这些充满生命力的白色短发,丈夫的虚与委蛇终于让她放弃了与天意的抗衡。

两个人上楼进屋。言小慈忙不迭地打开空调,从冰箱里摸一听水蜜桃汁递给淳于晶。

她知道从事医务工作的人往往有洁癖,怕用到别人家的茶杯,而她又是个很怕洗茶杯的人。在她恋爱的时候,她的丈夫时而跑到她的宿舍里来打秋风,她往往是坐一只未清洗的铝饭盒在电炉上,添上开水煮面。有一次她从阳台上摘一只蒙尘纳垢的陈年香肠进来,用抹布擦一擦就切片下锅,被她丈夫发现,惊得当场就扬言要休掉她,其实,那时候他俩还远没有到谈婚论嫁的程度。

言小慈安顿好淳于晶,便去洗冷水脸。撩起裙摆,把一条汗津津的腿也伸到水龙头底下去冲。水声哗哗里,她听到淳于晶在身后说:"你这样冲冷水,不得关节炎也得生一腿痱子。"

言小慈道:"顾不了那么多了,不冲干净腿上的汗,简直坐不下来。"她找一条新毛巾递过去,问:"你也洗一把脸?"

罗 扇

淳于晶摇摇头捧着水蜜桃汁往后退，笑道："谢谢，我没有汗。"

她果然没有汗。这个清凉无汗的、青春未老的女人，像是来自世外。

坐下来相对的时候，言小慈看到淳于晶带来的那束花已经插到了冰箱上一只广口的冷水瓶里，那只瓶多年未用，乱七八糟地塞了不少煤气、水电收据，还有一张取奶卡。

言小慈发现冷水瓶插花给人的感觉非常亲切，也好看，虽然那花一路上晒蔫了不少，不过，既然已经插到了水里，相信还能活过来。

淳于晶开始谈奚涧。

她的座椅对面就是一面穿衣镜，所以，她就先从她的装束谈起——果然，当年奚涧说她长得太像上世纪热门朝鲜电影《卖花姑娘》里的顺姬。为此他还写过一首诗。淳于晶一字不差地背着这首诗的时候，泪珠不断地滚下她的面颊。这首诗言小慈在已经收集到的奚涧作品集里见到过，题目叫《顺姬，你听我说……》，她以为只是寄情于银幕上的顺姬，没想到另有一层深意。

淳于晶连衣裙的口袋里装有事先准备好的纸巾，她一会儿抽出一张，用湿的纸巾就团在手心里。

淳于晶是那种比较大的脸盘，皮肤绷得又薄又紧，这种脸不容易起皱纹。淳于晶的眼睛细细弯弯，两眼间距较远，脸颊的线条从颧骨起，直往下巴处尖下去，灵秀的下巴是整张脸最富灵气的一笔。她一直是端坐着，裙裾仔细地收拢在膝上，然后用手指不停地搓卷着裙边，眼睛和鼻子都已经哭红了。

言小慈之前颇费周折地打听到淳于晶下落的时候，考虑到她已为人妇，只在电话里很有分寸地表达了一下对淳于晶的敬重。奚涧的旧友们但凡提起奚涧的死，必把当年淳于晶在奚涧病榻前哀哀求婚的情节作为佳话。言小慈对淳于晶说，自从她从大家的视野里悄悄消失以后，她在大家记忆里的形象就永远地停留在了最完美、最感人的那一节，而且越来越完美、越来越动人。言小慈告诉她，作为一个女人，能够拥有这样一段永不褪色的佳话，真是非常令人羡慕的事情。

言小慈寻找淳于晶的主要动机，是为了向淳于晶索要奚涧可能遗留在她那里的一部分遗作。另外，奚涧的追悼会上，文坛名流们亲自撰写的挽联和诗词的墨迹，据说也都收藏在淳于晶那里。言小慈正在着手编撰《奚涧文集》，这些材料自然不可或缺。

今年是奚涧去世二十周年，在本编辑室老赵的奔走呼吁之下，省作协同意拨款为他出这套文集。

老赵赵振年与奚涧算得上当年的莫逆。奚涧发病那天据说就是和老赵在一起，两个人把酒论诗。那时候人的生活水平低，两个人的下酒物好像只是一小袋咸青豆。喝酒的地方是在奚涧的宿舍，老赵说那屋是典型的王老五氛围。单身男人不会理财，奚涧虽无家室拖累，过得也是一贫如洗。老赵说奚涧穿了一件破汗衫，眼镜腿刚刚打篮球的时候摔断了，用一条崭新的胶布粘着。有这么一点纯净的白相衬，那件破汗衫越发显得灰不灰、黄不黄。喝酒喝到过午，奚涧准备站起来送老赵，他站了几站才站起来，扶着腰走了几步，说怎么这个部位不对劲？老赵认定他是打篮球时扭了腰，帮他揉了几下，劝他去看看医生。奚涧大概过了几天才去医院，一去就诊断出了肝癌晚期。

奚涧是本省文坛第一个以壮年死于癌症的先例，当时文坛兴盛，众人雄心勃发，奚涧的死与当时人们的心态反差太大，所以，

罗 扇

后人不难想见当年奚涧追悼会的隆重程度。

言小慈当时在部队搞通讯报道,对奚涧的大名如雷贯耳。奚涧频见于报刊的诗作,她也曾效法很多的文学青年剪贴为一大本。她听到过很多人形容奚涧,据说,他烟熏火燎,其貌不扬,但是锋芒毕露,才气纵横,为人又极其落拓不羁,为他倾倒的女孩子无计其数,其中自然就有这个淳于晶。

当时奚涧因为编制问题未能调入省作协,一直在一家医疗器械厂办厂报。淳于晶从卫校毕业不久,在该厂医务室当护士,也就是二十不到的年龄。

然后大概就有了一段才子佳人的故事。

奚涧卒于四十一岁。很奇怪,他一直未曾婚娶,这大概也正是他的落拓不羁之处。

奚涧的独身生活虽然在当时很不为人所理解,甚至引来一些中伤和微词,很多年后的今天,却大受人们的赞赏和钦羡,就连老赵,在面临第三次婚姻解体的时候,也会痛不欲生道:"妈的,还是奚涧明智!"

言小慈窃以为,以奚涧的孤傲个性,他显然不会轻易接纳一桩婚姻,也许越是痴情的女子,越是会引起他内心里本能的抗拒。那么假如他不死,他会接受淳于晶的病榻求婚吗?

淳于晶一直是在说她的:"……这么多年了,我以为大家早已把他忘却了,没想到朋友们不但想着他,还要为他出文集。奚涧九泉有知,大概也要仰天大笑了。这真是应了他的话——咽气之前他对我说,'十年之后,一定会有人写文章纪念我的……'"

她抬起双手猛地捂住眼睛,泪水立刻从指缝里汩汩地流出来。于是她连掌带脸伏到膝上去,她的头垂得太低,颈骨仿佛岌岌可危。言小慈没有办法，只好拿起一把折扇缓缓地扇着她，觉得那徐徐的风沿着连衣裙领口往脊背扇过去，多少也算是一种抚慰。电影电视上常有两个女人相拥而泣的镜头，生活中这种肌体相亲的动作，其实有多少女人做得出来？言小慈扇着扇子，心里渐渐地扇出了几分默然——这个奚润，凭什么相信后人就一定会纪念他？

作为《奚润文集》的责编，其实，言小慈是有几分头疼的。当年看奚润的作品，看到的是满纸才情，如今真要编书了，读到的却是满纸的"主题先行"。比如那首赞美顺姬的诗，诗的末了难逃"阶级仇民族恨"的窠臼，同样的模式几乎在所有的诗作里都显而易见，都需要言小慈在后期的打磨里抹去或多或少的政治烙印。想想也是，假如奚润不是这样一种带着标签的诗人，他也不可能在20世纪70年代初的特定环境里炙手可热。

当然，言小慈并不认为奚润有媚骨，他那些歌颂祖国大好河山和民族之魂的诗作，毕竟占了相当比例，他后期抒发拨乱发正情怀的诗句，也写得堪称深刻、犀利和出色。

每一个从那个年代过来的人，大约也都是没有权利去指责奚润的某种平庸。而这样一个献身于诗的人，他又真正从那个时代得到过什么？言小慈知道他其实是名副其实的孤家寡人，他的父母在安徽农村死于1960年的饥荒，而自从他的去世，他们家几世单传的血脉也已断却。

她低头看着掩面而泣的淳于晶，看到她颈椎上的骨头孤立无援地凸凸在苍白无汗的皮肤底下，不免为她感到怜惜，奚润其实是辜负了她。

对于淳于晶的嫁后生涯，言小慈不敢妄作揣想。奚润死后，他生前怠慢和得罪过的小厂自然不会善待淳于晶，而工人们的风言秽

罗　扇

语早已杀死了淳于晶的贞洁，她不得不奋发苦读，最终考上了一所医学院的大专班，去了以后再也没有回厂。至于她什么时候认识了她的丈夫，在什么情况下嫁给了他，以及他知不知道奚涧其人，都很难去加以想象了。

淳于晶坐正身体，四处看了看，找到墙角的字纸篓，把一团湿纸巾扔出去，面色端然地喃喃道："有一回，我梦到他满面微笑地向我走过来。我虽然已为人妻、已为人母，此时此刻却毫不犹豫，直向他的怀抱扑过去……醒来以后，久久不能自已……"她抬眼看着窗外亮得不真实的夏空，梦呓般微喟，"他那么与众不同，我过去、现在，以至将来，注定再也碰不到他那样的男性了……"

淳于晶当时是跪在奚涧床前求婚的。她当众请求他为她留一个孩子下来。奚涧当时已经瘦成一把枯柴，即将油尽灯灭，遥遥地看着她，摇着头，汹涌的泪流到枕上。

在场的人全体痛哭失声。

言小慈择着辞，小心地问："你现在有孩子了吗？男孩还是女孩？"

淳于晶叹口气，道："女孩呀——十岁了。当年奚涧若是肯答应我，我和他的孩子都该上大学了。"她说着，凄然一笑。言小慈点着头，默默地想，像淳于晶这样的女人，也许再嫁十次也不会进入角色——再多的婚姻对于她都是无法渗透的水，就如同是荷叶上的露珠。

淳于晶显然是猜错了她此刻的心理活动，嗫嚅道："我知道我不该轻易地去嫁一个不相干的男人，虽然我和奚涧的婚姻并没有成为现实，但是……但是后来……后来……"

言小慈打断她："你误会了，我绝没有责怪你的意思，奚涧的朋友们想必也都能理解，你一个单身女子……"

淳于晶又低下头哭泣起来："早知道奚涧能有今天，我真宁愿不嫁——那么多年，大家都把他忘了……他生不逢时，出名出在一个不合适的时代……"

言小慈背过身去卷起百叶窗，一帘子的陈年旧绪被卷起来，外面是燃着火烧云的傍晚，屋子里的氛围瞬间有所改变。淳于晶站起来，问："言老师，卫生间在哪里？"

她去上厕所。

言小慈独自对着那瓶蔫蔫的花。她已经发现淳于晶是个注重行为效果更甚于注重行为本身的女人。老赵曾经告诉过她，奚涧的脾气相当偏执，而且是个不大能输得起的男人。假如他能活到今天，他肯定已几经蹉跎消磨了锐气，同时也失去了在淳于晶心目中的神圣光环，那么事业上的不如意再加上世俗生活的种种不愉快，他们的婚姻会往哪个方面变质呢？

对于淳于晶而言，一切都终止在正好应该终止的阶段。

淳于晶从厕所出来，说要带女儿去学书法，不能再耽误了。

言小慈送淳于晶到幼儿园门口，幼儿园的舞厅已经开始上座，回廊下多了两只出售冷饮的玻璃柜。淳于晶戴上墨镜，叹口气，道："您一定想象不到奚涧活着的时候有多可怜，什么冰淇淋、雪糕的，他一样也没尝过。我一直以为他不屑于这类奶油小生们喜欢的玩意儿，谁知他到临咽气时才说了一句，想尝一口冰淇淋……"

言小慈点头道："我知道他过得很是清苦，大概那点工资都花在跟朋友们把酒论诗上了……"

淳于晶压低声音，道："可怜他连条薄长裤都没有，一条卡其布的裤子从冬穿到夏。我买了一条浅灰人造棉的长裤给他，他穿上新鲜得不得了,说腿上好像扇着翅膀……"

言小慈说:"可惜你不方便写回忆奚涧的文章,否则你说的这些细节,写出来一定很感人。我们为了配合奚涧这本书的出版,正准备联络奚涧的故友们写一批纪念文章呢。"

淳于晶怔了一怔,迟疑道:"没什么不方便呀。"

言小慈拍拍她的肩膀,笑道:"好啦,好啦,去送你女儿上课去吧。"

淳于晶站着不动,草帽的阴影遮住了她上半个脸,直看得见她尖尖的牙齿咬着嘴唇上一小片干皮。片刻之后淳于晶叹道:"我也顾不得了。他如果不肯谅解我,要跟我离婚,我也就只好随他了,为了奚涧……"

言小慈推她一把:"说什么呢——快接女儿去吧。"

淳于晶看看表,道了声"再见言老师",跨上车子而去。夏天的黄昏似乎格外不见风,所以,她虽然骑得飞快,却不见裙裾飘起来。

言小慈上了楼才想起来,忘了跟淳于晶打听有关奚涧遗物的事了。

到了晚上九点钟,估计淳于晶带着孩子回到家吃过晚饭闲下来了,她便试着拨个电话问问看。接电话的是个男人,言小慈问:"请问,这是淳于晶家吗?"

对方情绪很好地问:"是呀——请问您是谁呀?"

言小慈笑道:"我是她的一位新朋友——我姓言。"

对方笑道:"怪不得声音不熟呢——您等着呀。"

过了一会儿,淳于晶来接电话:"哦,言老师呀!"声音里有一种夸张的惊喜,仿佛这是一个久违的电话,"言老师,您找我有事吗？"

言小慈很后悔打了这么一个让淳于晶为难的电话，抱歉道："对不起，下午有事忘了说。要不我明天打到你们医院去？"

淳于晶道："不用，现在可以的。"听见她在那头高声地招呼，"妞妞，告诉你爸爸，不要给你拿成人香波，拿粉色瓶子的儿童香波！"

言小慈放心了，问："你那里是不是保存着奚涧的作品手稿？还有追悼会上名家题写的诗词和挽联？奚涧的文集里用得着这些东西的影印件。"

淳于晶在那头顿了一顿，道："我倒是一直把它们随身带着的，后来……您也知道的……他自己又没有可以替他保存的亲眷……"

言小慈心里非常失望，知道她是把它们处理掉了——大概是结婚前把它们焚化在奚涧的灵前了吧。

不料过了两天，淳于晶自己到编辑室来了，送来了一篇她自己写的回忆文章和一批奚涧的照片。然而很可惜，这些照片大概是藏在一个相对潮湿的地方，都已霉得无法制版。照片中依稀看得出奚涧和淳于晶年轻时的模样，没有单独的合影，大部分是他俩混迹于很多人中。令言小慈感到失望的是，奚涧非但是其貌不扬，气宇也远谈不上轩昂。最叫人难以理解的是，他在每一张照片上，胸前都有一个白色的V，这是口罩的线绳——奚涧这个人，怎么会离不开一只猥琐的口罩呢？

淳于晶马上替奚涧解释："奚涧有先天的过敏性哮喘，闻到汽油味都会犯。" 言小慈始释然。

淳于晶还带来两本小册子，这是当时文化馆编印的《文艺材料》，里面分别收有奚涧的一首长诗和一组组诗，其他就再也没有了。

言小慈道："这些诗作我已经有其他版本的了,你还是留着吧。"便还给了淳于晶。

这个时候老赵正好走过来,手里拿着《奚涧文集》的封面设计。言小慈笑道："正好,老赵,你来看看这是谁?"

淳于晶立刻坐正了身体,脊背挺得笔直,紧张地朝老赵看。淳于晶这天穿一件茜红的砂洗真丝 T 恤,配一条白色阔腿裙裤,头发高高地绾上去,显得十分青春。老赵摘下花镜看了半天,一无要领,只好问:"不认识。小姐贵姓?"

言小慈笑得咯咯的,先对淳于晶介绍道："老赵、赵主任、赵振年。"

淳于晶唰地一下站起来。

言小慈把淳于晶往老赵跟前一推,道："大名鼎鼎的淳于晶嘛!"

老赵一脸的云雾漫卷,支撑不住似地拖过一把椅子坐下,眼睛始终不离淳于晶的脸,喃喃道："不对呀……怎么不像了呢?"

言小慈斥道："老赵你可不能胡说呀!怎么叫'不对'?难不成我弄了个冒名顶替的淳于晶来骗你?奚涧存有百万遗产还是怎么的?"

淳于晶嗫嚅道："我认得您赵老师,您只是比那时候胖了一点儿。"

老赵轮番向两位女士道歉："对不起,对不起,我主要是对淳于小姐的造访缺乏心理准备,所以有点儿记忆短路。"

老赵忙让淳于晶坐下,唏嘘道："奚涧和你好上,我们都蒙在鼓里。我记得他犯病的那天我俩喝酒,我还劝过他,就算怕受家室之累，也该有个红颜知己对不对？他只是摇头，说不谈这个话题。直到他进了医院，我们才知道有个淳于晶——那时你几乎是昼夜不分地守在那里，你什么都为他做，甚至擦澡、倒屎盆……"

淳于晶又掏出纸巾，哽咽道："一听说他活不成了，天都塌了。那时厂子里也瞒不住了，谣言满天飞，说小姑娘城府真深，两人勾搭上厂里没一个人看出来。恶毒的人还说，幸亏医务室有现成的避孕药，不然两个人的孩子都生出来了。赵老师、言老师你们听听，人都要死了，他们还要泼他这种脏水……"

老赵赶紧把茶杯往她手边推，说："你喝喝水、你喝喝水……"

淳于晶用纸巾擦一把鼻涕，道："其实奚涧和我一直是……他不肯接受我，他说他不可能是个好丈夫……假如不是他病倒了、快死了，他才不会那么脆弱地需要我在他身边……"淳于晶泪如泉涌，"他，他实在是个可怜的人啊，他怕死、怕孤独，怕极了，没有人知道他有多怕呀……"

言小慈托着腮听，鼻子一阵阵发酸。奇怪，当奚涧不再是个不可一世的诗人，而只是一具普通的血肉之躯时，他才真正地让人惋惜他的英年早逝了。

淳于晶走后，老赵神请怅惘，喃喃道："论说我在医院和追悼会上都没少见过淳于晶，怎么除了一身白裙和一条长辫子，完全就没记住她的脸？"

言小慈笑道："你这是典型的见事不见人。"

老赵摇摇头，去翻淳于晶的回忆文章，叹气道："大而化之、不得要领——到底她不是干文学这一行的。小言你替她捉回刀吧——你也听她说了不少了。"

老赵对淳于晶的来访显然有点儿扫兴，倒也不一定是因为淳于

罗　扇

晶从女神变回了肉骨凡胎,更多芥蒂似乎来自淳于晶对奚润遗物的未尽责任。她大概是辜负了他对她这么多年的赞美了。

言小慈把淳于晶的文章改写了一遍,下班时顺道带到胸科医院去征求淳于晶意见。淳于晶是营养师,营养科却找不到她。一半老徐娘颇不友好道:"人家在会议室里练模特儿步呢——也不看看自己多大年纪了,扎在小姑娘堆里出丑!"言小慈倒有点儿喜出望外——淳于晶还有这一手?上了四楼综合大厅,遥遥看到一伙病人围着会议室的玻璃门看得眉飞色舞。会议室里传出的乐曲是《梁祝》。

言小慈一眼就在佳丽丛中发现了淳于晶。

此刻淳于晶穿一身黑色的体操服,头发高高地绾上去,并不显得比周围的姑娘们色衰多少。淳于晶的个头大约一米六八,从当时的合影看,她甚至都比奚润略高,这样的身材又保养得体,参加模特儿表演也算是物尽所能。

淳于晶们正手持一把垂着流苏的香木折扇,娉娉优雅地走着旗袍步。非常奇怪,穿暴露很多的体操服走这种名门淑女风的步子,脸上带着微微的幽怨,效果居然特别好。

走完这支曲子,言小慈过去招呼淳于晶,淳于晶颇感意外的样子,把一条浴巾围在腰间,笑道:"没办法,市卫生系统要搞一次时装表演大赛,我们医院够身高标准的人实在凑不够数……"

言小慈夸赞道:"好事呀!"遂把改写过的文章拿给她过目。淳于晶低头看时,会议室进来一个相貌堂堂的中年男人,拉一把椅子坐在离言小慈两步之遥的地方看训练。现在换了一支曲子,是迪斯科,姑娘们一改刚才的娴雅端庄,扭胯扭得活像"卡门"。

淳于晶长叹一口气,叠起那几页稿纸,赧然道:"言老师,我真笨,自己的意思自己都表达不好,您看您替我写的这篇……"

言小慈忙阻止她往下说:"别说这个,我吃的就是这碗饭,熟能生巧而已。比如你们走的这步子,光这三寸高的鞋,我穿上都得崴脚。"

淳于晶笑起来。那男的把脸扭过来,道:"淳于晶,你老胳膊老腿的本该多练练,怎么躲一边聊天去了?"

淳于晶道:"咦,你咋上这儿来了?来多久了?妞妞的书法课谁送她去的?"

言小慈当下便明白遇上谁了。

淳于晶给双方介绍:"言老师。我丈夫鲁渤。"

言小慈伸手道:"我们在电话里打过交道。"

鲁渤自作聪明道:"噢,你是教他们时装表演的老师啊。"

言小慈笑道:"错了。再猜。"赶紧抽身告退。淳于晶送她到玻璃门外,言小慈低声道:"糟——要给你惹麻烦吧?"

淳于晶咬着嘴唇上的干皮道:"没事——我马上把这篇文章拿给他看。瞒着有什么必要?"

言小慈竖起一根手指:"嘘,三思啊。我看他对你挺好的,专门跑来看你排练。"

淳于晶白齿一闪:"放心吧言老师。"

过了几天,淳于晶打来电话,说他们全家都读了那篇文章,都挺感动。她已经离休的婆婆还说:"这种重情重义的媳妇,我们娶了也不后悔。"

无论怎么说,列入出版计划的《奚涧文集》已编撰得紧锣密鼓,计划是十月份出书。

那段时间,言小慈的一部仿张恨水的长篇正在晚报上连载,淳

罗　扇

于晶经常打来电话，探听下回分解。言小慈也乐得告诉她，告诉完了又会替她惋惜："哎呀，你又要比别人少一份悬念啦！"

言小慈的丈夫虽没见过淳于晶，却是不容商榷地不喜欢她，说："自从有了这个淳于晶，你连笑起来都有一股小女人气了！"

言小慈怒目相向："什么叫'小女人气'？真无聊！"

有一天，言小慈快下班，淳于晶在出版大楼对面的商厦里打来电话，说她看中一套时装表演穿的真丝套裙，想请言小慈帮忙拿拿主意。

言小慈欣然答应。女人没有不爱逛商场的。

言小慈乘电梯下楼，赶到街对面，淳于晶在大理石台阶上扬手招呼她。淳于晶松松地绾着髻，穿一件烟绿色的直筒连衣裙，裙摆有大朵的花——松花黄的、苍苔绿的，远看大有傣女之风。这个淳于晶，每次给人的感觉都不一样，她的气质好像是因服装的风格而改变的。

淳于晶从人堆里拖出一个又一个女孩子往她跟前推，道："喏，全是你的读者和崇拜者！"这些女孩有些眼熟，想必都是胸科医院时装表演队的成员。言小慈心中暗暗叫苦，丈夫的感觉也许是对的，她好像已经有点吃不消淳于晶的友谊。

淳于晶看中的那套连衫裙裤风格非常青春，洋红连帽，袖笼非常宽大，袖口、衣沿，一路硕大的铝扣砸将下来，飘逸中透着狂放，甚至有点儿邪门。言小慈承认这套衣服非常好看，但的确不适合淳于晶。淳于晶在炽烈的服装映衬下会显出她脸色的缺乏莹润，再则，淳于晶的髋骨线条不比姑娘们玲珑精致，所以，她还是适合穿直筒长衫。

言小慈帮淳于晶挑了一件深蓝色的丝质长衬衫，式样宽大到略显夸张，下面配一条非常窄小的黑色一步裙，淳于晶穿上后戴上墨镜，有一种五六十年代的好莱坞之风。

那件连衫裙裤马上被一个淳于晶的年轻女伴买走，言小慈觉得这女孩一脸美得跋扈，配这套衣服确实再合适不过。

淳于晶们时装表演决赛的那一天，言小慈前去捧场。大赛会场在医学院的大礼堂内，大热的天没有冷气，跨进礼堂只觉浊浪扑人。台上在铿铿的音乐里走着步子，台下在吹哨子喊叫着召集人，乱得犹如一锅粥。言小慈看看前台的评委们，一个个也是汗流浃背，满脸的烦不胜烦。

她坐下来哗啦啦摇了一通扇子，忽地笑将起来，自语道："哇，好凶哦！"言小慈居然发现，时装表演的女郎们，面孔一张比一张凛然，这是不是对时装表演内涵的一种曲解？

旁边一位应声而笑，言小慈趁机发问："喂，同志，请问胸科医院有没有上过场？"问过才发现，这位居然正是淳于晶的丈夫鲁渤。言小慈胡乱捏一捏对方伸过来的手，竖一只大拇指给他，在嘈杂的声浪里表扬道："模范丈夫大大的！"

鲁渤笑道："过奖，过奖，过来凑个热闹而已。"

言小慈用手绢擦着眼镜片上的汗气，笑道："可不正是热闹——又热又闹！"

正调侃着，淳于晶们上场了。她们先上的是曳地的黑丝绒旗袍装，满场的热闹刹那间沉淀下去，倒好像那首九曲回肠的《梁祝》是一剂明矾。按规定，一套服装的表演时间限在四分钟之内，但这曲缠绵悱恻的《梁祝》让人的主观感觉超越了时空概念。每当淳于晶走到台前，言小慈就走神走得更远。淳于晶那双并不俏丽的眼睛雨润烟染，说尽了人世间的一切离愁别绪。没有这样的眼睛，再抒情的曲子、再优美的步态、再能传神的服饰，都无以出彩。

台上的淑女们做最后造型的时候，言小慈哗哗地鼓掌，鲁渤则一直捧着相机狂拍不止。下面的两款服装，淳于晶没有特别的表现，尤其是走在迪斯科的节奏里时，全场的目光都被那个穿洋红连衫裙裤的女孩子牵得牢牢的。那女孩，浓得像一团火，活脱一个卡门！

胸科医院的得分遥遥领先。言小慈和鲁渤退出场来，在通往后台的大门外等淳于晶们出来。这里的树荫里有点小凉风，鲁渤点燃一支烟，问："言编辑，能否谈谈奚涧其人？"

言小慈反问："你问什么？他在本省当代文学史上的地位？他的履历？他与淳于晶的关系？"

鲁渤点着头，道："当然，我对最后一个问题感兴趣。刚才你也看到了淳于晶的那双眼睛！妈的，我真没想到我这些年娶到的不过是一具躯壳！"

言小慈哗地合上扇子，怒道："你什么意思？还知识分子领导干部呢！在这个问题上，你都没有你妈有见识！"

鲁渤掐灭烟蒂笑道："是是是，我没见识。"反问道，"淳于晶那篇文章本周见报？"

言小慈道："本周末。市报专门为我们提供了一个版。"用扇子指着鲁渤，"见报是你同意的啊！你要是敢反悔，可就太他妈的了！"

鲁渤笑道："怎么会呢？我是'他妈的'那种小人吗？"

正说着，后台的门一开，那群大获全胜的时装女郎们涌出来。淳于晶径自用纸巾拭擦着脸上的浓妆——她与别的女孩不同，她没有汗，所以那妆要想凭空擦掉很难。淳于晶对言小慈解释："里面挤得转不开身子，洗脸间又没有一滴水。"

言小慈揽了一揽她的肩，道："好啦，好啦，回去慢慢洗吧——挺好看的。"淳于晶的脸因为打了鼻侧影，两眼间的距离拉近了，整张脸焕然一新。

鲁渤被别的女孩子拉过来唤过去地拍照片，言小慈很霸道地将他拖过来，道："快，给你老婆来一张特写！"

淳于晶面对鲁渤的镜头，脸上的表情似乎是找不到北。

周六的那天，纪念奚涧的报纸专版顺利出厂发行。这组文章名为纪念奚涧，实为日后《奚涧文集》的销售市场做一个铺垫。随后却有不少读者来信寄到出版社——奚涧的重现似乎是拨动了他们对精神饥渴往昔的自怜情怀。这是一拨新旧交替时代的"追星族"——没有那道特有的历史夹缝，奚涧不可能放大他的才情，不可能成为这拨人的精神偶像，所以说，奚涧得天独厚。

报社转来的读者来信里，还有厚厚一沓是爱慕者们写给淳于晶的。读者们想当然地认为淳于晶终身未嫁——为了对奚涧的爱。

老赵无比高兴，指着大堆的读者来信道："这些人，皆为《奚涧文集》的基本购买者！"

老赵是个天生的出版商，他知道利用怀旧情绪很可以捞几桶金，同时还可以赚到某种口碑。言小慈虽然看问题难免尖刻，却也不得不承认老赵是个干才——良好地具备了人情味的干才。

淳于晶某日打来电话，说她不在营养科工作了，院方调她去宣传科搞广播。她准备为病友们创立一个"点歌台"栏目，还准备请心理专家来开辟一个谈心园地。

淳于晶的"点歌台"和"心之桥"很快开张了，据说效果颇佳。想想也是，肺病病人有几个不是积郁成疾？音乐、人间温暖和心灵世界的疏导，对于他们可能胜却一切的医疗手段和良药。

进入九月，天气开始变得宜人，言小慈看完《奚涧文集》的二校，和老赵去参加北京的"九月书展"。过了数天返来，接到淳于晶电话，问："言老师，今天下班后我能不能上你家去会儿，谈点儿事情？"

言小慈一口答应："好呀。"

傍晚下班，淳于晶已经先行抵达，依然是在幼儿园的廊下等。淳于晶又是编着独辫子，穿一件浅蛤色的护士裙，这是言小慈看到她的外表最素净的一次，她的神色与之合拍，罕见的沉寂。上了楼，往沙发里一窝，说："我是来说一件事的，你要有心理准备呀——是有关奚涧的。"她说着低头从护士裙口袋里往外掏纸巾，声音很正常地说，"我先把纸巾准备好。"说话间大颗的泪珠砸到了她的膝盖上。

言小慈大吃一惊。直到前一刻，她都还以为淳于晶又是有什么得意的事要向她宣告，她甚至想，淳于晶是不是终于谙悉了那些向她示爱的读者来信？

淳于晶一心一意地哭。

言小慈正趴在茶几上检索晚报夹缝中的"今晚电视"，"啪"地一叠纸片扔过来，淳于晶转眼又哭得伏倒在膝盖上了，一串颈椎骨耸出领口，仿佛是可以显示的省略号。

每一张纸片上都写着："为主持人淳于晶小姐点一首《世上只有妈妈好》——祝他们母子早日相认，共享天伦。"下面署名是"一患者"。言小慈不动声色地一张张看下去，目的其实是在等，但看淳于晶如何分解。

淳于晶果然抬起泪眼看她，呜咽道："做梦也想不到，有人要强加给我一个私生子……"

言小慈伸手拍拍她："慢慢说。"

淳于晶于是坐直身体擦干净脸，把裙襟收拢好，神色黯然道："刚开始收到这种点歌单，我还很简单地认为是对方认错了人。可是这样的点歌单顽强不屈地来，有时一天两张，好像非要我作出反应。我在病区里设有两只点歌箱，后来每一次去开箱子，我都噤若寒蝉，果然一开箱子，这种道林纸卡片又出来了……"

她抓起易拉罐喝下一大口椰汁，继续表述："我忽然发现这种卡片似曾相识，然后就明白了，这是医疗器械厂印产品合格证切下的边角料，长宽不太成比例。过去在厂医务室，我用它做过女工保健卡，奚涧也喜欢随身带上几张，脑子里有了诗句，方便马上记下来……"

她又喝椰汁，一口接一口，言小慈替她往下说："你就去住院处查病员名单，结果发现一个医疗器械厂的故人，是个男的，至少是个科室干部，文职。"

淳于晶的惊骇溢于言表，言小慈抚慰她："你别吃惊，干我们'人学'这一行的，推测你故事里的这些小情节，那真是雕虫小技。"

淳于晶点点头："他是当年的宣传科长，名牌大学中文系毕业，除了不会写诗，哪方面都比奚涧强，奚涧不过是读过师范，貌不出众，人家却是高大英俊，还是党员。"

言小慈指着淳于晶笑道："完了，肯定你爱过他。"见淳于晶摇头，又道，"他若爱过你，那也一样，完了。"

淳于晶叹口气，道："唉，言老师你真会瞎七搭八——他老婆也是名校毕业，漂亮着呢。"

言小慈道:"那就只剩下一种可能,嫉妒奚涧的名望。"

淳于晶默然。

言小慈双手环膝,道:"说下去吧。"

"我到病房找着他,他肺癌晚期,人已老而枯干。见到我,他还笑,说,'想不到吧?我和奚涧殊途同归,我就要去见他了,你有什么话要捎给他?'然后他笑得更可怕了,说,'奚涧真是阴魂不散,人死二十年了,事业、爱情、儿子,无一不轰轰烈烈。凭什么、凭什么呀!'我知道医疗器械厂后来改制,只是没想到他也因此下了岗,他夫人一直不肯给他生孩子,出国探亲后,又一去不归——他要死了,她都不回来看他一眼。"

"他说,'奚涧赢了,大大地赢了。可是且慢,智者千虑,必有一失。他留下一个儿子,就是留下了自己的克星。'他说,'我们走着瞧!'"

言小慈很冷静地轻轻晃着身子,点着头,道:"继续往下说——这个孩子显然不是你的。那么他是哪条道上杀出来的程咬金?"

淳于晶脸伏在掌心,深深地摇着头。言小慈知道她摇头的意思并非是表示不知道,而是实在无法用理智的态度往下说。

言小慈瞬间失控,道:"完了,多出这么个儿子来,我们的书还怎么往下印?发生版权纠纷算谁的?他妈的。"言小慈气得把拖鞋踢到墙上。

"这个死老赵!"言小慈凶凶地拨电话,"人家有个儿子他都不知道,他是死人啊!"

淳于晶扑过去啪地摁断电话,仰着脸苦苦哀求:"言老师,求求你,你、你不要告诉其他人,你、你要替奚涧保密……"

言小慈直着喉咙,道:"那他是和谁生的这个小崽子嘛!"

淳于晶哀哀地哭着，万分不得已地说道："是他和一个……一个当年来厂里学工的女学生生的……"又赶紧解释，"是那女学生不好——她那时就是一个名声很坏的女孩子……谁都知道她的，她、她有一个绰号，叫、叫'公共汽车'……"

言小慈哈哈大笑，指着她道："你还要为他辩解！你知道你的感情遭到了多么可笑的亵渎吗？你把你如此圣洁的感情献给了一个——一个'搭公共汽车'的男人！"

淳于晶哭道："可是他和我在一起，他从来不逾越……的……"

"对的，对的，这种男人就是这样的——在女神面前他是神，在女魔面前他也就是魔鬼。如果对方真是'公共汽车'，他有什么必要去负一个道德良心的十字架？买张'车票'就是了！"她一拍桌子，"对了，你们都说奚涧如何穷愁潦倒，他是不是把他的钱都拿去搭'公共汽车'了？"

淳于晶不忍卒闻地抬手捂耳朵，哀告道："您不要再说了……"

言小慈道："好，我不说了。那你说，你怎么找到线索的？"

淳于晶叹气道："宣传科长也只是道听途说，说奚涧有一个挺大的私生子从乡下找到厂里去了。他就想当然地认定那孩子是我生的。他刚刚读到那版报纸，就发现我正好在这家医院……我见到他的第二天，他就死了。"

"你立刻就去了厂里？"

"对。"淳于晶点点头，"我去了。有人告诉我，那孩子曾到人事科去要求过工作，人事科了解他的情况，我就去了人事科。人事科说，那孩子不关你的事，他是有妈的。然后他们翻出当年学生学工结束时与工人师傅们在厂门口拍的合影，指着其中一个女孩给我看，说，这就是她，诨名'公共汽车'，那年，她大概十五岁……"

罗 扇

言小慈拍案而起："才十五岁？奚涧！你他妈的搞的什么名堂？"她马上联想到了奚涧领口上的那截口罩绳。奚涧，这根口罩绳正不幸暴露了你人性最见不得人的一面吧？

淳于晶干巴巴地草草交代道："我找到了那个'女孩'。她今年三十八岁，独身，离过两次婚，没有正当职业，跟她来往的男人据说很多。她的儿子今年已经二十二岁，在苏北的乡下开拖拉机……"

"且慢！"言小慈拧眉思索，"当心这里面有诈。"她盘算着，"那孩子在奚涧去世时已经两岁，怎么可能所有的人都不知道这个秘密？要知道那可是个'群众的眼睛是雪亮'的时代！"

她怀疑是那辆"公共汽车"得知《奚涧文集》即将出版，把她和别人生的孩了推出来"栽赃"，无非是为了一个版权罢了。

淳于晶苦笑道："我看了那孩子的照片，实在很像奚涧。而且……"她又沉吟了一下，万分不得已地往下说，"奚涧临死前的确是告诉过我，他有过一次'婚姻'，他说完便不再说，表情非常痛苦，我一直以为他是说胡话。他死时不肯瞑目，估计也是因为这件事。可怜他到死也撕不开面子，只好把一件大心事硬吞下去……"

言小慈冷笑，道："怪不得他不肯给你留一个孩子！人家老婆孩子样样不缺！要面子？好呀！如今丑闻大曝光，热闹更有得看！"

淳于晶脸色煞白。

言小慈知道自己言重，很是后悔，忙不迭安抚淳于晶："对不起，对不起，我这人心粗嘴快，最会胡说八道。其实仔细想想，奚涧是太在乎你，才不敢对你坦白的。你可以设想一下他内心有苦说不出的滋味——一失足成千古恨嘛。"

女人的思维非常怪，淳于晶不能容忍言小慈对奚涧的不恭，但是言小慈一为奚涧说话，她的立场立即逆转，当下一脸激愤，道："在乎我？在乎我他会去搭'公共汽车'？真是太恶心，太肮脏了！"

言小慈摇头，道："喂喂喂，你搞清楚没有？这个'公共汽车'的绰号孰先孰后？难道没有可能是被奚涧玩弄了感情才破罐子破摔吗？"

淳于晶心情恶劣到了极点，道："管它什么孰先孰后！反正被他耍惨的是我！他要活着我绝饶不了他！"淳于晶离开时，从楼梯转角处露出半张带了墨镜的脸，遥遥地表态说："那本书出不出的你们看着办，我不再提供意见了！"

说实在话，言小慈不希望奚涧的书事到临头流产。这是一个讲究效益的时代，谁愿意接受功亏一篑的局面？万全之策，就是她亲自出马去找"公共汽车"要个答案。

晚上她打电话给淳于晶，鲁渤来接的，说淳于晶不在家，出门散心去了。言小慈急道："她心情不好你还放她一个人出去？"鲁渤轻描淡写，"没事。她经常这样，大概是从奚涧那里学来的诗人做派——奚涧不过是在纸上写写诗，我们这位是用行为写诗，'语不惊人死不休'。"又道，"你放心，她不会漫无目的地'散步'，这会儿大概在电台门口站着，等着见主持《午夜不设防》节目的心理学专家呢，那是她的新偶像。"转而问言小慈，"你找她什么事？不知我能有幸代劳吗？"

言小慈说了声："不用了。打扰！"准备挂电话。

鲁渤在那边叫道："等一等！"然后说，"我也学过心理学，《午夜不设防》的康老师那一套我也来得，不过，枕边人毕竟不如隔着

罗　扇

时空的偶像有魅力，所以，淳于小姐也就舍近求远啦——言归正传，这边台历上有那位女同胞的地址，您记下来。"他念，"北家大塘十七巷五号之三甘锦华。传呼电话536778。"不等言小慈表达自己的错愕，他便挂断了电话。

言小慈第二天抽午休时间骑车去北家大塘。那地方属本市的"城墙根儿"，一侧是残破的老城墙，一侧是绿萍覆盖的臭塘水，至今仍是棚户区的范围。深深巷陌里，小民小居、小安小乐，倒也笼罩着几许温馨祥和。言小慈推着自行车在疙疙瘩瘩的一人小巷里来往穿梭，终于找到十七巷五号之三。这是一座比较大的杂院，不同材质和大小的房子犬牙交错，一家人家的屋檐下，有个妇女在剥蚕豆瓣，脚前堆着深绿浅绿的蚕豆壳子。

言小慈用手绢擦着汗，道："请问，这院里哪家姓甘？"

妇人看她两眼，歪歪嘴指示方向，低声道："贱货还在挺尸哩。"

言小慈心中一沉，这个甘锦华，莫非是个暗娼？

甘锦华家的小破门敞着，遮了块旧花布做半截门帘。花布的上方皱巴巴的，好像是穿过松紧带的一片裙子。言小慈正在这块旧花布前踌躇"推""敲"与否，门帘被忽地一撸，亮出个人来，凶巴巴问："干吗？"

言小慈想当然地认为甘锦华的亮相应该是《日出》中"翠喜"模式，半敞怀、脑门上揪一圈紫砂斑，是一个媚眼蛇腰的风尘佳丽。谁知这一位却长得粗针大麻线，一片凉席纹印在已然松弛的半边腮上，睡眼惺忪，眼角堆两粒眼屎。

看过言小慈的名片。甘锦华道："上次淳于啥来，说到你们出书的事。你看看我这屋就知道了，我跟书啊报的没一毛钱关系，恐怕你来了也是白来。"

言小慈探头看看，门帘里并无他人，便道："我能先进来吗？这会儿挺渴的。"

甘锦华错开身子："不嫌脏就进来呗。"

她穿一件转头红的外贸大汗衫，长及膝，代替睡袍。她把电扇的档次调大，给言小慈倒了一玻璃杯冷开水，自己也把一杯凉开水仰脖子倒下去。洗过一把脸，扎起散乱的头发，她的五官变得清晰。

"晓得你来是问我儿子的事。那天他来，进门就叫我妈——他不嫌丢人也不怕我丢人！你替我想想，我今年才三十八岁，冒出个二十啷当岁的儿子，吓人不吓人？那天我这里还有个男朋友在，人家到今天都没敢再上门。"

"以前他不知道你是他妈？"

"不知道，生下来就送了老家的堂婶，论辈分他是叫我姐的。"

"现在他知道了？就因为我们出了那张报纸？"

"还不是我那堂婶撺掇的！一家子想发财想疯了！"

"你跟孩子坦白了？"

"我跟他说，没错，我是你亲妈，你爹是个半道上抢劫和强奸了你妈的坏蛋，你别指望跟着享啥富贵了。"

"他信了？"

"不信！这小子，论聪明还真是随了他爸。他一心想留在城里找一个国家饭碗，就不听劝呗，自说自话找到厂子里去了。老实说，事情到了这一步，我也就懒得再管他，我也不在乎奚涧在地底下怎么想，儿子生下来他一点责任没尽，现在为儿子损失损失也没啥好抱怨的。"

她找了几件衣服进了屋角的布帘，说完这段话衣服也换好了，

罗　扇

穿的居然是一件时尚的真丝印花套裙，上身线条飘飘洒洒，下面百褶裙及膝，配一双坡跟的羊皮白凉鞋，瞬间有了几分娉娉婷婷。只是国字形的脸依然不甚加分，脸色也缺点光泽。

"您要出去？"

甘锦华道："有人帮我介绍对象，去看一眼。我倒是不缺男朋友，可是等到男朋友都嫌我老的时候，男对象大概也要绝迹了，我不能到了那一天再替自己打算。"她从屋侧夹档里拖出辆自行车，朝言小慈仰仰脖子，"路上走着谈？"

"好的。"

两个人推着自行车走出小巷，池塘里热烘烘的水腥气扑面而来，路上不见人影。言小慈道："恕我直言，当初您和奚涧……怎么不……流掉呢？"

甘锦华笑道："咳，那时懂个啥？都六七个月了，还都蒙在鼓里，夏天一换单衣服，我妈看出来了，抡起火钳子砸我脑袋一个洞。我妈那时在这一带卖早点，天天天不亮出门炸油条，她一走我就开溜，跑去奚涧那里，人不知鬼不觉。"

"你俩爱得很深哦。"

"别提啥爱。我在学校名声不好，去学工吧，那些美妞一个个往奚涧跟前凑，奚涧也是看都不看我一眼。我心想，就算你是个大诗人，你还能跟别的男人不一样，不沾腥？有天夜里我翻墙到厂里偷医用剪刀，那些剪刀还没有装配，半片半片的，堆在奚涧宿舍旁边的货棚里。奚涧出来上厕所，一把把我揪住，他力气不行，我把他挣脱了，然后往他屋里跑，他追进来，我已经把衣服脱掉了。他一下子呆住了，直发抖。我把他抱住，哭起来，我说我有什么不好，你一眼都不看我？我把包里的剪刀倒在他脚前，我说，我才不要剪刀哩，我只要你！后来、后来我就天天翻墙过去陪他。他也想教我学点啥，教来教去，最后还是睡觉最开心。"

言小慈问："你们没有谈过婚嫁吗？"

甘锦华笑道："他怎么可能娶我？我又不是呆子，做这种梦！反正那时他每月拿了工资就给我钱花，他高兴，我也高兴。后来，我爹真以为我是给强奸犯强奸的，唉声叹气，送我到乡下去生孩子，生完了回来，奚涧还真以为我是到乡下去照顾老祖母的病呢。他抱住我哭起来，说没有我真难熬，说别的女人太高雅，他在她们面前做不了一个真男人。说幸亏我又回来了。我告诉他儿子的事，把头上的疤给他看，他直说我伟大。可是他既然不想娶我，我也就慢慢对他冷了。那时我有了新男朋友，是个冷作工，有力气得不得了。我跟他说，我跟这个奚诗人睡过，他哈哈大笑，说，你呀，下辈子吧。你看，说到底，我和奚涧不是一路人，我招惹他，是为了好强；我离开他，也就没啥好可惜的。"

言小慈语重心长："那是你单方面的想法。奚涧为了你，一直不让别人走进他的内心，淳于晶那么痴情，也还是没能真正得到他。"

甘锦华道："这种事可不好说。说不定他是怕一跟别的女人谈婚论嫁，我就扯着儿子打上门去呢？"

言小慈瞠目结舌。

走完塘边小路就要上大路了，甘锦华站住脚说："我要骑车赶路去了。你是不是还有什么事要问我？"

言小慈踌躇道："是这样的，奚涧的书下个月就要出版了，我们怕你们来要版权，这本书是集资出的，出版后弄不好保本都难，万一你们……"

甘锦华蹬上自行车的镫子，说："这算个什么事？你写个字据我来签字画押。他的书，和我们母子无关。"说着摘下衣襟上一枚紫葡萄胸针，用后面的针尖刺破拇指，挤出圆溜溜一个血珠子。言小慈慌了，只好拔笔替她写下这行字，让她把那个血手印按下去。

甘锦华跨上车子就走，也没说个"再见"。

言小慈目送她走远，心中竟有几分说不出的依恋。

言小慈去报社领自己连载小说的稿费，领完回到编辑室，一进屋就觉得气氛不对，同屋的一个女编辑神神鬼鬼地对她道："喂，你怎么这么沉得住气？你知道奚涧有私生子，居然半点口风不透。"

言小慈蹬蹬蹬地走到会议室，砰地推开门，往那一老一小中间一坐，道："我是知情人，会谈得算我一个。"手指那男孩说，"你闹什么闹？书出不成，对你有什么好？"

那男孩居然长得眉清目秀，操一口苏北普通话怯怯地道："您是言作家吗？我妈打电话告诉我了，说她已经签字画押，不许我再过问我爸爸出书的事。我现在来，是为我工作的事——我叫甘长富，我想请两位老师帮我在出版社安排一个职业，合同工也行，将来慢慢转正……"

言小慈好言好语，道："你没有资历，何苦上这里来仰人鼻息？你有驾驶技术，去学开出租车不好吗？"

甘长富猛地抬起头，道："不，我是奚涧的儿子，我要继承他的遗志，我要做文化人、做诗人！"

老赵眼镜滑落在鼻梁上，问："你什么学历？读过几本诗？"

"我只读到初中。我没读过几本诗。可是我会学！天下无难事，只怕有心人！"

言小慈真是越来越不喜欢这个奚涧的儿子，伸手拉起他，推着他往电梯口送："行了，行了，工作的事我俩根本做不了主，你先走吧,等我们跟社领导汇报了再说。"

回到自己的编辑室,老赵板着脸,说:"社头儿听说了,刚才打电话给我,说奚涧的书取消。中国的事从来都是盖棺论定,你突然冒出这么个拆烂污的事来,谁不敬而远之?这个私生子无论真假,先不出书总是明智之举。"

"×!"言小慈脱口而出当兵时学的一句脏话,把《奚涧文集》的征订单"啪"地甩在字纸篓里,"老赵,真见鬼!你怎么想起来出这本鬼书的?害我白吃多少苦!"

老赵苦着脸抽烟:"可不真是见鬼!奚涧有这么大个儿子,我从头到尾闻所未闻!"

言小慈撇嘴道:"肯定他暗示过你,你没脑子——他可是暗示过淳于晶的,他说他有过婚姻。"

老赵张着嘴,半天才道:"奚涧浑蛋,跟我玩这个?"

言小慈一脸鄙夷,道:"我看你也是活该!你老赵若不是想借死人的光捞一笔小功利,你会被死人坑这么一回?"她收拾起自己的东西,"砰"地推上抽屉。老赵问她:"你去哪儿?"言小慈道:"我心情不好,散心去!"

仗着刚拿到一笔丰厚的稿费,言小慈跑去吃了一顿地道的俄式大餐。跟别的女人一样,疗伤的最佳手段是花钱——别的女人是买包包或时装,她是胡吃海喝一番。

俄式餐厅坐落在一所公园的门口,言小慈吃饱喝足出来,正在廊檐下取车,看到一男一女相拥着在林荫道上腻腻歪歪地走,男的在女的脖颈里嗅个没完,嗅着嗅着吻上去一口。起先是女人那套炽烈的连衫裙裤提醒了言小慈,再定睛看去,那男的是鲁渤老兄无疑。言小慈一拨自行车龙头追过去,在他俩面前刹车道:"久违二位！"

鲁渤一点儿不惊慌，笑着拍拍自己的阔脑门，道："呀，这真是智者千虑，必有一失。我以为这座偏远的公园不会遇到熟人。您怎么着？上这儿公干？"

言小慈道："我真替淳于晶可悲。我是告诉她好呢，还是帮二位瞒着？"

鲁渤笑道："听便。淳于晶没有崇拜一天都活不了，她早就不崇拜我了，她不会在意我有没有爱上别人——她在奚涧的问题上如此拿得起放得下，岂不已说明了一切？"

言小慈很客观地点点头，转而问那个女孩："你呢？有什么打算吗？"

还是鲁渤作答："这很难说。顺其自然吧。"

言小慈回到家，正在拧锁眼里的钥匙，门开了，丈夫意外地出现在眼前。言小慈的丈夫是军区某个公司驻广州办事处的负责人，飞来飞去、神出鬼没。

"吃了没？"

"吃了，吃了顿俄式大餐——一个人哦。你呢？"

"饿着，正准备煮碗面果腹。"

"我来给你亮两手。"

"别别别！要不我在旁边监视着？"

"监视？干啥监视？"

"免得你又给我煮出什么幺蛾子。"

两个人正在厨房里说说笑笑、打打闹闹，门铃响了，淳于晶驾到。

言小慈满脑子的儿女闲情立刻烟消云散——莫不是鲁渤露了破

绽,她上门来向她取证?

言小慈的丈夫是第一次与淳于晶见面,草草打罢招呼,赶紧捧着那一大碗面躲进了卧室。

淳于晶化了淡妆,容光焕发:"言姐,你知道吗?我过一会儿要去电台当兼职导播——给康老师的《午夜不设防》当导播哦!"

言小慈作喜悦状:"真的吗?那太好了!"

淳于晶亢奋道:"康老师跟我面谈了两次,决定选我当他的助手——您不知道自荐给他当导播的人有多少——上千噢!昨天我去熟悉岗位,走到电台门口,传达室的大叔说:'又来一个康老师的崇拜者!'我说,我可不是崇拜者,我是他的导播!我把电台的临时通行证给他看,旁边那些女孩子眼睛全发直了!嗨,我怎么这么幸运哟!"

言小慈给她打开水蜜桃汁,替她欢欣鼓舞,然后试探道:"淳于晶你有没有听说,奚涧的书不出了?"

淳于晶愣了一愣,茫然道:"不出了?为什么?"

言小慈简约道:"他儿子到出版社去了,要求给他安排工作。"

淳于晶咬牙切齿,道:"肯定是他妈教唆的!"

"你别乱下结论。甘锦华我见了,不是你说的那种人。"

淳于晶喝口水蜜桃汁,笑道:"也是,说起来真可笑。奚涧有老婆、有孩子,我夹在中间充哪路神仙?奚涧出不出书,跟我有何关系!"

日子一天天过去,言小慈断断续续地听说,甘锦华结婚了,她的新丈夫是卡车司机,正在教甘长富学开大卡车,等拿到驾照,就介绍甘长富到上海浦东开发区去干几年司机。

言小慈很久没有淳于晶的消息,忽然之间,消息来了,说淳于晶自杀未遂。自杀的契机,据说是缘自一位病人的胡搅蛮缠。那病人是肺结核三期,脾气暴烈,连点了几次歌未被淳于晶采用,杀上门去,甩一张坏唱片在淳于晶脸上,道:"就凭这几张破唱片,你也想当大众情人?你不如去死呢!"

淳于晶关上广播室的门,吞下一瓶安眠药。

言小慈有一种毛骨悚然的感觉。她知道仅凭一位病人的辱骂,不至于令淳于晶如此决绝。那么真正的原因是什么?是鲁渤的私情被她发现了吗?

当晚,言小慈打开收音机,想听听"康老师"的《午夜不设防》跟往日有什么不一样。时间到时,这个栏目换成了一个《休闲世界》。第二天上班,言小慈向社里的"康迷"求解惑。

那女孩是资料室的资料员,摘下正听着音乐的耳麦,要她把问题再重复一遍。言小慈重复完问题,女孩吃惊道:"《午夜不设防》节目取消好些天了,你不知道?"

言小慈傻了,问:"取消了?为什么?"

女孩道:"据说军营里的战士夜里不睡觉,个个在被窝里收听康老师的节目,轮到站岗的士兵,也弄个微型半导体在裤兜里,不听动静地听广播。部队的首长知道了,大发雷霆,说这个《午夜不设防》节目分明是在'毁我长城',结果你也知道了啦。"

"康老师没事吧?"

"听说辞职去了深圳特区——谁知道呢?他没跟任何一个'康迷'打招呼,抬脚就走了,赤条条来去无牵挂。"

言小慈点点头离开了资料室。

淳于晶的自杀现在有了一个最重要的注脚。

淳于晶既然没死,她还能再一次找到她的精神家园吗?

紫金文库

远 乡

　　荧儿乘破旧不堪的缆车下到江岸。这缆车，荧儿是第一次见识到，两道斜坡上，一上一下两只深绿色的肮脏车厢，由一根钢缆牵制着，上满客之后，刺耳的铃声一响，上面的车厢沉下去，就把下面的车厢吊上来了。爸爸少年时乘过的缆车大概就是这个了。车厢里弥漫着汗臭味，污秽不堪的窗玻璃上嗡嗡地撞着几只苍蝇。正是重庆最热的季节，暴雨刚刚过去，洪峰即将下来，到处洋溢着烦闷躁乱的气息。人们挤来挤去，擦着汗，用很冲的方言激烈地谈论着洪水，缆车里也是如此。

　　荧儿是乘飞机来的，现在的重庆是被洪水包围的孤岛，所有的铁路、公路都中断了。别的旅客都愁出不去，只有荧儿是急着要进来。荧儿不能不来，这样的机会她等了二十多年了。从刚会捉笔写信的时候，她就告诉爷爷说，等我长大了，一定到重庆去上大学，那样就能和爷爷在一块儿了。爷爷来信说，他一定活着等到这一

罗　扇

天，口气是那样凄凉，又带着一点火辣辣的希望。荧儿小小的心一下子就领会到了那遥远的、陌生的乡间传来的微弱的、骨肉相连的信息。

可惜，她没能上大学，连初中也没上完，就到北大荒去当了农民，从东北到西南，简直就像是从天涯到海角那么远。荧儿是顾不上爷爷了，也不知道爷爷是靠什么挺过来的。莫非在大家都绝望的时候，他还相信有这一天？这期间他病危过好几次，还动过大手术，竟然挣扎着活过来了。而现在，八十多岁的爷爷和三十多岁的荧儿就要见面了，这个会面至少推迟了十八年。

爸爸说过，应该在下了缆车之后乘渡船过江。他真糊涂，忘了这里早已有了一座长江大桥，所以，荧儿白打听了一番渡船的情况。有个守着箱笼家什坐在路边的胖妇人很不耐烦地指点她去乘32路公交车，荧儿找到了站牌，却怎么也等不来车。整个江岸都被运送抗洪器材和搬迁居民的卡车塞满了。据说，这一带都将在洪峰线之下，所以很有点战争时期大撤退的味道。荧儿突然想，对岸的爷爷家怕也在威胁之中吧？于是再也等不得了，顺着公交车线路徒步走起来。江畔没有树荫，太阳越来越辣，江风也大起来，走路很是费劲。荧儿走了一段路，看到32路车从后面开了过去，心中无限懊恼，于是拼命往前赶，走到桥头堡的站牌下，已是浑身汗湿。

荧儿是平生第一次走亲戚，从小到大，她的家里总是只有干干净净的四口人。妈妈是个孤儿，爸爸也没有兄弟姐妹，这使荧儿姐妹失去了很多的乐趣。当别的孩子拿着从姥姥家、奶奶家、姑姑婶婶家带来的新鲜物件招惹她们的时候，燏儿会狠狠夺过那些东西，在地下踩。荧儿则不厌其烦地对别人解释说，在很远很远的地方，她有个种菜的爷爷哩。荧儿梦到过爷爷用金黄金黄的菜花为她编了个好看的花环，心里快乐了很长时间。不过，梦中的爷爷是模糊不清的，而现在，荧儿就要见到真正的爷爷了。

汽车开过江以后，在一个很漂亮的广场停下来，这就是爷爷所在的南岸镇了。只见高楼林立，花香鸟语，连空气都不那么闷热了，而且因为南岸地势高，全无一点防洪的气氛，这一切都令荧儿感到意外。荧儿穿过镇子往西走，一个卖菜的小女孩给她带路。爷爷信上曾经说过，只要到了南岸，街上遇到的任何一个卖菜的农民，都可以打听到他的住处。然而小女孩并不知道卓老爷爷是谁，她只知道爷爷寄居的那座祠堂，于是就领先上了路。

这是一条窄窄的田埂，一边是色彩斑斓的菜田，一边是桩架林立的建筑工地。高层住宅和庄院农舍相毗为邻，是个亦城亦乡的好去处。据说，爷爷当年为了躲避日军的轰炸，把随军来重庆的家眷安置到了这里，不料，最后等待他的是"裁编"的命运。江南回不去了，做生意又破了产，这块土地便成了他的安身立命的所在。

荧儿记得照片上的爷爷有一张五官很端正的脸。爸爸曾不止一次地说过，橘儿长得最像爷爷。橘儿的面庞形如满月，雍容华贵，自我感觉也总是很好，无论在生活中还是在舞台上，都是别人围着她转。而爷爷的脸却透着疲惫，两眼呆板无神，一副听天由命的模样，荧儿真怕他在见到自己的时候，表情也是这样漠然。

此外，使荧儿感到顾虑的还有"她"。临行前，荧儿再三踌躇，还是问了爸爸，该怎么称呼她？爸爸摘下老花镜，像怕灯光似地用手遮住了眼睛，片刻之后，他才仰起花白的头，慷慨地说："还是叫她'奶奶'吧——你们管别人家的老太太不也叫奶奶吗？"荧儿没理会后一句话，只是被前一句话深深感动了。

小女孩指了指不远处的一座小村庄，说祠堂就在那里，然后径

罗　扇

自去了。荧儿加快脚步,几乎要跑起来。已经临近中午,庄子里静悄悄的,只有一两条狗朝荧儿懒懒地吠。荧儿来到一个高大的、颓败的庭院前,怯怯地跨进门去。这就是祠堂无疑了。正厅里满堆着化肥和农药的口袋,竹匾里晒着菜籽,沿院墙砌着一溜猪圈,猪正饿着,撞得圈栏咚咚响。小偏屋里钻出个老头来,赤着瘦筋筋的、褐色的上身,手里提把生铁勺子。荧儿心跳得快噎住气了,那老头也愣怔着,不说一句话。

"请问,卓之诚老先生他……"荧儿狼狈地擦拭睫毛上一颗白蒙蒙的汗珠,老头却高喉咙大嗓地喊了声:"啥子?"荧儿吓了一跳,他当然不可能是爷爷。之后,来了一个老婆婆和一群娃娃,他们把荧儿领到围墙外侧临大路的一扇屋门前,告诉她说,这就是卓爷爷的家。

门上挂着锁,荧儿不知所措了。

"卓爷爷在南街上替生产队看厕所。"

"这两天不太好过。"

"卓婆婆一大早看他去了。"

娃娃们吵群架般地对她说。

"他们没接到电报吗?"荧儿问,娃娃们和老婆婆面面相觑,似乎不知道电报为何物。

荧儿心慌意乱,爷爷信上怎么从来没提起过那个厕所呢?她掏出采访本,让娃娃们给她写厕所所在地的地址。现在只好去找那个厕所了。可娃娃们不敢来接笔,她只好边问地址便往采访本上写。这里的方言对荧儿而言,不亚于外语,汗顺着手腕滴到本子上,便把涂了又改的几个字沁成了墨团。

就在这时候,她来了,从远处的山坡上走下来。"卓婆婆,你孙女儿来啰！"荧儿身边的老老少少嚷成了一片。荧儿在经历了这一番折腾以后，有一点麻木了，呆呆地看着渐渐清晰的她，也不想挪动步子。

那是个很整洁的老妇人，剪着齐耳的短发，穿着白色翻领短袖衫和旧的黑绸裤子，脚上蹬着双灰色的塑料凉鞋，没有穿袜子，完全不是荧儿想象中那种盘髻、着大襟衫的乡妇模样。

她看到荧儿了，在路上跑了起来，磕磕绊绊地，肩上的黄挎包带子滑落下来，拖拖拉拉地拖在她的手肘后面，像一条跳跃的蛇。荧儿心里忽然震了一下，她看到了她脸上发亮的泪痕，于是不由自主地迎上前去，等跑到她跟前时，正好有一双泪珠顺着她皱纹密布的脸颊滚落下来。"奶奶！"荧儿叫了一声，没想到事先颇费踌躇的一声喊，叫得这么容易。

"……莫办法哟，爷爷不好过，我不放心……爷爷晓得你要来，不让我去看他，我说我就看你一眼，我马上就跑回去等荧儿……"她喘息不已，用叹息般的声音喃喃作着解释，泪一串一串地淌下来，手却扥挲着，不敢去碰荧儿。

荧儿在照片上见过她，照片是解放前夕拍的，和疲惫的、农民装束的爷爷挨着肩的，是一个用发卡夹着齐肩长发的、高颧骨、薄嘴唇的精明妇人。那时候的她，大概已经习惯了长街叫卖菜蔬，以薄利兑柴籴米的营生，所以，神情比爷爷坦然得多。

然而荧儿是恨她的，是她气死了自己美丽的、柔弱的亲奶奶。爸爸珍藏着祖母一张发黄的遗照，照片上那对大大、好看的眼睛里藏着那么深的哀怨，使荧儿每每透不过气来。照片背面有爸爸褪了色的字迹——"可怜的母亲！"

爸爸从不对孩子们提及祖母的事情，只是格外疼荧儿，他说

罗　扇

荧儿长得最像奶奶。倒是妈妈无所忌讳，常常用旁观者的口气评价说，奶奶很美，但生得过于单薄，所以早逝。而那个小老婆（就是眼前的这位她），倒是个命硬的相貌，所以能和爷爷一块儿熬到今天。妈妈鉴于这样的客观立场，能够按月给老两口汇钱，几十年从未间断。在荧儿不会写信之前，爸爸给爷爷的信也都是由妈妈代笔的。

荧儿从懂事以来，心里就不知不觉地有了远方爷爷的位置，但她从来羞于对别人提及那个不是奶奶的老妇人。那是一种她不能承受的耻辱。然而，今天一见面，坚固的感情隔膜在片刻间化解，荧儿对此无法作出解释。

娃娃们散去了，她掏出钥匙打开牛尾锁，吱呀一声推开了那扇单扇门。黑洞洞的屋里冷不防飞出一群鸡，呼啦啦煽动的翅膀，卷起了一阵夹着草屑的尘土，使毫无戒备的荧儿差点从窄窄的石阶上摔下去。

"当心！"她吓得一把抓住荧儿，一只手频频地拍打着自己的胸口，那副战战兢兢的模样差点使荧儿笑出声来。

进了屋她便去扯遮在窗上的破竹匾，然后忙忙地抓过笤帚扫地。地上、灶上、桌上，到处是鸡屎。她扫得太急，尘土扬起一片，荧儿站在其中，无所措手足。

"……莫办法哟，人不在家，鸡就要关起来，不然就没得了嘛……"她鼻尖上沾着灰，脸上的神情羞愧万分。荧儿放下背包，惊奇道："是过路人偷鸡？胆子这么大？""哪是过路人嘛……"她慌里慌张朝外瞟一眼，不说了。荧儿伸头去看，一副水桶、一顶斗笠正悠悠地从石阶上晃下去。

"真坏！兔子还不吃窝边草呢！"

她听了扔下笤帚,凑近荧恳恳切切道:"不、不坏,别个家里没有老人,养不来鸡嘛。我老了嘛,做不动队里活儿了嘛,还拿队里的养老金嘛……再说,我是外地人,成分又不太好……"眼圈说话间红了,脸上还在笑着。

荧儿拾起笤帚来扫地,也就不再说什么。

锅铲叮叮当当地响,她在屋角的灶上忙,柴烟和油辣味在屋里弥漫开来,呛得荧儿涕泪横流。荧儿坐到灶前去帮着烧火,一手拉风箱、一手添锯木屑。那火闷闷的,远不如荧儿在北大荒烧的麦秆豆秸欢实。

"木屑多少钱一担?"荧儿知道菜田里不产麦秆豆秸,但也不产木屑。

"三块。不贵。就是要到老远老远的地方去背,近处买不到。"她一会儿拿刀、一会儿拿铲,汗挂在眉毛上,亮晶晶的。

"那你们这里养老金多少钱一个月?"荧儿知道菜农是吃供应粮的,老人们可以领取基本的生活费。

"八块钱。买米买油、买木屑,够了嘛。"她炒着菜,很满足的样子,说话的声音也变高了。

荧儿边烧火便打量屋子,墙壁和屋顶被灶烟熏得黢黑,屋里除了锅灶、农具和一大堆搭豆架用的竹竿外,几乎一无所有。唯一能代表历史的,是张散了榫头的旧书桌,上面堆满了坛坛罐罐等杂物。倚墙搁着张大床,挂着经纬已经很稀松的、变了颜色的旧纱帐,铺着年代久远的、油红发亮的破竹席。

"东西都卖光了。你爷爷老是生病、老是生病……莫办法哟,你妈妈寄点钱来,就都送进医院了嘛……"

荧儿岔开话题,笑着说,她特别喜欢床上那两条素花小薄被。

罗　扇

在一般的农人家里，是不会有这样的被子的。她也笑起来，说那年她养的牛生了头小牛，队里发奖金，她就去扯了三丈花布。"这布好看，我这年纪又穿不得了，做做被面正好。"她说着被面的事，脸色红润起来，皱纹也浅了，不像是个六十五岁的人。

她俩坐在小竹凳上吃饭，面前的旧方凳上，勉勉强强地挤着三只粗碗，一碗辣子肉末，一碗炒蕹菜，一碗西红柿鸡蛋汤。肉末是主菜，荧儿的碗里堆了很多，但它的辣和咸超过了荧儿的承受限度，最终被呛住了。

埋头扒饭的她立刻条件反射般地跳起来，递水、递毛巾，结结巴巴解释："肉是昨天烧的，天热，我怕坏，多搁了辣子和盐……今天要去看爷爷嘎……爷爷不好过嘎……"

荧儿明白她为什么今天一定要去看爷爷一眼了，她要送点稀罕菜去给爷爷。荧儿对着那碗又咸又辣，还有点变味的肉末，满心酸楚。

饭后，荧儿打开背包，很难为情地往外拿东西。东西太少了。临走时妈妈塞了几盒人参胶丸和一小袋白木耳在荧儿包里，燏儿刚从安徽演出回来，带回几盒麻片糕，随手取了两盒凑进去。这堆礼物看上去五颜六色，搁在这间农舍里，却扎眼得厉害。幸好荧儿私下里给两位老人各买了一块衣料，下乡前又在重庆市区买了香肠、罐头、麦乳精和招待邻居们的香烟和糖果。可是都掏出来，也不过是那么可怜的一小堆。

"这是我和妈妈给爷爷的。"她想了想，指着食品说，"这是燏儿给爷爷和您的。"她指着衣料说。最后，她掏出钱夹来。临来前，爸爸悄悄地对荧儿附耳说："给爷爷留下个二百元吧，爸爸以后还你……"荧儿把钱夹里所有的钱都拿出来了，递给她："这五百多元是爸爸的……"

她哭起来，哭得好伤心。泪滴在竹席上，她使劲用筋脉暴突的手去揩，使那一片暗红色的竹篾鲜亮了许多。"你奶奶死以后，我没有把你爸爸照顾好……我只比他大八岁嘎，不懂嘎……你爸爸过摆渡到城里去上学，就不回来了嘎……跟几个同学……去了解放区嘎……我要去找，哪个有法子找嘎……可怜他小小年纪，吃了多少苦，我哭都哭不赢嘎……要不是你爷爷后来搞得饭都吃不上，我就走了嘛，我哪有脸再见你爸爸嘎……现在……用到他的钱，我心里……哪个好受嘛……"荧儿默默地听着，看着她哭。她想，要是回去说给燏儿听，她肯定会淡淡地说："这人真是会演戏。"

可是荧儿相信她的话都是真的。

荧儿躺下午睡。她说，爷爷也是要午睡的，等太阳不晒了，她再带她去看爷爷。"不远，只要乘五角钱的车。"

一只苍蝇在帐子里飞，朦朦胧胧里，好像她用芭蕉扇把那只苍蝇赶走了，还听到有妇人们的耳语声："卓婆婆，孙女儿长得好乖哟！""好福气哟，卓婆婆，孙女儿是记者！""她是坐飞机来的，火车不通嘎。"——这是她在回答众人。

"卓爷爷和卓婆婆熬出头了，孙女儿来接你们啰。""她是出差的，儿子说，明年就分到房了，明年接。"

她的声音轻得像绉纱，令荧儿想到天空中一抹灰色的淡淡的云。她不敢翻身，睡得很累。头下的席子上，有一块大大的布补丁，颜色已经无法分辨，腮帮挨上去又黏又腻。荧儿想，这上面是否浸透过很多的汗和泪呢？

午睡前，荧儿看了她从一口破皮箱里找出来的旧照片。年轻时的爷爷好清雅、好伟岸，一双明澈如水的眼睛温和地藏在旧式圆

罗 扇

框眼镜的后面。如果不是为了抗日而投笔从戎,他会成为一个出色的园林建筑学家。她说,爷爷是在军队撤退路过衡阳的时候,娶了她为妾的。那时她为了逃避养母的逼婚,寄住在一个远方亲戚的家里,处境很是艰难。偶尔去那家拍摄园林照片的爷爷看到了她,一见钟情,无依无靠的她也就选择了嫁给爷爷。

荧儿觉得那时照片上的她并不美,但人世间的事又怎么说得清楚呢?爷爷爱她,甚至都不怜惜战乱中身患肺病的妻子和年少的儿子。在以后漫长的岁月里,也只有靠了她的坚韧和不离不弃,爷爷才赖以生存,而出身名门的、纤弱的亲祖母是吃不了这般苦的。

荧儿这样想着,轻轻地叹了一口气。

她们去看爷爷,路上乘了五角钱的车。那是一家大工厂的宿舍区,生产队砌了一座公厕,爷爷便被派去看粪。"是照顾他,年纪大了,做不动工分了,看看粪,免得被别个队偷嘎!每个月有三十块工钱拿嘎。"她这样解释。

荧儿把脸扭向车窗外,不想让人看到她的脸上有泪流下来。记得小的时候,家里居住的机关宿舍大院里,也有一个公共厕所,打扫厕所的是同院一个小朋友的爷爷,山东来的,穿着打满补丁的衣裤,小朋友却一律管他叫"地主"——因为他的成分是地主。每天早晨,那个老头哐啷哐啷地拖着铁锨、夹着大笤帚到厕所去,鹰钩似的鼻尖上挂着一滴清鼻涕。到了女厕所门前,他伸长干瘦干瘦的脖颈,用山东话叫唤:"有人没有?"以后,大家都学老头的腔调,追着对那个小朋友喊:"有人没有?有人没有?"

荧儿到现在都忘不了小朋友惊弓之鸟般的神情。

西边的太阳透过车窗射进来,灼灼地刺眼。荧儿把一方手绢遮在脸上,泪湿后的手绢软软的,让她想到旧照片上爷爷温和的眼睛。

爷爷是那样高雅俊逸，荧儿无论如何无法把他与厕所联系在一起。

她们来到被形形色色违建包围的空地上。眼前是一座在夕照中轮廓分明的灰砖旧公厕和倚着它搭建的小芦席棚，一个高大的、古铜色的老人缓缓地从芦席棚里的旧藤椅上站起来。

荧儿叫了声"爷爷"，泪终于决闸似地涌流。

荧儿曾无数次地设想过她和爷爷的这次会面，她会伏在爷爷的膝头、她会倚在爷爷的胸前，但绝不是这样的——她只能坐在爷爷窄窄的板铺上，遥遥地对着相距一步的爷爷洒泪！爷爷没有任何悲喜交加的流露，让奶奶递过一条白毛巾之后，便又缓缓地落座在藤椅里，辄自用洪亮的江南普通话问道："你爸爸妈妈都好吗？"

荧儿点着头，哭得喘不过气来，却没有一双手过来抚慰她，仿佛他们之间有着一种非常沉重的、近在咫尺的距离。

"你长得很像你奶奶。"爷爷面对她抽噎不止的样子，不动声色，"你可以去看看她的坟。"

荧儿抬起头来，说："爷爷，我要把你们带走。你们和我一起回江南去！"荧儿知道橘儿不会同意把客厅腾出来给爷爷奶奶住。橘儿朋友多，又爱热闹，家里少一间高雅的客厅，而多出两个乡间来的"老朽"，这种情形是橘儿绝对无法想象的。而爸爸妈妈，他们不是也宁愿这尴尬的团聚来得更晚一些吗？但荧儿是顾不得了，她怎么能够再让爷爷留在这间小芦席棚里呢？

然而爷爷平静地说："不用了。等你爸爸妈妈来信吧。"

她们是踏着月色回来的。乡间的公交车没有了，她们沿着弯弯曲曲的小径在田野上穿行。白天，她就是从这条小路上赶回来的，

罗 扇

为了省下五角钱。"你累了吧？今天跑了两趟。"荧儿听见了前面的她急急的鼻息声。虽然满野的蛙鸣，那声音仍然听得很清楚。

"不累，不累，以前去挑粪，一天要打两个来回，习惯了。"她回过头来，赔着笑，月光照着她头顶的银丝。

"你也挑粪？"荧儿吃惊地打量她瘦小的身子。

"挑，爷爷也挑。他们男的，一天要打三个来回。不过，爷爷生病的时候多，挑不动粪，没有工分拿，队里就照顾他看厕所了嘛。"

回到家，荧儿估摸了一下，走了大约十里路。凉鞋被露水打湿了，脚趾上沾了些野草的种子。洗澡的时候她在想，明早爷爷回来的时候，是走路呢？还是乘车？

天还黑着时，屋里就有了叮叮咚咚的响声，她点着盏小油灯在忙。荧儿想不起来她究竟有没有在自己身边躺过。宽阔的大床上，荧儿翻了个身，就又睡着了。早晨起来一看，屋里多了只煤炉，炉子上煨着一锅鸡汤，鸡已经快炖得酥烂了。荧儿想起半夜醒来时，隔着蚊帐看到她在灯下举着件东西在细细地看，大概就是在检查鸡毛有没有收拾干净吧？

"炉子和煤是借来的。"她仰起脸笑眯眯地对荧儿说。屋子里有了这只煤炉，凭空多了十分生气，连她也显得年轻了。荧儿想，想必这么多年，他们连汤也没煨过。不过，吃了这只鸡，荧儿心里能舒服吗？荧儿怎么忍心吃这种不得不藏在家里养的鸡呢？

她不是那些贼啊。

然而她说，这只鸡不下蛋了，早该杀了。

荧儿要去接爷爷，她不让。她说不知道爷爷从哪条路回来，会走岔的。

她正在为爷爷的一条新汗褂钉纽扣，荧儿便接过来缝了——这是一件用最便宜的白平布缝制的衣服。她说："你爷爷不肯穿好衣服，说他活不了几天了，好衣服穿不烂，就浪费了……你莫看见，昨天他的腿都是肿的……"说着，眼圈已经红了。

荧儿缝好纽扣，怔怔地坐着，突然说："这里能借到缝纫机吗？"

"隔壁有。你要缝啥子？我去请人抬过来——你来了，人家肯借的。"

荧儿跳起来说："那好，我们把那块毛料裁了，就裁件上衣，我来做。有台机子，半天就做成了。"

一直到中午，爷爷才从路上出现。他戴着斗笠，托着只西瓜，手腕上还缠了个盛着只茶缸的尼龙网兜。他是乘公交车到了镇上，然后走回来的。

荧儿飞奔下石阶，在接过西瓜的时候，她用左手亲亲热热地挽起了爷爷的手臂，就像平常她挽爸爸那样。爷爷似乎战栗了一下，终于微微笑了，倚着孙女的肩膀慢慢地迈着步子。荧儿觉得天上的太阳也在放射着快乐的光，因为她感受到了一个实实在在的爷爷。

中午他们喝着鸡汤，吃着爷爷从从饭馆里买来的肉包子。爷爷一定要荧儿喝一口他自己炮制的枸杞酒，看荧儿喝了满满一盅，爷爷显得非常高兴。他们谈得最多的是爸爸小时候那些调皮捣蛋的趣事。爷爷抿了口酒，突然说："我又一次从广州出差回到家里，看到你爸爸长得又白又胖，好玩极了。那时他才一岁，小手揪着我的领带，好大的劲儿呃……"他顿住，不说了。那种蓦然流露的父子之情深深地震撼着荧儿的心。

下午，爷爷看家，她俩踏着芳草萋萋的小路，去看奶奶的坟。

罗　扇

那是一个顶部砌了蓄水池的小山岗，漫坡上种满了青玉米。四下无人，悠悠的风吹拂着，七月的阳光下，整个山野蒸腾着淡淡的氤氲。这一切使荧儿恍若梦境。然而只有青玉米，没有坟，那是在"破四旧"的时候被扒掉了的。

"你爷爷从没哭过，那天他大哭一场，过后生了一场大病。"她说。

荧儿弯下腰去，抓了一把酥松的泥土包在手绢里，她想给爸爸带回去。青玉米凉凉的叶子触着了她的脸，使她茫然的心得到了一丝安慰。

城里传来消息说，洪水已经退了。荧儿刚好缝完了爷爷的衣服。她有采访任务，不能不走。荧儿要上路了，一直沉静的爷爷开始显得烦躁不安，试穿的新衣服还没扣上扣子，就被他脱下了。

天正下着雨，爷爷唤荧儿坐到他身边，说："爷爷年纪大了，说走就要走的，心里只有一件事，今后无论如何，要把你奶奶接走。我一死，她就一个亲人也没有了，这么多年，要不是她，我早就……"

"你又说这个……你死不了……"她泪雨滂沱。

荧儿噙着泪，说："爷爷，你放心，我跟爸爸妈妈说，年底我一定来接您和奶奶……"

"你只要答应我，将来无论如何接奶奶。"爷爷几乎是粗暴地打断了荧儿的话。

"我答应……我保证……将来哪怕我来……赡养……，您……放心……好了……"荧儿泣不成声。

爷爷懂了，轻轻拍了拍荧儿的肩膀，把自己的斗笠给她戴上，然后扭过头去，淡淡地说："你走吧。"

荧儿走了，走了很远，回过头来，笠檐上垂下的雨帘遮断了她的视线。

荧儿回到江对岸，看到了洪水暴虐的痕迹。洪水从三层楼的高度退下去，留下了厚厚的淤泥。荧儿仰视着高高的洪峰线，完全不能想象这里发生过的事情。

荧儿终于没能在年底去接爷爷，只是寄去了一只精致的半导体收音机。妈妈说，请爷爷再坚持半年吧，等新房子一分到，问题就全解决了。橘儿破天荒地给爷爷写了一封信，辞藻华美，字却潦草，荧儿不知道爷爷是不是能认清。

爷爷的信渐渐稀少了，有一次信上只有一行字："荧儿，你要记住爷爷托你的事。"

荧儿五内俱焚，连夜给爷爷写信。常说人在有一个希望的时候，他的生命可以在期待中得到延续。难道爷爷在希望就要实现的时候，反倒没有力量坚持下去了吗？荧儿的信写得很长，凝着泪，用航空寄出了。

次日，突然电报到了，是拍给爸爸的："你父已病逝。"仔细看看爷爷离去的时间，正是荧儿挥泪写信的时候。

这一年的秋后，全家人到码头上去迎接奶奶。爷爷和荧儿的最后一次谈话就是他的遗嘱，全家第一次，也是最后一次无异议地满足了他的心愿。

奶奶只托运了一件行李，就是那只爷爷坐了多年的旧藤椅。

夜里，荧儿伏在泪湿的枕巾上，又一次想起了乡间那条浸透了泪和汗的、打了补丁的旧凉席。

罗 扇

钻石般的

邹米前脚抵达伊斯坦布尔,邹粟后脚就把电话追过来:"米儿,你赶紧回来一趟,妈昏迷了。"

"啊?我走的时候,她不是还有说有笑的吗?"

"今天抽血做生化,早饭吃晚了,她嚷嚷饿,小翠怕牛奶太烫,掰一块蛋糕给她,她吃了两口就睡着了。口水流到枕头上,嘴里还含着蛋糕哩。医生过来一看,瞳孔对光的反应都没了。"

邹米刚在早餐桌边坐下,手忙脚乱扯动餐巾,刀叉和一玻璃碗酸奶泡麦圈全翻在地上。邹米是因公出访,因私脱团要向有关部门备案,临时购买返程机票也要先由个人垫付美元。接待方正待着手办理相关手续,邹粟的电话又打过来:"妈醒了,看来这几天还不会要紧,你活动完了再回来吧。"

邹米让老太太接电话,老太太说:"啥子昏迷哟,我是睡了一觉。你说好笑吧?我好像又变成了幺娃子,睡在我老子的船肚子里晃啊晃，我奶奶还在旁边哼歌。"

邹米说："你不要吓唬我呀，从这里赶回去好麻烦的。"

"三儿两口子好咋呼，我有啥法子。"

"好了，好了，你好好的啊，等我带一个蓝宝石戒指回去给你——这里的蓝宝石好看得很。"

"我要啥个宝石哟。"

"下个月不是要庆贺你跟爸的钻石婚嘛，钻石我是买不起的，宝石总算也是个'石'嘛。"

"要买也该是你爸买……"

老爷子邹言少接过电话，说："米儿，你给妈妈买回来，爸给你钱，算是爸请你代办的。"

邹米的行程是九天，其中包括埃及。她一路打电话给妈，告诉她地中海什么样、红海什么样、尼罗河什么样。妈家里几辈弄船，你告诉她金字塔是什么样，她未必感兴趣。行程终于圆满结束，邹米出了机场直奔医院。刚跨出电梯门，就听见老太太大嗓门说话的声音。进屋一看，原来有客人，是老太太五十多年前的副手刘伯伯。

"呀，这是老四吗？"

"对头啰！这个小米儿小时候像她爸多一些，现在个个说越长越像我了嘛。"

邹米叫了声："刘伯伯！"再看妈，一脸的神采奕奕。

"妈，你存心让人虚惊一场嘛！"

老太太朝她的背囊张望："我的啥子宝石哩？"

邹米拿出戒指："妈，怎么样？"这枚戒指是在伊斯坦布尔一家老字号买的，做工地道，价格反倒比免税店便宜。邹米考虑到妈的气质,选的蓝宝石相对厚重,纯银戒圈和底座是手工敲制的。

"戒指好看,手不好看啰。"老太太布满老人斑的手伸到阳光下,手上扎针的地方积了瘀青。

刘伯伯是二婚,陪同他前来的太太小他二十来岁。女人见了戒指,眼珠溜圆道:"这就是老首长送您的钻石婚礼物吗?土耳其蓝宝石居然是蔚蓝色的,美得简直太不可思议了!"

刘伯伯转移话题,说:"大姐老了也爱起美来了。小米儿,你都不知道你妈那会儿多男人气。"

邹米道:"嘻嘻,我知道。你俩为嘛事争起来了,我妈抬手就给您一嘴巴。打完了拉开办公室的门,两个人假装正经谈工作。"

刘伯伯脸上挂不住,说:"你妈霸道是出了名的,动手打人还不至于。再说她个头那么小,她打得着我的脸吗?那都是底下人杜撰出来的。"

老太太说:"杜撰个鬼哟!"

刘伯伯的太太笑道:"我知道徐书记年轻的时候是有绰号的,叫'美人椒'。"转脸对邹米强调,"是'小辣椒'的'椒'哦。"

聊了一阵往事,老太太要解手,刘伯伯两口子便起身告辞。邹米陪同下楼,等邮政总局派给刘伯伯的车开过来。刘伯伯当年身高一米八三,跟仪表堂堂的邹言少堪可一比,可是现在邹言少已经变成个弯腰驼背的小老头,而刘伯伯依然伟岸挺拔,可能得益于娶了年轻太太必须要提住的精气神吧。邹米挽住刘伯伯一只胳膊,仰脸笑道:"刘伯伯,我妈当年动手的时候,您是坐着的吧?"

刘伯伯顿足道:"我都说了是杜撰的嘛!"

刘伯伯的续弦姓师,叫师小玲,以前是邮政总局办公室的打字员,年龄只比邹米大个七八岁,这时在一旁吃吃地笑,说:"你妈出手的时候是蹦起来的,跟颗炒豆似的,猝不及防。"

刘伯伯大吃一惊:"谁告诉你的?"

"这还用告诉呀?这是咱们局所有传说里的经典呀。"

"哼,还是'传说'吧。"

邹米回到病房,见到老太太就抱怨:"妈,你怎么让小翠把戒指拿到护士站去了?"

"护士们要瞧稀罕,就让小翠显摆去呗!"

邹米很是诧异,说:"咳,我今天才知道,您也虚荣着哩!"

老太太说:"我都奔九十了,么子不能虚荣一回?"可是等到戒指拿回来,她随手往枕头底下一塞,就不管了。"你把给小翠和护士们的啥子虫拿一个给我嘛。"

邹米离开开罗之前,特地到哈利利集市去买了十来个瓷质的甲壳虫项坠,让小翠给护理老太太的护士每人送去一个,还让小翠说明,甲壳虫是埃及人的图腾,在古埃及所有的石雕和壁画里,都有这种虫子推动太阳的图案。"咳,这不就是屎壳郎嘛!么子它在我们这里推屎球球,到了埃及就去推太阳了?"

邹米说:"妈,古埃及人认为在屎壳郎的推动下,太阳每七天就有一个重生,他们相信人的生命也可以这样循环。所以,世界各地的游人到了卡尔纳克神殿,都要围着一座甲壳虫石雕转圈,说是这样就能为自己的亲人求来新生。"邹米又说,"妈,我在大太阳底下为你一丝不苟地转了七圈哦!"

老太太躺在病床上,想一想,摸出蓝宝石戒指说:"这个你拿去自己留着。你给我一个小翠那样的屎壳郎就行了。"

邹米拿出一只纯银的甲壳虫项链往老太的脖颈挂:"这不是,你的在这儿呢。这是我送你的钻石婚礼物哦。"

罗　扇

老太太睡着以后，邹米问小翠："奶奶好歹也是抢救过一回的，怎么身边还是只有你一个人？"

小翠说："叔叔他们上午来过的。爷爷今天要参加一个纪念抗日战争胜利的活动。"

邹米说："等会儿奶奶醒了你告诉她，我回去搁下东西洗一个澡就来陪她。"

"你在这里过夜吗？"

"是的，我陪夜，等我来了你可以回去休息。"

邹米回到家，父亲打来电话："米儿平安到家啦？好好好！"

"我看过妈了。她精神太好，我有点不放心。"

"哈哈哈，放心吧。今早佩佩让人给你妈抽了腹水，她一下子就轻松了。"

"是吗？这么简单？那以前为什么没抽？"

"以前专家对抽腹水也是有顾虑的。不过，你妈底子好、中气足，专家同意一试，其结果你也看到了。"

老爷子那边人声嘈杂，司机小韩说，马上要进宴会厅了，过后还要去看演出。

邹米跟二哥邹麦通电话："二哥，嫂子给妈抽腹水你知道吧？"

"你这是什么话？"邹麦口气里流露出愤慨，"妈昏迷的时候，是佩佩组织的抢救，是我签的字。那时候你在干什么？公款旅游！现在你坐享其成不说，还想挑刺？"

邹米悻悻然，说："对不起，二哥，我没别的意思，这两天是双休日，我陪妈，你们都歇一歇吧。你和嫂子辛苦了。改天我去看宝宝，我给他买了一只非洲小鼓。"

"那就这样了。正好这两天佩佩没办法去妈那里，明天宝宝满百日，家里要请客。"

邹粟是自己打电话过来的："米儿，你说的那种红珊瑚我到金鹰去看了价格，乖乖，上百万呀！这下我可风光了！我现在过来拿吧？"

邹米的同行者里很有几位"购物行家"，事前都在网上做足了功课，否则凭邹米的孤陋寡闻，也不会知道土耳其还产什么蓝宝石。后来到了埃及南部的胡尔歌达，男人们乘玻璃船去观赏红海里的珊瑚礁，女人们便到商品街去选购形形色色的红珊瑚首饰，邹米看到首饰店有未经打磨的珊瑚石项坠散件，就随手给嫂子和姐姐各挑了一块。谁知邹粟拿着手机传过去的照片到高档商厦一打听，这种保持天然状态的红珊瑚更贵，因为一看就是货真价实。

邹米说："我一会儿去换小翠，我让她带给你得了。"

"别别别，我叫黄国安到地铁口去跟你碰头吧，交给小翠哪行？上百万哩！"

邹米锁上门去乘地铁，心里不禁好笑。想不到她这样一个在单位做了一辈子档案管理员的工薪族，也会跟"上百万"的概念沾上边。说出来谁也不会相信，她虽然贵为高干子女，也还是眼看着要退休才轮到"出访"的。

走出小区大门，值班的保安追出来，说："邹女士请等一等！"

"对不起，有什么事吗？"

保安拿个来客登记本子给她看："这几天您出差，有位老太太来了两次，第一次留下一封信，第二次又把信拿回去了，说等您回来她再来。老太太好像住得挺远，来一次转了三次车哩。我看她这么热的天来一趟不容易，我就答应她您一回来就告诉您，您也好先给她打个电话。"

罗 扇

邹米奇怪哪来这么个老太太，一看来客登记，不禁哑然失笑——邬朵要是知道她已经成为别人眼里的"老太太"，她说不定会痛不欲生。

"喂，邬姨吗？"

"谁？啊，小米儿呀！你可回来了！上哪儿去了你这个鬼丫头！"

"嘻嘻，出了趟远差，刚回来挺忙的，快说您有什么急事吧——大热天来回跑了两趟，事先也不打个电话看看我在不在家。"

"咳，不说了、不说了。等你忙完了我再过来一趟吧。"

"什么事这么诡秘呀，还得见面说？"

邬朵有些忸怩，支吾道："也没啥啦，老年大学组织了一场国庆演出，里面有我一个时装表演，我是来给你送请柬的。"

"咳，您留给保安又拿回去的就是这个请柬呀？"

"我怕弄丢了。再说，万一给人拆开了挺不好的。"邬朵捂着话筒小声说，"请柬还有一份是请你转交你爸的。"

邹米觉得对方的小女生态甚为可笑："好了，好了，我要上地铁了。您也别再跑了，到底也上了点年纪了。您破费几张邮票，给我寄过来吧。"

上了地铁，里面人挤得满满的，邬朵还在手机那头焦急地说着什么，总之是邮寄也不妥当的意思。邹米实在不想跟她纠缠，按了手机的结束键。

邹米忽然有些幸灾乐祸。这两天她是要待在医院的，如果邬朵执意要往家里跑，那就只好让她再空跑一趟了。

下了地铁，看到姐夫黄国安等在往医院去的3号出口。姐夫老远挥手道："这里呢，米儿！"以前是过于熟视无睹，现在在人堆里看姐夫，发现黄国安肤色暗黄、身体虚泡，两只眼睛变得很小，当年逼人的帅气已然无存。

"辛苦了，米儿！怎么样？外面的世界很精彩吧？"

"咳，你都想象不到开罗的交通是个什么样！大街上什么年代的交通工具都有，没有红绿灯、没有警察，驴车、宝马车、自行车挤作一团。"

黄国安接过装红珊瑚的口袋："嘿嘿，那倒挺有意思。"

"里面的红珊瑚一共三块，让粟儿挑一块，余下的给两个嫂子。"

"嫂子的还是你自己给吧……"黄国安显出犹豫。

"别，还是让粟儿自己经手，免得她怀疑别人的比她的好。"

"那粟儿挑过了我还送来给你吧？"

"明天二哥家庆贺小孙子满百日，估计你们都得去，你们顺便带去不就得了吗？"

"佩佩倒是请了我们了。你不去吗？"

"这两天就由我陪妈了，你们都歇着吧。"

邹米其实是目前兄弟姐妹中唯一还在上班的人。大哥邹禾快七十了，住在别墅里含饴弄孙、养花种菜，与家里保持着若即若离的关系。二哥邹麦说起来是专业作家，其实以前也是享受体制的好处，一旦退休，也就没有什么出版商来找他要稿子了，这时候幸亏他的孙子出世，老婆也从护士长的位子上退下来，两口子就一门心思做小市民了。邹粟是话剧演员，年轻时整过容，老了五官变形，偶尔在电视剧里客串个伯母姨妈，自己看了也觉得惨不忍睹，所以也就只好闲待着了。

罗　扇

邹米跨进病房，看到老太太大白天开着床头的治疗灯，在放大镜底下研究她的银甲壳虫。

"妈，屎壳郎还真招您喜欢呀？"

"小米儿，来来来，你看这屎壳郎身上的暗纹好多哟，灯照上去，四下闪光。"

邹米凑过脑袋，就着妈的银链子看甲壳虫项坠。买银甲壳虫的时候，赶上信徒们要做祈祷，邹米不敢打扰，拿起银甲壳虫赶紧离开。现在一番细看，她也十分诧异，拇指大小的银饰，竟然仿照了钻石的制作工艺，在昆虫的身体上形成了很多的切割面，以至这只甲壳虫无论从哪个方向看，都是熠熠闪光。

"呀，真是好看哎。"

妈的身上散发出老年人的微微汗味，邹米不禁深吸一口气。邹米出生之后，妈喂得好好的奶莫名其妙停了，她便雇了孔妈给她喂奶，自己一头扎进工作，风风火火再没抱过孩子。可以说，邹米对妈的怀抱基本上是陌生的。

小翠准备趁这两天的空闲回安徽老家一趟，她把该交代的事情交代一番，拉开床头柜抽屉把蓝宝石戒指拿给邹米过目："小米阿姨，奶奶把戒指乱放，你替她收收好啊。"

小翠走后，邹米在微波炉里热热干面。妈扒拉着枕头往起坐，伸长褶皱迭起的脖颈问："啥子味道？"

"嘻嘻，猜。"

邹米把碗端过去，老太太惊讶地张开缺齿的嘴："哪里来的热干面嘛！"

邹米说："医院门口新开了的一家卖鸭脖子的小店，里面也卖武汉热干面，我就想，这家小店是特地为我妈开的怀旧店吧？"

老太太抓起筷子，颤颤巍巍地自己往嘴里扒面，残存的牙也不顶什么用，牙床吧嗒吧嗒地研磨了几下面条，汗已经出来了，说："味道差远啰。"

老太太是穷人家的娇女，小时候也算念过几年书，十四岁跟着父亲的船跑汉口，拿了几个铜板到码头上去吃热干面，跟同桌的几个女学生三下两下一聊，居然放下筷子就跟着她们去了延安。到了延安先念抗大，听到邹言少讲课，喜欢上了这个穿军装的英俊书生。老太太之前书读得不正规，理论笔记做不下来，有一次把"费尔巴哈"写成"灰儿哈叭"，被同桌发现，传得全班皆知，恼怒之下她便动手打了人。邹言少把她叫去谈话，以后就经常给她补课。补课的过程中，她的许多新奇问题让邹言少每每大感意外，也就愈加激发了他演讲的愉悦。有一次邹言少谈兴畅酣，无意间解了绑腿，这个细节被人看到，使她与邹言少的关系蒙上了暧昧，从此她再不到邹言少的窑洞去。

1944年的年底，邹言少随同韩钧的部队前往豫西建立抗日根据地，行前让人转交了一本普希金的诗集给她。1947年，由韩钧部与陈赓部合并成立的太岳四纵发动了晋南攻势，一路横扫千钧、势如破竹。战役进行中，邹言少在望远镜里发现一位只身骑裸马的小兵奋勇抢救伤员，骑术甚是了得，再看帽子底下飞扬的头发，方知是位小女兵。下面的故事就简单多了，可以说，那次的沙场重逢就是今天的"钻石婚"起点。

"妈，我小时候见过那本《普希金诗集》哩。那算是你们的定情物吗？"

"'定'个鬼哟！你爸啷个想的我不晓得，也有可能他是不想我一直是个土包子，被别个笑话。我反正拿到这本书，就是当了真嘛。后来多少人动过我的念头,我都不想了嘛。不然今天我有可能就是某某某的夫人啰。"

"妈在延安的女孩子里是不是很出众?"

"我年龄小嘛,再就是不'酸',人家都说我很是阳光。"

"你和爸终成眷属,也真是幸运。"

"不提啰。等到结了婚,才晓得他老家有老婆,他回山西老家去离婚,还让媳妇怀上了,这件事等到你爷爷用破棉袄裹个光屁股小子找上门来,我才晓得。"

邹米不说话。这个孩子就是大哥邹禾。

邹米把热干面捣烂,一勺一勺喂老太太。护士过来瞧稀罕,说:"奶奶吃什么东西吃这么香?"说着悄悄指床头的进食医嘱给邹米看,上面写的是"流质"。老太太气恼道:"指啥子指?哪个你们都要我做饿死鬼?"护士笑道:"面条也算是半流质,不算违背医嘱,您就放心吃好啦!"

一小碗面条吃完,老太太张开五指抓挠汗湿的乱发,说:"米儿,你端盆热水来,帮我洗洗脑壳。"邹米心下犹豫,又一想,母亲虽是贫家女,却是自小与水为伴,极其的爱干净,病重卧榻之后,梳洗不便,也真是十分难为她。"好吧,我去问问医生。"

医生过来,端着臂想一想,说:"也好,洗洗心情会好一些。"当下过来四五个护士,加上医生和邹米,把老太太连褥单抬起来掉了个个儿,这样老太太的脑袋就可以搁在床外侧就着水盆了。

"哎呀,一盆泥汤呢!"邹米换水的时候故意夸张。

"多给我换几盆水嘛!"老太太脑袋裹着毛巾,脸上浮起红晕,邹米不禁对妈年轻时的美貌浮想联翩。

盆里的水渐渐清澈，邹米一只手托起老太太的头，一只手用干毛巾搓揉她的苍苍白发："妈，好滑爽、好香哦！"
　　"你用了啥子洗发膏？"
　　"现在哪还有'洗发膏'？是土耳其的洗发液呢。"
　　"难怪好闻呢，不是化学香精味道嘛。"
　　老太太仿佛被岁月风干的脑袋搁在邹米掌心，邹米轻飘飘托着，一下一下梳头。
　　"妈，在延安的时候怎么洗头？"
　　"哪里有热水嘛，在延河的河滩上晒两盆水就洗了嘛。"
　　"用皂角吗？"
　　"不是啰。我们都是用草木灰淋水搓头发，很下脏。头发洗完了又滑又亮，好得很！"
　　邹米想象豆蔻年华的妈坐在河滩上，风吹起她的黑亮长发，不知多少爱慕的眼光在追逐她。
　　邹米又打来热水把妈的身体擦拭了一遍："妈，等抽腹水的伤口不碍事了，我抱你到浴缸里去洗澡。"
　　"那我真是求之不得。"
　　邹米给妈穿上病员服。妈的身体像一枚小小的干辣椒，藏在宽大的条纹棉布里，看不出轮廓。
　　"来，喝几口参水养养精神。"邹米把吸管递到老太太嘴里。"妈，你当时为了什么事扇了刘伯伯一巴掌？"
　　老太太不太想说："我看他不顺眼嘛。当初派他来一起接管邮政局，我就看不得他那个自作聪明的样子。地下党会搞情报，也不能搞到自己人身边来嘛！"
　　"他搞什么情报了？"

罗　扇

老太太破天荒叹口气，说："他偷看别个寄给你爸爸的信。"

"那怎么可以？违法的呀！"

"唉，他当然不承认偷看。"

"他说了什么？"

"那时候我刚生了你，他说你生娃儿不要生得太密，当心你家老邹在外头沾上年轻女人。我说你姓刘的莫非吃了屎啊？满嘴臭屁。跳起来就打他一耳光。"

邹米半天无话。父亲有外心的消息或许未必空穴来风，难怪妈当时一下子就没有了奶喂她。可是作为女儿，她还是要挣扎一下："你可以到组织那里告刘伯伯诬陷呀。"

"唉，我留了心去查你爸的邮件，真查到一封寄给你爸爸的信嘛。"

"谁寄的？写了什么？"

"没写啥，就是画了颗红心，还夹了一绺头发。恶心得很。"

"谁寄的嘛？"

"你认得的。那个姓邹的女的。她有乌克兰血统嘛，头发跟别个不一样。"

邹朵？怎么会？邹米紧急算一算，邹朵比自己大十来岁，那年也才是个十七八岁的艺训班小学员。

"你爸专门惹小女伢子喜欢。"老太太一张脸陷在枕头里，表情前所未有的哀戚。"要不是当初怀了你二哥，我们就跟大部队南下了嘛，他哪个会当这个宣传部长嘛。"

邹米隔着被子拍老太太，一下一下，不知道底下的话该如何开口。可是这个她以前从未认识的脆弱的老太太，竟然很快睡着了。

更意外的是，老太太这一夜睡得十分安实，早晨醒来，说："小米儿，你去看看，卖热干面的小店卖不卖炸面窝？"

邹米笑道："妈晓得馋了。"

"那你买去呀。"

"油炸的东西还是等一等啰。"

老太太吃了炖蛋和牛奶，倚着摇起半截的床看窗外的彤云。"今天又是一个燥天。"

护士笑道："是呀，我来上班的路上挤了一身汗。"又说，"奶奶在空调房里，旱涝保收。"

老太太扑哧一笑："收个鬼哟。"

邹米说："收快乐。"

老太太抬眼看邹米："小米儿，我一直不喜欢你，你晓得吧？"

"那还有不晓得的！孔妈说我跟你的属相犯冲嘛。"

"那是一个方面。再一个，我知道你跟那个邹啥子好得很。"

邹米着急道："妈，你以前也没有说过爸和邹姨的这档子事，每年她跟艺训班的老学员上咱们家来拜年，你跟她们也是有说有笑的，我哪里知道你跟她之间还暗藏玄机嘛！"

老太太拔高喉咙道："你妈那是要面子！"

邹米挤到老太太身边坐下，摸摸她的脑袋："妈，我知道你为什么要在刘伯伯面前夸耀你跟爸的钻石婚了。人把硬气维持了一辈子，也是可以骄傲的。"

老太太仰脸看邹米一眼："唉，有你这句话，我死也死得啰。"

"死啥子死。"邹米从老太太衣领里提出银甲壳虫，"看，多亮，妈又从头活起呢！"

母女俩挤在一个枕头上看甲壳虫。邹米说："妈，爸知道你知

罗　扇

道不？"

"嘻。"老太太一笑，"我是吃啥子饭的？我把邬啥子的信断下来，她过后再不敢寄啥子情书了。"

"那你就怪不到爸了。他根本是局外人嘛。"

"他是局外人？局外人人家寄头发给他？"

"这封信还在吗？"

"后来闹'文革'嘛，有人贴大字报说你爸有这件事，说得有鼻子有眼，我猜就是刘啥子作的怪。造反派逼我上台揭发，我啐他一口，说，你们血口喷人，人家好好的女伢子还嫁不嫁人？你们造孽不怕遭报应哦？我又跟你爸说，没有的事你怕啥子怕？大不了我拿根棍子牵你去讨饭。回到家我把那封信一把火烧了——我怕造反派来抄家嘛。后来我只要跟你爸一吵架，我就悔得很！证据不在了嘛。"

"哎呀，妈呀，你悔个啥子哟！你伟大的很喔！"

老太太转脸看定邹米："你啷个这样想嘛。"

邹米搂住老太太亲她一口："妈，我真是这样想！妈，我不晓得有多爱你哟！"

护士过来查体温量血压，说："奶奶今天表现好好喔！"又说，"双休日医生不查房，奶奶就放宽心养精神吧。"

这时候老爷子打来电话："米儿，妈妈好不好？"

"我让妈自己跟你说。"说着把话筒递给妈。

"喂，老邹吗？你今天过来不过来？小米儿说医院门口能买到武汉的热干面，让她买碗给你尝一尝。"

老爷子说："喔，就是你去延安之前吃的那种面吗？"

"对头啰！"老太太没想到老爷子对热干面的反应如此迅速准

确,脸上浮起少女般的红晕,"过来吃一碗嘛。"

老爷子说:"明天去吃好不好?今天我要代表你去给咱们曾孙儿过百日哩。"

"那你晚上过来嘛。"

老爷子答应了,回头对邹米说:"抽腹水治疗真是神奇哩,我刚才听你妈的声音,你妈又像是回到六十年前做新娘子那会儿了。"

这通电话打完,老太太满脸幸福地躺下身体:"米儿,我全身舒坦得很,我睡上一刻,你看看电视。"又说,"小翠跟你嫂子都喜欢看啥子'达人'……"话未说完发出微微的鼾声。

到了下午,老太太还在睡。护士过来量血压,忽然伸手按响警铃,转眼间病房里挤满了医护人员。

邹米莫名地看着这一切:"怎么啦?怎么啦?"

护士们七手八脚地拆管子,接氧气袋,把老太太连人带床往外推:"血压掉得厉害,赶快送重症监护室!"

邹米抱着老太太的衣服跟在后面跑。老太太脚头放着监护仪,身上搁着氧气袋,小小的脸露在白被单外面,面色柔和舒缓,一点不像弥留的样子。

邹米在重症监护室门外给邹麦打电话:"二哥,妈不行了,刚刚送进重症监护室了。"

邹麦锐声道:"怎么回事?我们在的时候妈可是好好的!"

邹米说:"医生说,抽了腹水之后,妈的良好状态其实一直都是回光返照。"

邹麦道:"什么意思?推卸责任啊?当初他们怎么不说这

罗　扇

种话？"

邹米哭出声来："你们要不要都过来呀？"

邹粟接电话，说："米儿，妈进了重症室，暂时就是安全的。你不要怕。"

"我怕呀！"

"唉，我们这里是一团乱麻。今天我们才知道爸妈早把别墅过户给邹禾了！你想邹麦和佩佩两口子能罢休吗？这都快动手了。"

这时候就听见老爷子气急败坏的声音："你们眼里还有老人没有？邹禾家人口多、条件不好，爸妈这点主都做不得了吗？"

屠佩佩大叫："老人的遗产子女都有份，凭什么老大就可以独吞？"

"混账！"邹言少拍桌子，"什么遗产不遗产！你们的爸妈还没死呢！"

邹米不忍再听，关了手机。

当天夜里老太太心跳骤止，血压掉到0，身边只有邹米一个人。

三天后老太太下葬，全家人在墓地聚齐，个个黑着脸，只有邹米哭得像个泪人。封墓穴的时候，邹米把银甲壳虫放进老太太的骨灰盒，又把蓝宝石戒指交给老爷子，说："爸，别忘了你给妈的钻石婚戒指。"

老爷子看也不看戒指，断然道："已经不是钻石婚了！"然后摆摆手，"封墓穴吧。"

为了全家人能一个不少地为老太太送行，老爷子写下一份遗嘱，答应百年之后，把现有住房留给老二邹麦，把字画分给两个女儿。

邹米从离开家去陪老太太，到安葬完老太太回到家，前后不过三四天的时间,她的感觉是恍若隔世。

老远就看到邬朵等在一棵梧桐树下,人越发像一株干枯的苇草。

"小米儿你总算回来了!"

"你是不是又跑了四趟?"

"跑了两趟。唉,这天真是太热了!"

邹米从她身边走过,径直进了小区。

"小米儿,你……"

"五十多年了,你阴魂不散!你知道我有多恨你吗?"邹米回身跺脚、歇斯底里,"你走开!我再也不想看到你这个丑东西!"

晚上,邹米点燃一炷香守着老太太的照片,忽然之间想不明白,邬朵究竟为了什么迷恋爸爸长达半个多世纪?难道她也想把自己打磨成一颗钻石,以求恒久吗?

罗 扇

徘 徊

端午假过完,卢西在办公室广发"白色恋人"巧克力,原来,她又去了趟北海道。

总编办的荆吉走进来,说:"西姐也别净忙着你的旅游高大上,跟我去趟山里干不干?"

卢西向一干闲杂人等展示电脑里的北海道照片,漫不经心地问:"哪儿的山里?你最好告诉我是云台山。"卢西自去过河南云台山,就扬言老病之际要在云台山买一间茅屋,每天把大小瀑布走个遍。

荆吉无言,道:"切!"

卢西高谈阔论完北海道,发现荆吉还在,陷在沙发里吸烟。

卢西坐过去,正经地问:"什么山里?去干吗?"

荆吉掐灭烟咧嘴笑,道:"我就猜你不会无视我的邀请。去我老家济县,不干啥,采采风呗。"

卢西睨视他:"只是采风?你敢说没有任何名目?"

荆吉无奈道:"好好一淑女,干吗给自己弄副火眼金睛。"然后促膝耳语,"济县制作了一部介绍当地历史人文及近年经济发展的资料片,需要专业高手配解说词,你也知道的,咱们那些炙手可热的小主播开口即是天价,基层哪敢问津?人家找到我,我立刻就想到了西姐,西姐是播音界资深前辈,又是众所皆知的仁德仁心,西姐若肯成全,济县人民可就得了福音。"

卢西笑道:"你就瞎编吧。现在谁还知道有个过气播音叫卢西。"

"怎么不记得?"荆吉起身发问:"在座的以前有谁听过卢老师播音?"

但见办公室半空里竖起一片杂物,或笔或手机或无线鼠标。保洁员大妈吆喝道:"我们是听你节目长大的!"

卢西笑道:"你别吓我吧,我也才年过五十。"

卢西想一想,对荆吉道:"那我就跟你跑一趟吧。不过,你得答应我一文报酬不取。"

"行行行,他们要是给点板栗大枣什么的,您老就笑纳吧。"

卢西所在的影视资料部不严格坐班,定期交一份信息综述即可。过完五十岁生日,卢西认清那些信息综述与文采文论皆无多大关系,她便不再为它多费心思。余下的心思,转向天性喜爱的旅游。

出发时间确定,她收到一条陌生号码的手机短信:"卢老师,欢迎你和荆老师来济县。"署名是"济县文广新局成楚"。

卢西不习惯回陌生人短信,反正联络人是荆吉,她便未加回复,过后与其他已读短信一并删除。

其实去济县这件事,是厅里所派公差,有专车随行。现在路况

罗 扇

太好，早上消消停停动身，中午不到便抵达了目的地。济县到底还是不够发达，进城的街道有些泥泞，风中传来炖羊肉的好闻味道。卢西看中路边一家叫"烹小鲜"的餐馆，急急叫停车。司机将车停在烂泥里，荆吉问："西姐内急吗？"

"你才内急呢！"卢西边下车边下旨，"咱就在这里烹小鲜。"

荆吉跟进店，好言相劝："还差几步路了，何至于如此饥不择食？人家备了饭菜恭候大驾的。"

卢西已在点菜，腰系围裙的老板娘手拿油渍渍的小本磕磕绊绊地记，转瞬玻璃橱里的冷菜上桌几碟。

"我最不喜欢一来就先上酒桌，饥肠辘辘地寒暄敬酒便也罢了，还得强记一桌子面目模糊人的官衔——我反正是记不住的，说错了我想你也担不了这个严重后果。"卢西辄自倒上两杯青岛纯生，司机已经开喝一碗热腾腾羊汤。

荆吉只好踱到店外去打手机，回来端起酒杯，说："搞定。"

"这样多好，为贫困县省下一桌酒菜。"

这家"烹小鲜"不知是手艺超群还是原料新鲜，在卢西记忆里，这是最可圈可点的一次羊宴，虽然主菜不过是一盆炖羊杂配白面馍。

车在宾馆车位上停稳，大堂里奔出两位高个儿黑衣男士，模样不见边远地方的小气。

"欢迎两位老师！"为首的据荆吉介绍是宣传部副部长，年少些的荆吉也是初见，官职不详。听到后者自报家门，卢西顾左右而言他，原来这位就是发短信的成楚。

卢西慢热，过后看那次去济县的留影，才发现除了录音室的工作照，每一次站在她身边的都是成楚，而成楚作为四十来岁的男子，算得上帅气。

济县留影和做好的资料片光盘是成楚用快递寄过来的。事情过去了大概一个来月，他寄来给荆吉，再由荆吉转交给她。

卢西久不闻自己声音，在电脑里N遍播放光盘，忽一次发现，解说词的撰稿是成楚。再一次发现，为市民书写春联的文化人里，也有一个是成楚。

一个模糊的念头在卢西脑海中闪过——光盘的解说与自己有关，成楚为什么不直接寄本人？这耐人寻味的细节令卢西想到某句记忆深刻的话："不回头的背影，暗含太多内容。"

卢西强大的自我修复功能开始工作，很快模糊的念头和意味深长的话均被消磁。济县光盘斜插于书籍夹缝，渐渐蒙上薄灰。

日月如梭，卢西的因私护照很快又增添了捷克和奥地利的签证记录。而这段时间里，别人的人生也发生了诸多变故：卢西的高中闺蜜里，有两位几乎是同时失偶，一位死于晚期癌症，一位猝死于心梗。这二位亟待化解悲哀，另有两位则是终于熬到孙辈上了幼儿园，迫切要用某种轻松的方式犒劳自己。作为同学中的旅游达人，卢西被要求提供好的出行方案，卢西想起之前去济县满山是熟透的杏子，而山楂、板栗和核桃均还处于各自花期。她便建议道："这个季节山货都已成熟，去山里最合适。"

卢西向荆吉打听去济县的民间交通方式。荆吉笑道："济县通火车，车慢票价便宜，最适合老太太们——磕嗑瓜子、唠唠家长里短也就到了。"

卢西啐道："说谁老太太呢？"

网上预订罢车票和快捷酒店，发现尚缺一辆在济县出行的商务车。卢西请荆吉帮忙在当地租车，过了一天，荆吉通报卢西，说："我找到个济县的朋友给你们开车，人家坚持友情赞助，你也就完全不必客套了。"

卢西说："那怎么可以。"她准备了大致需要的现金，又在旅行包里塞进两盒铁观音。

火车开动不久，对方发来短信："您好，我负责济县接车，请问火车正点开出吗？"

"是的，一会儿见。谢谢！"

四个小时后，火车驶入济县境内，短信又至："请问火车正点抵达吗？"

"是的。八分钟后进站。谢谢！"忽然想到对方未必认识自己，赶紧又加发一条短信："我穿藏蓝防晒服，同色棒球帽。"

对方简短回复："好。"

下车走出检票口，看到一辆别克商务前，成楚卓然玉立。

卢西愣住。

成楚全无第一次见面时的矜持，与卢西及闺蜜们逐一握手，绽开一脸笑靥。

"这车……"

"我朋友的私家车。大家快上车吧。"

成楚自己开车。卢西坐在副驾驶座位上，终于找到光碟解说词和书法的寒暄话题。成楚说："我的解说词很平庸。"又说："我父亲从小逼我练书法，镜头里在我对面挥毫的就是我父亲。""你父亲一定是济县书法家吧？""嗯，算是吧。"卢西瞅一眼倒视镜里的成楚，一时找不到往下的话题。

车开上入城道路，卢西再三提醒成楚切莫错过"烹小鲜"，成楚脚踩油门，从"烹小鲜"的店招旁呼啸而过。

成楚在朋友的餐馆里安排了这餐饭，烤全羊之外，满桌说不出名字的山珍，闺蜜们很快吃喝得面红耳赤。卢西指闺蜜中一满头白发者给成楚看，说："我至少二十年没见过她这样笑！你瞧她如此瘦小身板，每天要搬动她二百来斤重的瘫痪丈夫若干次，实在弄不了时，只好打110。"

卢西说罢直面成楚，郑重举杯，道："所以我，感谢你给予她们的如此快乐！"

成楚起身，道："大姐们以后一定再给我这样的机会，下次能带的先生务必全部带来。"干了杯中酒，成楚坐下，忽然转脸向卢西，"你先生什么时候带来？"

卢西紧急调整，道："呵呵，那你可能要失望了。"

"先生在国外？"

"不，我没有先生。跟她们诸位比，我是个婚姻失败者。"

"婚姻成功者"们此时乘着酒意越闹越欢，成楚则越发缄言，不住往卢西小碟里夹菜。

卢西扯成楚衣袖，示意他看镜头："余姐给咱俩拍合影呢。"

感觉到成楚的挨靠，卢西手撑额头，笑道："我是不是有点喝多了？"余闺蜜隔着满桌杯盘高声吆喝："卢西手放下！成老师，你搂住卢西！"

卢西没有看到这张合影，余闺蜜把照片发至成楚手机后，糊里糊涂删掉了。

从济县回来，卢西把相机里大量的闺蜜照片整理出来，为她们

罗　扇

各自洗印了一套。卢西擅长抓拍，一向扮演闺蜜团的"随团记者"角色。相机里成楚的照片很少，也许是潜意识里觉得不便对一个男人举相机吧。

卢西是慢生活倡导者，她把成楚的三四张照片从邮局寄往济县，连同一页寥寥百字的"感谢信"。

过了几天，成楚发来短信："照片收到。谢谢！"

卢西回："不谢。"又写，"你在板栗树下的那张，神态最像你。"

手机无动静。卢西泡好一碗快餐面正待开吃，成楚的短信发回来："你讨厌这个神态像我的人吗？"

卢西差点打翻快餐面。短信反复抹去再写，最后只好回："怎么会。"

又过了很久，卢西已在沙发上摊开午睡用的小薄被，手机的短信信号再次响起。成楚道："我在苏州出差，你来吗？"

"我不来。"想想又加一句，"你好好出差吧。"

手机没有再响。

逢到双休日，卢西会骑车出太平门，到十里长堤去"走湖"。这道玄武湖北岸的长堤原本长年荒芜，新近被重新规划开发，从长堤这端隔湖远眺，波光粼粼间呈现这座城市的最美天际线。

因为很少有人知道这处新景点，卢西便常常自认为它是一道"私家长堤"。

湖边全部为白杨，卢西张臂丈量湖边白杨，它们均已粗壮至一人半怀抱。天气晴朗的时候，湖边木栈道上会出现拍婚纱照的人群，倘若湖边无风，摄影师助手们便扮演风的角色，他们大力抛起新娘披纱，快速从镜头前跳开。

卢西常常百思不解，为什么这些婚纱照的男主角，身材十之八九都差强人意？

成楚在一个吃喝无度的北方小城当官，身材毫不走样是怎么做到的？

十里长堤临近军队干休所，一绿呢军裤老者坐于湖边长椅，打着拍子看歌谱，费劲地指挥苍老的喉咙："美好的歌——声……，传——天——涯……"

他的老伴端坐一侧，面无表情。

卢西有一张自己的椅子，椅子在长堤一侧的"匝道"尽头，面朝长着野蓼和蘼芜的池塘，之前浓荫掩映，此时一片斑斓。卢西常常想象老暮之年，眯着眼睛坐在这里，沐浴冬日早晨的新鲜太阳。

她从未设想，有一同样暮年的老汉，陪她共坐这张长椅。

连来两次，这张椅子上都躺着个流浪者。看不清人，只看见椅背一端是一丛头发和半截旅行包，一端是双穿旧皮鞋的脚。

这张椅子不会成为流浪者的家吧？

手机短信响，桌面提示是成楚。

"在干吗？"

"在湖边走。"

过了片刻，成楚道："苏州附近有一世外小镇叫芦溪，一时想了很多。"

卢西一直走到长堤尽头，方艰涩地回复二字："谢谢。"

谢什么谢？为什么谢？告诉对方心有灵犀？太失策了！

成楚没有回短信。

卢西走十里长堤主题单纯，直线往返，不去问津长堤另一侧的花园和绿地。这一天返程途中，莫名感应令她侧首，看到那个她用

罗　扇

终生忘却的人立于一座荷兰风车前。他也在看她，呈现阳光下伟岸的银白色——他已是满头华发。他的老伴追逐着一个咯咯大笑的幼儿，孩子蹒跚着跑向远处的鹿拉雪橇雕塑。

无比强悍的妻子，也已经成为慈祥的老祖母。

卢西以原先的步速走过，心如止水。

下午座机响，来电显示是一个陌生手机。

"喂？"

"喂。是我。上午看到你。"

"你还记得这个号码？"

"永远记得。"

"你头发白了。"

"是。"

"我也老了。"

"不，你风采依旧。我看到你风采依旧，很高兴，很高兴。"

"我以前会在电视新闻里看到你，这些年你的镜头少了。"

"我退了。退了之后周围人聊天少了顾忌，经常谈及你，有人公然表示惋惜。我只能说，我很惭愧，很惭愧。"

"不用惭愧。我很好。"

"我会再打电话来的。"

"不用。挂上电话后，你要记得把通话记录删掉。"

对方迟疑片刻，默默挂断电话。

她相信这一次挂断，又会是二十年，或者是永远。

第二天成楚发来短信："在干吗？"

卢西回："没干吗，闲着看看电视。"

"一个人？"

"当然。你还在苏州？"

"回去了，在路上。我有个东西丢在了芦溪。"

"什么东西？要紧吗？"

短信回复只有一个字："魂！"

卢西冷静回："魂会回去的。"

"不想让它回去。"

"别说傻话。"

国庆到了，成楚发来短信："这么长的假，你也不来济县。"

"我没有去济县的理由。"

"有理由。"

"什么？"

"我。"

卢西转开话题："我为父母订了一座温泉度假别墅，我们马上就动身去那里，一周后回来。"

成楚道："预祝你们度假愉快！"

"你也要愉快啊。"

"好吧。"

"练书法会愉快吧？"

"是吧。"

清晨，卢西在度假别墅区沿着高尔夫球场散步，感到有首词在脑中若隐若现，沿着高尔夫球场走到第五圈，这首词的回忆圆满完成。她找一只秋千坐下，在秋日的朝阳下写手机短信："今日书法作业——晏殊《浣溪沙》：一曲新词酒一杯，去年天气旧亭台。夕阳西下几时回？无可奈何花落去，似曾相识燕归来。小园香径独徘徊。"

写好之后没有发送，回到别墅，陪父母吃过早餐，看看时间已是上午九点，想成楚或许已起床在练字，便摁了发送键。

成楚回复："好，我写。你想要什么我都写。"

"我就想要这一首！"卢西觉得那个惊叹号有几分娇嗔的意味，想改成句号为时已晚。

可是为什么是这首词在脑中萦回？它有没有什么宿命的象征？

过完国庆长假，卢西在广电总局的官网发现一个本系统员工书画作品展即将开展的信息。卢西打电话给荆吉，问："这个展览的开幕式邀请外地嘉宾参加吗？"

"一般不邀请。这是咱们总台工会的活动。"

"那总也有例外吧？"

"西姐有什么指示？"

"没什么，把你们那开幕式邀请函给我弄一张来，我有用。"

中午在餐厅吃饭，荆吉塞一卷邀请函至卢西口袋："捧场者多多益善啊！咱虽不管食宿，管上镜啊！"

卢西抽出一张邀请函，余者塞回荆吉口袋。

她在邀请函上方填上成楚的名字，用一个广电总局的信封写好地址装上，送到收发室。

回来后她给成楚发短信："给你寄去广电总局书画展开幕式的邀请函，你来吗？"

"你要我来我就来。"

"那就来吧。鉴赏鉴赏。他们的书法未必有你的功力。"

"我听你的。"

卢西在太平门附近一家酒店订下房间，发短信告知成楚："你的酒店房间有两张床,有两份早餐,你可邀一位亲友同行。"

成楚回复:"我没有。"又回,"留给你吃。"

卢西这天去接站,临行前忽然发现成楚的模样在大脑里呈现空白,紧急找出济县光盘插进电脑搜寻。成楚写字时基本俯着脑袋,额前的柔发与他的整体气质略有冲突。

她不知道成楚在见到她之前是否也有这样的危机型失忆。

成楚火车抵达时已是万家灯火,他俩的见面波澜不惊,各自的感觉都像是上午刚见过。

出租车从十里长堤侧畔驶过,镶嵌长堤的灯光似两串珠链,玄武湖的波光里闪动着远处城墙、宝塔及形形色色高楼制造的霓虹。成楚一直在接手机,说的是济县方言。

晚餐时,成楚话语渐多,慢慢开始与卢西时空同步。卢西选择的餐厅提供她最喜爱的日本梅酒,几盅酒下去,脸颊渐红。

"给我呀。"

"什么?"

"我的《浣溪沙》。"

"写得不理想,下次带给你。"

"下次是什么时候?"

"你愿意的任何时候。"

"这句话等同于空头支票吧?"

成楚掏出手机:"你先看照片,你要认可,我回去马上发快递。"

卢西第一次正式看成楚的字,片刻后轻叹:"你的字不是一般的好。"

成楚道:"我八年前就是省书协会员呀。"

卢西又道:"刚才看到你写的我名字,一阵恍惚。小时候领到

罗　扇

新课本，总是母亲一本本包上封皮，写上我名字。'卢西'两个字，和你的写法完全一样。"

"这也是一种缘分。"

成楚说完，又加一句："所以，我要经常写你的名字。"

卢西甩一甩头发，道："回去就把这幅字快递给我吧。"

出了餐厅，成楚自然而然地领着卢西沿明城墙往山道上走，夜访紫金山的私家车每从他俩身边开过，成楚都要伸手揽一下卢西，衣袖在挥动间传来凉凉的淡烟味。

"'独徘徊'是什么意思？"

"那得去问晏殊呀。"

走到索道站往回走，山道无故事。

回到房间，空调的温暖扑面而来。成楚脱下外套换上拖鞋，洗干净电热壶烧开水。

"喝什么茶？"

"不喝茶，喝白开水。"

成楚还是沏了一杯绿茶递过来。

卢西端着茶杯窝在沙发里，脑袋仰在沙发背上。成楚同样姿势坐另一张沙发，两腿伸长，脚随意搭在席梦思边缘。

卢西笑道："我以前从未遇到过这样的情况，跟一个男人自来熟，不修边幅。"

"'自来熟'的意思就是前世认识。"

"那你告诉我，请我去济县录音，是不是一个偶然？"

"不是偶然，是天意。"

卢西看看时间，搁下茶杯站起来，笑道："我回去了，你歇着吧。"

"不要走。"成楚不肯挪开脚，眼神流露出赤子般诚挚。

"那怎么可以！"卢西碰开那两条腿。

"两张床，一人一张，有什么不可以？"

"当然不可以。再说，我父亲每晚九点半一定会来电话跟我互道晚安，如果我莫名不在家，会出大麻烦。"

卢西开门出房间，成楚穿着一次性拖鞋跟到电梯口。卢西挥手："回去吧，看冻着了。"

卢西到家，正赶上与父亲通话。

成楚发来短信："到家了？"

"到了。放心吧。"

"老爷子查过岗了？"

卢西笑道："哪是查岗。我虽年过五十，在父亲眼里还是需要保护的小姑娘，谁让我一个人单住呢？有次电话出故障，父亲勒令弟弟漏夜开车斜穿一座城市赶来，看到屋里正常亮着灯，一颗心才多少放下。"

"你很幸福。"

"我很不孝，让老父如此牵挂。我伤过他的心，爱过不该爱的人。我母亲是书香世家，翰林之后，参加革命前是美院高才生，为这件事中风偏瘫，从此再也无缘她的画笔和毛笔。"

"爱没有对错。"

"有对错。"

"既然已与父亲通了话，你再来酒店。"

"不。我的心已没有能力走远。"

"你一步都还没走，怎么知道不能走？"

罗　扇

"总之，你快去休息。晚安！"

卢西启动手机的飞行模式，屏幕上方的小飞机变成了蓝色。

书画展开幕式是上午 9 点，卢西提前到宾馆陪成楚吃完早餐，出门搭乘 11 路公交，三站路就到了展厅。因为去得早，签到处人迹寥寥，年轻的女工作人员围住卢西，七嘴八舌谈论捷克的琥珀。卢西无意中投去签到簿一眼，成楚正挥毫写自己的名字，之后没有丝毫停顿，流利地写上"卢西"。

开幕式开始时，他俩已浏览完所有的书画展品。荆吉在前厅忙碌着首长接待，他俩不想让他看见，悄悄抽身离开。

"现在去哪里？"

"陪我去走我的十里长堤。"

"行。"

终于有一个男人与卢西并肩坐一张长椅。

这个男人来自边远小城，年龄小她将近一轮。

卢西没有问过成楚有无家室，但她无比清醒地知道，她不能再让另一位父亲失去健康和视若生命的书法。

成楚的意义，在于投射进她古井般干涸的情感世界一缕光线，让她看到淤泥里包裹的女儿心，依然有几分柔软。

吃完百年老店的鸡鸣汤包，发现去长途汽车站的时间尚早。

成楚道："要不去房间各自躺一躺，睡个小小的午觉？下午我乘长途车，到济县得四五个小时。"

卢西想一想，没有更好的方案，便自我开释，道："那就当是火车的卧铺吧。"

成楚拉她过斑马线，补充道："是火车的软卧。"

卢西进了屋坐在沙发上喝水,看成楚忙来忙去——洗手洗脸,打开电视,走过来,在卢西的脑袋上方拉窗帘,把他床上的枕头扔一个到卢西这边的床上。

"这是我早上看电视时借你的。"

卢西笑起来,脱掉外套躺上床,把自己盖严。

她摁错了一个电视键,节目不断回放,成楚拿过遥控板,把节目调好,只留一盏台灯。

卢西看着电视,听到成楚在他的床侧脱去毛衣和外裤,躺上床。

成楚近在咫尺问:"你那样睡行吗?"

"有问题吗?"

"你穿那么多,起来会着凉的。"

卢西在枕头堆里扭过笑脸看成楚,道:"不会。"

她没把脸再转向电视,双眼微闭,呼吸平稳。

成楚关了电视,没一会儿,轻轻起了鼾声。

蒙蒙眬眬间,卢西脑海里浮现出成楚手书的晏殊《浣溪沙》,觉得整幅扇面上,写得最漂亮的是"徘徊"两个字,笔画饱满恣肆,尾梢的枯笔略带几分苍凉,那应该算是点睛之笔。